COLLECTION FOLIO

Angela Huth

Mentir n'est pas trahir

Traduit de l'anglais
par Anouk Neuhoff

Quai Voltaire

Titre original :
DECEPTION IS SO EASY

www.editionslatableronde.fr

Née en 1938, Angela Huth est l'auteur de quelques recueils de nouvelles et de nombreux romans. L'un d'eux, *Les filles de Hallows Farm*, a été adapté à l'écran en 1998 sous le titre *Trois Anglaises en campagne*. Il met en scène trois « land girls », ces femmes aidant aux travaux agricoles durant la Seconde Guerre mondiale. Angela Huth est également l'auteur de *L'invitation à la vie conjugale*, *Tendres silences*, *Souviens-toi de Hallows Farm*, *Quand rentrent les marins* et de *Mentir n'est pas trahir*. Ses romans abordent les thèmes de l'amitié, des relations de couple et des non-dits avec une rare subtilité. Angela Huth vit à Oxford avec son mari.

Chapitre premier

S'il y avait eu deux kilomètres de la gare à chez lui, et non la moitié, peut-être Gladwyn Purser, qui avait horreur des trottoirs, n'aurait-il jamais envisagé de marcher. Il aurait pris la voiture tous les jours, eu droit aux tracas et aux frais du parking. Mais depuis un moment il écoutait les conseils pour mieux vieillir et prenait garde à son hygiène de vie. Non qu'on puisse le qualifier de vieux. Il venait tout juste d'avoir quarante-cinq ans et se sentait en forme. L'agacement, dont il souffrait plus que du temps de sa jeunesse, n'était pas une maladie. Il ne buvait pas beaucoup par rapport à la moyenne : il dormait, il était plein d'énergie, il était somme toute très bien dans sa peau. N'empêche, quand il ne pleuvait pas, le court trajet à pied depuis la gare ne pouvait pas lui faire de mal. Il pouvait même lui faire du bien.

Au moins cette marche lui donnait-elle l'occasion de méditer tranquillement. En général, il réfléchissait aux avantages de la stabilité. C'était une qualité à laquelle il était très attaché. Savoir que les plaisirs du foyer l'attendaient toujours sans lui réserver de grosses surprises était pour Gladwyn éminemment rassurant. La condition essentielle à cette sérénité était, cela va de soi, d'être marié à la femme qu'il fallait. Gladwyn savait qu'il avait de la chance à cet égard. Il ne voulait pas paraître suffisant, même en son for intérieur, mais il avait conscience d'avoir la meilleure épouse qu'un homme puisse trouver. Son plus vieil ami, Rory, marié à une femme peu prévisible, avait laissé entendre un jour que Gladwyn devrait sortir plus souvent : aller plus fréquemment à des fêtes, voir davantage ses amis, bref se montrer plus sociable et plus boute-en-train. Gladwyn n'était pas d'accord. Son rythme de vie lui convenait. Pourquoi le changer ? C'était peut-être vaniteux, mais il ne désirait aucun changement. Rentrer à la maison retrouver sa femme et son fils, savoir exactement comment seraient Blithe et Tom, comment serait la cuisine et comment serait le dîner, voilà tout ce qu'il demandait.

Un soir de printemps, Gladwyn s'en retournait vers les joies coutumières du foyer. Une démarche rapide était recommandée, mais il ne fallait pas exagérer : son pas était plutôt du genre nonchalant... La journée avait été une de ces paisibles journées sans anicroche, comme il peut s'en enchaîner des semaines d'affilée : soudain on songe qu'une éternité s'est écoulée, alors que le temps n'a pas semblé filer si vite que cela.

En ce mercredi ordinaire, il arriva à la maison à l'heure habituelle. En remontant la petite allée, il aperçut sa femme par la fenêtre de la cuisine. Elle rinçait une assiette dans l'évier. Il toussa.

Blithe ne l'entendit pas toussoter, mais en voyant son brusque mouvement de tête et son haussement d'épaules, elle sut qu'il s'était raclé la gorge pour en chasser l'irritation du soir. Bientôt, il se mettrait à lui parler avant d'avoir franchi la porte. C'était une de ses manies un peu crispantes : s'imaginer qu'on pouvait entendre ce qu'il disait à travers un épais panneau de bois. Les remarques de sa femme n'avaient rien changé à cette manie.

Elle entendit sa voix, pas ses paroles. Celles-ci ne devaient pas être d'une extrême importance, car Gladwyn ne les répéta pas en entrant dans la cuisine. Il regarda autour de lui d'un air étonné comme s'il n'avait jamais vu la pièce, mais à vrai dire il paraissait souvent étonné par les choses les plus normales. Il posa sa petite valise par terre et avait passé la nuit à Londres à cause d'une réunion tardive et avait pensé à ce retour à la maison toute la journée. Lorsqu'il s'approcha de sa femme, elle se retourna à moitié, une grande casserole à la main.

« Le train était à l'heure pour une fois, dit-il.

— Quelle chance. »

Leurs têtes se touchèrent, mais pas leurs visages. Un geste un peu brouillon, rien à voir avec un baiser. Blithe constata qu'il portait la chemise propre qu'elle lui avait sortie la veille. Parfois, quand il rentrait après une nuit d'absence, il avait encore la même chemise et la même cravate. Bizarre, pour un homme aussi pointilleux, se disait Blithe.

Mais inutile de le questionner. Ce n'était pas le genre de broutille qu'il aurait jugée intéressante ou importante.

Tom, pas tout à fait onze ans, déboula dans la pièce. Il jeta sur la table une pile de cahiers, délogeant les couteaux, les fourchettes et les verres qui y étaient impeccablement disposés. Gladwyn s'écarta de sa femme pour aller vers son fils et, fermant le poing, lui administra un petit coup sur la joue.

« Ça va, vieux ?

— Cool. »

Gladwyn, pour se retenir de corriger ce piètre vocabulaire, ébouriffa les cheveux de Tom.

« On pourrait se faire une partie après le dîner, suggéra-t-il, quand Tom se fut soustrait à la caresse importune de sa main.

— Je suis sur l'ordi, papa.

— Bon. Une autre fois. »

Il était décidé à ne pas paraître vexé par cette rebuffade. Blithe savait qu'il prenait sur lui.

« C'est que ça fait un moment qu'on n'a pas joué ensemble…

— Non. »

Tom ramassa ses cahiers et sortit de la cuisine.

« Qu'est-ce qu'il a ?

— Rien, répondit Blithe.

— On dirait qu'il ne veut plus jamais jouer.

— N'importe quoi. Il ne veut pas jouer tous les soirs, c'est tout. Je veux dire, les soirs où tu es là.

— J'ai cru comprendre. »

Gladwyn alla s'adosser au vaisselier, bras croisés. D'une stature imposante, il était grand et large d'épaules. Ses traits, jadis très beaux, commençaient à se ramollir. Lorsqu'il souriait de ce sourire que Blithe trouvait toujours irrésistible, des rides se dessinaient soudain partout sur son visage. La peau se plissait. Ses yeux, réduits à de simples fentes par son sourire, en perdaient presque leur couleur bleue.

Il regardait le dos de sa femme alors que celle-ci plaçait des assiettes sur l'égouttoir.

« Risotto, ce soir ? » finit-il par demander.

Même après quinze ans de mariage, son retour, le soir, n'était pas toujours exempt de malaise. En général, parler cuisine la détendait un peu, mais il sentait qu'aujourd'hui ce serait plus laborieux. Dommage, car il était fatigué.

Blithe pivota sur ses talons et hocha la tête. Ils se faisaient face. Gladwyn sortit son portable de la poche de sa veste. Blithe ne l'avait pas entendu sonner, et il n'avait pas l'air de consulter un message, ni d'écrire un texto. Peut-être vérifiait-il simplement que l'engin était bien là. Même si, contrairement à son mari, Blithe avait une bonne compréhension de la technologie moderne, l'omniprésence actuelle des téléphones mobiles et autres gadgets la rendait folle. Elle ravala un sarcasme. Gladwyn remit le téléphone dans sa poche.

« Je vais aller chercher une bouteille de blanc, annonça-t-il. Ou ton rosé. Il va bien avec le risotto.

— Dîner dans dix minutes.

— Parfait. »

Tandis qu'elle remuait le risotto, Blithe se rendit

compte que si Gladwyn avait été à la maison, cette journée aurait été une de ses journées d'observation minutieuse. Elle aurait remarqué absolument tout chez lui : la façon dont sa démarche risquait de se transformer en dandinement, sa coupe trop courte qui commençait à s'améliorer maintenant que ses cheveux repoussaient, le léger tremblement de sa main alors qu'il tournait les pages du journal, la façon dont ses dents s'attardaient sur sa lèvre inférieure quand il avait terminé une phrase un peu longue… tout. Elle trouvait fascinant d'observer si méticuleusement l'homme à qui elle était mariée depuis presque seize ans, et qu'elle aimait. Ces petites choses, elle les consignait avec soin dans sa mémoire, de sorte que, quand ils étaient séparés, elle n'avait pas en tête uniquement la vague silhouette de son mari, mais une centaine de détails réconfortants. Examiner et voir comptaient parmi les expériences stimulantes de la vie. Si on ne remarquait jamais rien, l'existence serait bien morne.

Il y avait pourtant des jours où elle se réveillait accablée d'une curieuse léthargie, et où elle savait qu'elle n'étudierait pas son mari avec une acuité particulière. Ni Gladwyn ni personne, d'ailleurs. Ces journées qu'elle considérait comme perdues étaient néanmoins extrêmement agréables. Elle vaquait aux tâches dont elle devait s'occuper, réservant son après-midi aux activités qui lui procuraient le plus de plaisir : travaux de jardinage ou lecture au coin du feu. Ni Gladwyn ni personne n'aurait su identifier ces journées perdues car elle se débrouillait pour les camoufler.

Blithe avait une amie qui prétendait surveiller son mari de près parce qu'elle le soupçonnait d'avoir une maîtresse, et qui se frottait les mains à la perspective d'un règlement de comptes. Blithe n'avait pas un tel mobile. Elle faisait totalement confiance à Gladwyn. Il l'aimait, comme il le lui faisait comprendre depuis longtemps, quoique sans passer par des déclarations. Il ne manifestait aucun signe d'attirance envers d'autres femmes, malgré une vie sociale qui lui permettait de rencontrer des créatures séduisantes, aussi bien célibataires que mariées. Profondément enraciné, son amour pour elle n'avait pas besoin d'être claironné et Blithe se sentait en sécurité. Douillettement rassurée. Si elle ne lui avait pas fait une confiance absolue, ses absences répétées de la maison auraient été insupportables. Le travail de Gladwyn l'amenait à se rendre de temps en temps à Paris ou en Amérique. Mais il devait surtout aller à son bureau de Londres plusieurs fois par semaine, et dans diverses régions d'Angleterre. Blithe aimait bien les journées de solitude que lui accordait le métier de son mari. Elle aimait bien avoir la maison pour elle, pouvoir s'installer avec un bouquin à la table de la cuisine sans avoir à faire la conversation. Et quand Gladwyn l'appelait pour un de leurs brefs échanges d'ordre pratique, elle trouvait cela assez excitant. Cela signifiait qu'il pensait à elle alors même qu'il allait assister à une réunion du conseil d'administration. Elle alluma les deux bougies sur la table, comme elle le faisait tous les soirs où son mari était là.

Gladwyn, verre de vin à la main, se dépêcha de monter dans son bureau, puis ouvrit la fenêtre de la petite pièce sombre. Une bouffée d'air chaud l'incita malgré lui à respirer à fond, mais la vue le fit déchanter : la banlieue. Il avait une sainte horreur de leur petit jardin propret avec ses rangées de rosiers Mme A. Meilland, ses buis en boule plantés ici et là, son sentier rectiligne, ses carrés de pelouse anémique qu'il avait le devoir de tondre. Par-dessus tout, il détestait le spectacle des maisons d'en face, avec leur architecture edwardienne compliquée, leurs façades en brique pleines de suffisance, les voitures élégantes garées tout le long de la rue. Les voisins avaient beau tâcher de se singulariser – des portes d'entrée d'une couleur austère à la mode, des rideaux de dentelle ancienne, une statue de chérubin à côté d'une vasque à oiseaux –, leurs tentatives lui arrachaient à peine un sourire. Il détestait tout dans ce quartier. Il avait écouté Blithe un millier de fois lui expliquer à quel point l'emplacement était idéal : à moins de deux kilomètres de la gare et de ses nombreux trains pour Londres, à huit cents mètres du meilleur supermarché, à quelques minutes à pied de l'excellente école de Tom… Gladwyn ne pouvait pas lutter et, du reste, il n'essayait plus. Et il ne pouvait pas décrire à Blithe l'oppression qu'il ressentait. Il rêvait de cieux immenses, comme ceux de son enfance, dans le Norfolk. Ici le ciel se résumait à quelques taches pâlottes, cachées par un régiment de toits identiques. Il aspirait de tout son être à vivre à la campagne. Mais Blithe ne voulait pas en entendre parler. Elle avait horreur de la boue, des champs, des animaux, du silence. Il avait renoncé depuis longtemps à essayer de la persuader.

Gladwyn posa le regard sur son bureau. Hérité d'une grand-tante, c'était un objet très travaillé, copie d'un meuble du château de Versailles. Gladwyn aimait son excentricité, et le fait qu'il ait atterri dans cette petite pièce d'une maison de banlieue. Il promena un doigt sur ses bords en laiton moulé qui avaient toujours l'air de briller. (Une rutilance sans doute due à l'efficacité de Blithe, même si Gladwyn n'avait jamais demandé qui se chargeait de l'astiquer.) Sa main se déplaça ensuite sur le magnifique plateau en cuir fatigué où le courrier du jour était empilé avec soin. Même les choses les plus banales, Blithe les faisait avec soin : les enveloppes les plus grandes en dessous. Il n'y avait pas une seule adresse manuscrite. Gladwyn feuilleta les enveloppes. Que des factures. (Blithe estimait qu'une extravagance par-ci par-là donnait du sens à la vie, mais son « par-ci par-là » se révélait assez fréquent...) Il contempla la photo prise le jour de leur mariage : le soleil découpait le voile de Blithe en multiples rubans, et le vent, qui s'était ensuite transformé en tempête d'été, faisait voleter le bas de sa robe en organdi blanc. Le sourire de Blithe. Elle avait basculé la tête vers lui à la requête du photographe. Elle souriait encore de cette façon, souvent, et chaque fois son cœur bondissait comme à l'époque.

Gladwyn avait rencontré Blithe à un mariage.

Un mariage auquel il n'avait pas eu l'intention d'aller, mais on avait proposé de l'emmener et il avait accepté à contrecœur. Il ne se rappelait pas le nom de l'endroit, quelque part dans le West Country, des collines pas loin et d'énormes chênes dans un jardin qui descendait vers un lac. Peu après être arrivé et avoir attrapé un verre de champagne sous le chapiteau extérieur, il avait vu le ciel s'assombrir. Il s'était dépêché de quitter la tente pour gagner la maison avec l'intention de bouquiner dans la bibliothèque en attendant le déjeuner. Il faisait une chaleur étouffante sous le chapiteau et le vacarme rendait toute conversation impossible. Si jamais il se mariait un jour, la réception ne serait pas comme celle-là.

Remontant de vastes couloirs lambrissés de chêne, il avait ouvert plusieurs portes énormes et enfin trouvé la bibliothèque. Une fille aux pommettes ravissantes, merveilleusement dessinées, était assise sur la banquette de fenêtre. Elle riait avec quelques amies. Uniquement des filles, qui portaient toutes, à part celle aux pommettes, de drôles de petits bibis. La pluie tombait à présent avec fracas, frappant les vitres immenses. La fille qu'il avait repérée – il avait à peine fait attention aux autres – se détourna après un rapide coup d'œil. Son visage était piqueté de lumières, reflets de cent gouttes de pluie. Sa tête tout entière miroitait. Elle se tourna de nouveau vers lui et sourit.

« Alors, on cherche le calme ? » fit-elle d'une voix qui lui sembla légèrement moqueuse.

Aurait-elle deviné que tous ces flaflas le barbaient et qu'il voulait s'accorder un répit dans son coin ?

« En effet. On étouffe sous ce chapiteau. »

À ce moment-là – du moins, en reconstituant la scène pour la énième fois, il pensait que c'était à ce moment-là –, Gladwyn vit les trois autres filles quitter la pièce. Elles n'inventèrent aucune excuse. Elles se contentèrent de s'en aller, et Gladwyn les adora.

Alors qu'il se dirigeait lentement, prudemment, vers la banquette de fenêtre, un poème de Shelley appris il y a des lustres lui revint à l'esprit. *Salut à toi, esprit joyeux*[1]...

« Je m'appelle Gladwyn Purser. Et vous ? »

Elle ne marqua aucune surprise à l'énoncé de son nom, que la plupart des gens jugeaient affreusement démodé et donc ridicule. Elle tendit la main. Ses doigts avaient un contact aussi doux que les gants de chevreau de sa mère, autrefois.

« Je m'appelle Serena Hawley. »

Gladwyn lui lâcha brusquement la main en reculant d'un pas. Il poussa un profond soupir, comme s'il était contrarié.

« J'ai bien peur... de ne pas aimer ce prénom de Serena. »

Il comptait déclarer cela d'un ton léger, avec une nuance de plaisanterie dans la voix. Il craignait d'avoir raté son coup, d'avoir pris un accent trop virulent. Les sourcils de Serena se dressèrent : elle

1. *Hail to thee, blithe spirit*, « To a Skylark » (À une alouette). (*N.d.T.*)

n'appréciait pas du tout ce commentaire pour le moins prématuré.

« Alors je vais vous appeler Blithe, dit Gladwyn.

— Blithe comme dans le poème de Shelley ?

— Exactement. »

Blithe – car elle était déjà Blithe dans l'esprit de Gladwyn – pouffa.

« Pourquoi pas ? C'est bien de se dire qu'un adjectif peut aussi faire un joli prénom. Ça ne me gêne pas d'être Blithe, pour vous. »

Elle se leva soudain. Le pli de son front avait disparu pour laisser la place à un sourire.

« J'aimerais bien manger un morceau... On brave la tempête ?

— Et si j'allais nous chercher deux assiettes et que je les rapportais ici ?

— Parfait. »

Ils avaient passé leur premier déjeuner ensemble sur fond de pluie argentée ruisselant sur les carreaux. Atténués par la distance, des accords de jazz années 1930 leur parvenaient du chapiteau détrempé.

Personne n'entra. Personne ne les dérangea.

À cette époque-là, Gladwyn et Blithe habitaient Londres tous les deux. Blithe était prof d'anglais et de français dans une école d'Holloway. Le bureau de Gladwyn, agréablement spacieux, se trouvait dans une rue sinistre près de St Pancras. Pour se faciliter la vie, il y avait fait installer une chambre avec salle de bains et cuisine, où il menait une existence frugale qui lui évitait les trajets quotidiens en métro. Son métier, comme il avait tenté de l'expliquer à Blithe, était difficile à décrire : l'import-export. Le négoce. Rien d'excitant. Le commerce de la corde. Du sisal. Blithe était incapable de comprendre en quoi consistait précisément son activité. À vrai dire, les descriptions de son travail l'ennuyaient. Elle n'écoutait jamais très attentivement quand il tâchait de lui en expliquer les mécanismes. Elle ne faisait pas semblant : les affaires ne l'intéressaient pas. Elle s'était toujours imaginé qu'elle épouserait un genre d'artiste, un écrivain ou un musicien. Elle aurait pu faire une très bonne épouse d'artiste : de longues conversations au dîner sur l'exposition Monet, sur un concert de Bartók ou la dernière sélection du Booker Prize.

Ce qui intriguait Blithe, c'était la petite activité annexe de Gladwyn. Il s'était lancé dedans par hasard. Quelques années plus tôt, en traînant les pieds, il avait accompagné sa mère à un vide-greniers. Parmi la foule de cochonneries, il était tombé sur une assiette au charme singulier. Il n'y connaissait rien en porcelaine à l'époque, mais il l'avait achetée deux livres pour la simple raison qu'elle lui plaisait. Ses couleurs sobres et ses motifs de feuilles classiques le ravissaient littéralement, sans qu'il comprenne pourquoi. Il avait placé l'assiette sur une étagère dans son bureau, et puis un jour un client français était entré. Il était allé tout droit prendre l'assiette et l'avait examinée.

« Un sacré trésor que vous avez là... » avait-il dit.

Par curiosité, Gladwyn avait montré l'objet à différents experts en s'attendant à ce qu'on lui rie au nez. Mais, à sa grande stupeur, il avait appris que c'était du Sèvres, une pièce très précieuse qui valait une somme considérable. Il ne l'avait pas gardée longtemps. Durant une période de vaches maigres, Gladwyn l'avait vendue, et n'avait cessé de le regretter depuis. Cette aventure l'avait toutefois incité à se mettre en quête d'autres belles porcelaines – pas dans des vide-greniers, mais par des filières plus conventionnelles. Il apprenait vite, et il aimait chercher. Il avait bâti une impressionnante collection à une vitesse vertigineuse, et vendait parfois certaines pièces afin d'en acheter d'autres. Parmi les activités de son mari, c'était celle-là qui réjouissait Blithe : elle partageait ses triomphes comme parfois ses fiascos.

Gladwyn était fier du talent de professeur de sa femme et vouait aux profs en général une grande admiration, mais cela ne signifiait pas qu'il avait envie de passer ses soirées à discuter du déclin du subjonctif, de la façon dont on enseignait Jules César aujourd'hui ou des principes éducatifs, si fascinants soient-ils, de l'établissement anticonformiste où travaillait Blithe. Ils ne manquaient pas de conversation pour autant. Ordinairement, Blithe posait les questions et Gladwyn fournissait les explications. Elle le lui rappelait souvent, c'était lui, dans le couple, l'intellectuel, et elle tenait à ce qu'il lui apprenne des choses.

Blithe avait un appartement à Parsons Green. La première fois que Gladwyn était venu la voir, il était arrivé avec un horrible bouquet de fleurs – orange, rouge vif et rose pâle – dans un cornet en papier argenté. Un des rares conseils que son père lui avait donnés était de « ne jamais bousculer une femme ». Cette tactique s'était révélée judicieuse. Les femmes qu'il avait mises très vite dans son lit n'y restaient jamais longtemps. Mais Blithe étant à ses yeux un être hors du commun, il lui faisait la cour, oui il s'agissait bien de cela, il lui faisait la cour avec lenteur et circonspection. Il l'avait embrassée sur la joue une seule fois, ce qui l'avait prise au dépourvu. Il lui avait tenu la main une seule fois, pour l'aider à sortir d'un taxi sous une pluie battante et à enjamber une flaque d'eau.

« En quel honneur ? s'était-elle étonnée lorsqu'il lui avait remis l'affreux bouquet.

— Je me suis simplement dit : des fleurs », avait-il expliqué devant sa mine abasourdie.

Ils avaient tous deux éclaté de rire, séparés par ce bouquet aux teintes criardes.

« Merci. Je vais les mettre dans l'évier. »

Elle n'avait pas parlé de les disposer dans un vase, et Gladwyn avait supposé qu'après leur nuit de trempage elles risquaient fort d'échouer dans la poubelle.

Ils devaient assister ce soir-là à un dîner de bienfaisance dans un hôtel de luxe. Ils auraient l'un comme l'autre préféré passer la soirée autrement, mais Gladwyn avait été invité par un collègue et avait jugé diplomate d'accepter.

Leurs yeux se croisèrent sans arrêt durant l'interminable succession de mets compliqués présentés sur des assiettes bien trop grandes pour les lichettes de nourriture qu'elles contenaient. Ils firent la conversation à leurs voisins de table, ils écoutèrent un homme dénué de tout talent oratoire en appeler à la générosité de l'assistance. Et puis, tout à coup, Gladwyn se leva pour rejoindre Blithe. Il lui fit signe de le suivre. Gênée par la grossièreté d'une telle désertion, elle hésita et il lui prit le bras. Se faufilant entre les tables, ils gagnèrent le couloir que recouvrait une épaisse moquette.

« Où est-ce qu'on va ? demanda Blithe.

— Je ne sais pas trop.

— C'est atrocement grossier, non ?

— Possible. »

Il était laconique. Il avait en tête quelque chose de pressant.

Des portes toutes pareilles jalonnaient le couloir. Gladwyn en choisit une au hasard. C'était un placard de ménage : encaustique, bombes aérosol, chiffons à poussière… Les parois étaient garnies d'étagères accueillant des bataillons de produits d'entretien. Il régnait une odeur de désinfectant. Malgré l'obscurité quasi totale, ils virent que l'espace au sol était très exigu : tout juste la place de se tenir à deux entre un aspirateur et une gerbe de balais à franges. Gladwyn referma la porte.

« Qu'est-ce que vous…

— Chut, chut », fit-il, avant de l'embrasser.

Elle le sentit qui tirait sur sa jupe. Le satin glissa facilement sur le haut de ses cuisses.

« Mais, on se connaît à peine !

— On se connaîtra bien mieux dans une minute. »

Il lui renversa la tête en arrière. Elle sentait bringuebaler derrière elle les boîtes d'encaustique et les flacons de produits ménagers. Le bord de l'étagère lui rentrait dans la nuque. Soudain elle le sentit qui s'enfonçait en elle : jamais on ne l'avait pilonnée aussi vigoureusement.

Ce fut vite terminé. Le pantalon fut remonté, la jupe rabattue : ils se rajustèrent dans le noir en parfaite harmonie. Puis, très délicatement, Gladwyn l'embrassa dans le cou, lui caressa les cheveux. Blithe était essoufflée.

« Je n'ai encore jamais fait ça. Je veux dire, dans un placard à balais.

— Moi non plus. »

Là-dessus ils s'esclaffèrent, avant de conclure qu'ils feraient mieux de retourner à table. Ils poussèrent la porte du placard, clignant des yeux en retrouvant les lumières du couloir.

« Quelle allure j'ai ? demanda Blithe en se tapotant les cheveux. Je n'ai pas l'air de…

— Tu es d'une beauté incroyable », affirma Gladwyn.

Dans le large éventail des compliments usuels, il ne savait jamais trop lequel choisir. Il espérait avoir sélectionné le bon. À en juger par l'expression de Blithe, il avait visé juste. Ils regagnèrent, sans se toucher, la salle de restaurant. Reprirent leurs places sur leurs chaises vides. Seul un convive, un homme entre deux âges qui avait manifestement beaucoup bu, semblait avoir remarqué leur brève absence.

« Vous étiez passés où, tous les deux, espèces de coquins ? »

Gladwyn le regarda dans les yeux sans ciller.

« Blithe ne connaissait pas les lieux. Je voulais les lui montrer.

— Ah », fit l'homme, déçu, en remplissant à nouveau son verre.

Après l'épisode du placard, Gladwyn et Blithe s'abstinrent d'évoquer le sujet. Tous deux s'interrogeaient. Tous deux se posaient des questions. Tous deux avaient la sensation que quelque chose, une sorte de certitude inhabituelle, était en train de fleurir en eux. Mais, inévitablement, le doute rôdait autour de cette certitude. Il s'écoula plusieurs jours sans qu'aucun des deux se décide à rompre le silence.

Et puis, un soir, Gladwyn apparut, s'excusa de surgir à l'improviste et tendit à Blithe un autre bouquet de fleurs abominables. Il posa une petite valise par terre.

« Je me suis dit que ce serait plus facile... plus commode, si j'emménageais avec toi. Ton appartement est mieux que le mien, et je t'aime, ça, c'est sûr. »

Blithe fondit en larmes, des larmes qui se transformèrent en rire.

« Pareil pour moi. »

En prononçant ces mots, Blithe s'étonna du langage souvent maladroit de l'amour. Elle aurait voulu avoir le temps de répondre de manière plus élégante.

« Bien sûr que tu peux habiter ici. »

Gladwyn avait pris la précaution d'apporter des sandwichs de saumon fumé, au cas où Blithe n'aurait rien eu dans son frigo et où ils auraient faim dans le courant de la soirée. Il avait eu raison. Le lit de Blithe était autrement hospitalier que le placard à balais. Ils ne pensèrent aux sandwichs que bien après minuit.

Ils se marièrent le printemps suivant, n'ayant pas tardé à découvrir qu'ils désiraient vivre ensemble à tout jamais. L'appartement, pour Blithe, était transfiguré par la simple présence de Gladwyn. Elle n'en modifia guère la décoration, se contentant de repeindre le salon et de faire de la place pour le bureau et les rares meubles de Gladwyn. Pour Gladwyn, habiter chez une femme qui maîtrisait l'art de rendre un logis attirant était un émerveillement sans fin. Il n'avait jamais passé plus d'une nuit ou deux chez une petite amie, mais aujourd'hui il se pâmait d'aise devant le savoir-faire féminin : la vaisselle bien rangée sur les étagères, les vêtements à l'abri dans les armoires, l'originalité des tableaux, leur emplacement sur les murs… En réalité, l'appartement était trop petit pour deux, mais ils s'en moquaient. Ils passaient la journée entière à l'extérieur, Blithe à l'école, Gladwyn à son bureau. Le soir, après le travail, ils restaient souvent tranquillement à la maison, même si les invitations à dîner ne manquaient pas. Le week-end, pour apaiser l'ardent besoin qu'avait Gladwyn de quitter Londres, ils allaient voir sa mère dans le Wiltshire, ou bien la sœur de Blithe à Brighton.

Lors de leur cinquième anniversaire de mariage, durant un dîner d'un prix exorbitant dans un restaurant français, Gladwyn fit remarquer que la vitesse à laquelle étaient passées ces cinq années de vie conjugale indiquait forcément qu'ils étaient vieux.

« Enfin quoi, ce sont toujours les vieux qui radotent sur le temps qui file. Et pourtant me voilà, même pas quarante ans, et je suis d'accord avec eux.

— À mon avis, la vieillesse n'est pas seule en cause, dit Blithe. À mon avis, ça a un lien avec le bonheur. Si on a la chance de l'avoir trouvé, alors le temps file comme un éclair. On se réveille chaque matin euphorique à la perspective de la journée, et puis de la soirée ensemble, et on s'aperçoit tout à coup que le temps s'est emballé, que les mois, et même les années ont passé... »

Elle se tut, rougissante, gênée de son aveu inattendu. Il était rare que Gladwyn et elle exposent leurs sentiments. Lorsqu'ils s'y risquaient, tous deux trouvaient cela un brin déstabilisant. Gladwyn caressa la main de sa femme – là encore un geste peu fréquent. Il lui commanda un dessert exotique. Blithe effectua un rapide calcul. Elle n'avait pas prévu de lui annoncer la nouvelle ce soir-là. Mais le moment lui parut idéal.

« Tu sais quoi ? Je suis enceinte. »

Gladwyn cligna des yeux. Blithe crut y distinguer des larmes, mais c'était peut-être la lueur des deux flammes de bougie.

« Tu es absolument certaine ?

— Tout à fait. »

Cela faisait presque deux ans qu'ils essayaient d'avoir un enfant. Tous deux restaient muets, cherchant les mots qui convenaient sans les trouver.

« Je vais te dire ce que ça signifie, reprit enfin Blithe, explorant d'une cuillère tremblante son édifice de crème glacée. Ça signifie qu'on va devoir vendre l'appartement. Trouver quelque chose de plus grand.

— Bien sûr, répondit Gladwyn. Ça a toujours été prévu comme ça. »

Il marqua une pause.

« À la campagne, ajouta-t-il.

— Oh, non, Glad ! Pas question. Tu sais comme je... »

Gladwyn ne connaissait que trop bien la position de sa femme concernant la campagne. Un petit nuage plana sur le reste de leur dîner d'anniversaire.

Ils entamèrent l'épuisante recherche d'une maison qui soit située pas trop loin de Londres. Il y avait toujours un détail qui clochait, même si, comme Gladwyn ne cessait de le rappeler à sa femme, la maison parfaite n'existait pas. Plusieurs fois il insista pour qu'ils aillent voir des maisons d'où la véritable campagne était accessible à pied. Mais Blithe était inflexible. Elle ne voulait pas, elle ne pouvait pas vivre à proximité de collines traîtresses et de petites routes désertes : un endroit où elle aurait besoin de la voiture pour aller au supermarché. Gladwyn, que tourmentaient la pâleur et les nausées permanentes de sa femme, se demandait s'il se serait battu plus vaillamment pour le genre de maison qu'il désirait si Blithe n'avait pas été enceinte.

« Tu sais, dit-il un jour d'une voix qu'il espérait patiente, quand il y a d'énormes divergences d'opinions, ou d'envies, entre un mari et sa femme, les décisions doivent être prises avec une extrême prudence.

— Absolument, concéda Blithe, désormais lassée de toutes ces disputes. Mais qui peut dire lequel de nous deux éprouve les sentiments les plus forts ? Et lequel, dès lors, est censé accepter le compromis ?

— Mystère. »

Gladwyn haussa les épaules. Il aurait aimé proposer qu'ils restent dans l'appartement : d'accord, ce serait difficile avec un bébé, mais ils y avaient toujours été bien.

« On n'a plus qu'à espérer qu'une solution nous tombe du ciel. »

La solution se présenta pendant un voyage de Gladwyn en Amérique. « Vraiment à saisir », avait souligné l'agent immobilier à propos d'une maison en périphérie de Reading. Blithe était allée la voir, la maison semblait répondre à tous ses desiderata, et elle fit une offre juste après la visite. Elle appela Gladwyn dès qu'elle revint à l'appartement.

Il sortait d'une réunion à Los Angeles. Les gens avec qui il avait été cloîtré tout l'après-midi s'étaient montrés agressifs, intransigeants. Il se sentait épuisé, et il mourait de chaud. La sueur ruisselait sur son visage. Sa chemise sentait la transpiration.

Histoire de recouvrer son calme avant d'aller à l'aéroport, il fit escale dans le hall d'accueil qui avait été conçu pour impressionner son monde, et sirota un gobelet d'eau glacée. Dans ces cas-là, il prenait son boulot en grippe et rêvait d'arrêter de sillonner la planète. Dans ces cas-là, Blithe lui manquait, tout comme l'Angleterre. Son portable sonna.

« J'ai trouvé la maison ! Dieu merci, s'exclama-t-elle. On fêtera ça à ton retour. »

Gladwyn resta sans voix. Un sentiment de rage lui vrilla les intestins. Comment osait-elle faire une offre pour une maison qu'il n'avait même pas vue ? Évidemment, comme c'était lui qui apportait la part la plus importante, il pouvait toujours refuser. Mais alors là, gare aux rancœurs.

« Allons, dit Blithe, d'une petite voix. Tu n'es pas content ? »

Gladwyn déploya un immense effort :

« Je suis soulagé que tu aies trouvé quelque chose, lâcha-t-il enfin. Et où est-elle, cette maison ? »

Blithe le lui précisa. Elle décrivit brièvement tous les avantages : quatre chambres à coucher, une véranda, « de très grandes fenêtres », un jardin qui deviendrait facilement merveilleux. À cinq minutes à pied de la gare et des magasins...

« Très bien, dit Gladwyn. Je serai là vers midi demain. »

Il referma son portable. Il lui fallut une demi-heure, en sirotant son eau glacée, pour rassembler l'énergie de se lever, de rejoindre les portes vitrées puis de sortir dans une chaleur aussi déchaînée que sa colère. Une fois dans l'avion, au milieu de l'Atlantique, il finit par se calmer. Une lune toute ronde bondissait dans le hublot à côté de son siège. La première classe, aux frais de son entreprise, était confortable. Il réclama un verre de champagne en pensant que les bulles adouciraient peut-être l'intense tristesse qui s'était logée au fond de lui et qui l'assaillait régulièrement, aux moments où il s'y attendait le moins.

Blithe avait raison : la maison était idéale à bien des égards. Mais Blithe n'entretenait pas le même rapport aux maisons que Gladwyn. Enfant, il avait habité sur la côte du Norfolk dans une grange aménagée qu'il aimait passionnément. À l'internat, c'était la maison qui lui manquait, pas ses parents. La vue au loin sur les marais et sur les dunes, le frémissement des voiles à l'horizon à marée haute. Il adorait pouvoir rallier en une toute petite minute de course le sentier des marais et la plage. Il adorait le ciel qui aurait pu être le dessous du paradis, un grand toit mouvant de nuages qui se fondaient les uns dans les autres, formant des dessins sans cesse différents. Il s'était toujours imaginé vivre dans un endroit comme ça quand il serait adulte. Les éléments, la nature, voilà ce qui grisait son âme. Les villes, au contraire, la mettaient en cage.

C'est dans cette grange aménagée qu'il avait eu son premier aperçu de l'amour authentique, du bonheur constant. Quand il en était éloigné, il pouvait entendre le bruit de chacune de ses portes, respirer l'odeur de cire d'abeille de la table de la cuisine, humer les arômes du feu de bois dont les branches gorgées de sève produisaient une fumée bleue délicieusement parfumée, se rappeler le confort plus ou moins douillet de tel ou tel fauteuil. Sa mère, toujours de dos, penchée sur ses fourneaux, confectionnait des plats merveilleux dont les effluves emplissaient toute la pièce : ragoûts de poisson, currys, poulets rôtis... Blithe, par commodité, achetait surtout des surgelés qui ne risquaient pas d'embaumer leur kitchenette.

Ils emménagèrent dans leur nouvelle maison de banlieue quelques semaines avant la naissance de Tom. Blithe fit tout ce qu'elle put pour rendre les lieux agréables à Gladwyn, et y réussit plus ou moins. Il reconnut que les couleurs des murs étaient jolies, et son petit bureau tout à fait acceptable. Mais jamais il ne pourrait aimer contempler par les fenêtres une vue qu'il jugeait profondément déprimante, même si, il le savait, la plupart de leurs voisins la trouvaient ravissante. Pour affronter les nombreuses années à venir, il décida, dans la mesure du possible, d'enterrer ses aspirations, et de se concentrer sur les choses qui égayaient son existence. Mais ses rêves, bien que mis de côté, ne le quittèrent jamais. Il s'aperçut qu'habiter un endroit qu'on n'arrivait pas à aimer projetait sur la vie une ombre perpétuelle.

La naissance de Tom s'avéra un fabuleux dérivatif : il n'aurait jamais imaginé pouvoir aimer à ce point un petit enfant. En raison de cet enfant, d'ailleurs, leur mode de vie changea. Blithe démissionna de son poste à l'école locale, tout en prétendant qu'elle le reprendrait peut-être d'ici quelques années. Gladwyn se débrouilla pour faire moins de déplacements à l'étranger. Il tenait à être là pour assister aux extraordinaires progrès quotidiens de son fils. La joie que leur inspirait Tom constituait un facteur de plaisir inédit dans leur vie, un émerveillement chaque jour renouvelé. Gladwyn se moquait souvent de Blithe et de l'attention excessive qu'elle concentrait sur son fils. Elle avait commencé à lui faire la lecture alors qu'il n'avait pas quinze jours.

« Et quel livre a ses faveurs ? lui demanda Gladwyn, légèrement ironique.

— Les poèmes de Seamus Heaney. »

Gladwyn réagit par un rire incrédule. Sans se démonter, Blithe s'esclaffa à son tour : Gladwyn ne persiflait pas sérieusement.

« Ce qu'il faut, c'est qu'il apprenne à connaître ma voix.

— Il ne risque pas d'y couper. Et après tu pourras passer à Dickens, Dante, Dostoïevski… »

Il lui prit l'enfant des bras et l'examina avec un sourire ravi.

« Non : tu as raison. Je plaisantais. Nous ferons la lecture à Tom tous les jours. Ce sera intéressant de voir l'effet que ça a. »

Comme la plupart des parents, Gladwyn et

Blithe étaient tellement fascinés par le petit être qu'ils avaient engendré qu'ils passaient beaucoup de temps avec leur fils : bain, promenade, lecture, jeux... Tous deux adoraient chaque instant en sa compagnie, et puisaient désormais en l'autre une sorte de contentement paisible. Gladwyn renonça à une partie des obligations qui l'éloignaient de son foyer. Blithe, lorsque Tom eut un an, ressentit l'envie de renouer avec une activité qui lui permette d'exercer son cerveau.

Elle ne voulait pas recommencer à enseigner dans une école. Les complications qui allaient avec – les transports, la correction des devoirs – lui auraient pris trop de temps, un temps qu'elle préférait passer à la maison avec Tom. L'idée lui vint alors de donner des cours particuliers et, avec son efficacité habituelle, elle dénicha une demi-douzaine d'élèves qui avaient besoin d'aide avant leurs examens.

Trois jours par semaine, deux d'entre eux venaient à domicile et s'installaient à la table de la cuisine. Blithe offrait des pauses-café le matin, et du thé l'après-midi. L'ambiance était douillette, chaleureuse. En regardant par la fenêtre, elle pouvait voir s'épanouir ses roses Mme A. Meilland, ou les mésanges à longue queue se chamailler au bord de la mangeoire. Elle trouva un élève de terminale pour garder Tom pendant ses cours. C'était un arrangement idéal. Elle ne pouvait imaginer que cette tranquillité puisse un jour prendre fin.

Il était rare qu'elle se demande si une existence

aussi ordonnée n'était pas un tantinet ennuyeuse. Peut-être Gladwyn aurait-il préféré qu'elle soit quelqu'un de plus vivant, qui ne rêve que de voyager avec lui, qui s'intéresse à la nature, la voile, la randonnée, bref, aux choses qu'il aimait. Mais il ne se plaignait jamais. Il ne suggérait jamais de modifier leur quotidien. Il paraissait heureux. Lorsqu'elle levait la tête de ses bouquins pour lui sourire, les traits fatigués de son mari s'éclairaient. Au bout de toutes ces années, elle avait encore sur lui un pouvoir stimulant. Souvent, ils n'allaient pas plus loin que le canapé du salon.

Ils n'avaient plus jamais parlé d'une éventuelle installation à la campagne. Gladwyn, Blithe en était convaincue, s'était non seulement habitué à ce « métro-boulot-dodo », comme il disait, mais s'était mis à l'apprécier.

Oui, tout allait bien dans le meilleur des mondes. Elle reçut bientôt une lettre du frère aîné d'un de ses jeunes élèves. Il avait appris quel excellent professeur elle était, et il avait un cruel besoin de soutien avant ses examens d'entrée à l'université. Est-ce que par hasard elle accepterait… ?

Blithe y réfléchit mûrement. Elle en discuta avec Gladwyn. Elle n'avait jamais donné de cours à des élèves de plus de dix-huit ans. Gladwyn lui affirma que ce serait intéressant, quoique différent.

« Tente le coup », dit-il.

Elle rédigea un bref e-mail :

« Venez mardi après-midi. Nous verrons comment ça se passe. »

Chapitre deux

De temps en temps, Gladwyn rendait visite à sa mère. Pas assez souvent, se disait-il, sans faire beaucoup d'efforts pour y remédier. Veuve, elle vivait seule désormais dans le cottage que son mari avait trouvé sur les Downs, à mille cinq cents mètres d'un petit village. C'était une vieille dame intrépide et joyeuse, qui passait une grande partie de ses journées à travailler sur une tapisserie dont l'achèvement semblait ne jamais approcher. Elle était indépendante, forte et plutôt en bonne santé. Presque tous les jours elle parcourait courageusement la route cahoteuse jusqu'à l'épicerie du village, afin de remplir son panier d'un assortiment de denrées qui auraient déprimé une vieille dame plus gâtée. Quand Gladwyn était enfant, elle avait élargi l'éducation de son fils en l'incitant à acquérir un bon vocabulaire. Elle lui remettait des listes de mots nouveaux et le récompensait d'une pièce de dix pence ou d'une barre chocolatée quand il les avait assimilés. Son premier triomphe était survenu à l'âge de cinq ans, lorsqu'il avait été félicité par son instituteur pour avoir employé le mot « mélancolie ». La chose avait renforcé son désir d'apprendre et son vocabulaire s'était rapidement étoffé. Gladwyn trouvait parfois étrange de ne pas avoir su transmettre à Tom cette soif de savoir avec la même habileté enjouée que sa mère avec lui. Il faisait tout pour encourager son fils dans divers domaines, mais Tom réagissait rarement avec enthousiasme. À l'évidence, songeait Gladwyn avec regret, la pédagogie était un don que peu de gens possédaient.

Maintenant qu'Eleanor – c'était le prénom de sa mère – était une dame vieillissante de soixante-quinze ans, la possibilité qu'elle quitte son cottage pour une maison de retraite était parfois évoquée. Épouvantée par cette idée, Eleanor mettait très vite un terme à la conversation. Gladwyn s'était résigné : il viendrait la voir plus souvent, voilà tout. C'était un long trajet en voiture, mais il avait toujours bien aimé conduire.

Il arriva un samedi d'avril alors que les massifs de tulipes dressaient vers le ciel leurs têtes multicolores. Comme chaque fois, cœur déloyal, il regretta que Blithe n'ait pas donné à leur jardin propret le charme fantasque de celui d'Eleanor, mais il ne lui en avait jamais touché un mot. Comme chaque fois, assis dans la cuisine, qui n'avait pas changé depuis son enfance, il écouta sa mère lui raconter les derniers potins tandis qu'elle remuait un ragoût de sa confection et annonçait qu'aujourd'hui il y aurait du crumble aux pommes. Il y avait systématiquement du crumble aux pommes. Il feignit l'étonnement, la gratitude et la délectation tout en jouant avec son petit verre de sherry. Eleanor paraissait toujours étrangement fière de son exploit lorsqu'elle parvenait à attraper la carafe sur le buffet. C'était là selon elle une marque d'indépendance : elle n'avait pas besoin de l'aide de son fils. Elle versait un doigt de sherry dans un petit verre aussi fragile qu'une toile d'araignée, puis reculait afin de guetter la satisfaction sur les traits de son fils. Gladwyn lui avait confié jadis qu'il ne raffolait pas du sherry, mais Eleanor était une femme dont le propre désir de vous voir aimer quelque chose avait toujours raison des marques que vous pouviez donner du contraire. Pour un motif jamais expliqué, elle voyait en son fils un buveur de sherry, et faisait tout ce qu'elle pouvait pour favoriser cette improbable habitude, sans aller toutefois jusqu'à lui en faire déguster plus d'un demi-verre.

Peu après le déjeuner il inventa une excuse pour s'esquiver. Elle se cramponna à lui quelques instants, ses doigts arthritiques, seul véritable indice de son âge, agrippant son pull. Il se demanda comment elle allait passer l'après-midi, comment elle passait ses journées. Elle ne lui téléphonait presque jamais, pas plus qu'à Blithe. Mais il n'y avait guère lieu de se tourmenter pour elle.

« Tu n'as vraiment pas à t'inquiéter pour moi, tu sais, Gladwyn. Je vais bien. J'ai plein de choses à faire, et toute une pile de ces livres audio que je peux écouter. Et puis j'ai mon amie Tilly. Tu sais, qui habite à l'autre bout du village. On se retrouve quelquefois. On veille l'une sur l'autre. Je dirais qu'elle me devance largement sur le chemin de la décrépitude... »

Gladwyn se souvint que sa mère lui avait appris le mot quand il avait douze ans : ce n'était pas un de ses préférés, et il ne l'avait jamais utilisé dans une rédaction. Eleanor eut un sourire discret, ce qui, chez elle, était presque le comble de la vantardise.

« Bon, dit Gladwyn. Je reviendrai bientôt. »

Il se pencha pour l'embrasser. Elle sentait l'eau de lavande et le crumble aux pommes. Pas très contemporain, comme parfum, songea-t-il.

Gladwyn roula quelques centaines de mètres jusqu'à l'endroit où il se garait toujours quand il voulait faire une promenade sur les Downs. Il atteignit rapidement le sommet. Une montée abrupte, mais une brise lui rafraîchissait le visage. Il contempla en contrebas le paysage familier. Les beaux arbres qui poussaient en bouquets au pied des collines étaient d'un vert plus vif qu'il y a quinze jours : le printemps s'imposait. Il se demandait souvent comment il pourrait finir par convaincre Blithe de venir habiter ici. Il lui avait fréquemment assuré qu'il n'y avait pas lieu de redouter ces vastes étendues du Norfolk qui s'étiraient jusqu'à la mer indistincte... Le bourg voisin, à l'heure actuelle, comportait suffisamment de boutiques pour quiconque aimait faire du shopping. Mais non. Il aurait beau dire, elle ne serait jamais d'accord.

De retour dans la voiture, Gladwyn mit le

moteur en marche avec une certaine répugnance. Il n'était pas pressé de rejoindre le groupe d'élèves de Blithe pour boire le thé avec eux. Le samedi, ils traînaient toujours, ne se rendant pas compte que cela n'intéressait pas le mari de leur prof d'être informé de leurs progrès alors qu'il avait envie de regarder le cricket à la télévision. Plusieurs fois il avait glissé à Blithe qu'il aimait mieux qu'elle ne reçoive pas d'élèves le samedi après-midi. Elle disait qu'elle comprenait tout à fait, mais n'y renonçait pas pour autant... Il se mit à rouler lentement sur la petite route courant dans les bois tapissés de jacinthes, une petite route le long de laquelle il avait le droit de se promener enfant parce que n'y circulaient que de rares tracteurs.

Dix mètres devant lui il aperçut une femme... une jeune fille ? Elle était adossée à un poteau et, de toute évidence, elle avait mal. Une bicyclette était calée contre la haie. Elle soulevait légèrement une jambe. Gladwyn s'arrêta à côté d'elle. Il baissa sa vitre.

« Je peux vous aider ? »

Il y eut un long silence. La femme, ou la jeune fille – il ne pouvait trancher en la voyant de dos –, ne bougeait pas. Elle tourna la tête vers lui. Une masse de cheveux blonds bouclés lui cachait presque entièrement le visage.

« Mon Dieu, dit-elle, c'est gentil à vous. Je me demandais comment... »

Non sans peine, elle fit pivoter son corps vers la voiture.

« Je crois que je me suis foulé la cheville… je suis tombée. »

Gladwyn, dont la journée jusque-là s'était révélée assez morne, se montra aussitôt plein d'énergie et de sollicitude.

« Allez, montez. Je vous emmène où vous voulez. »

Il sortit de voiture pour lui ouvrir la portière. La jeune fille essaya de s'approcher.

« Je ferais peut-être mieux de monter à l'arrière. Pour pouvoir rehausser mon pied. »

Gladwyn plaça sa main sous le coude de la jeune femme.

« Appuyez-vous sur moi, n'hésitez pas.

— Merci », dit-elle en grimaçant.

Avec l'aide de Gladwyn, elle fut bientôt installée à l'arrière, sa jambe posée sur la banquette. C'est alors que Gladwyn remarqua l'état de sa cheville. Elle était enflée comme un ballon.

« Où vouliez-vous aller ? demanda-t-il en redémarrant.

— Je revenais de chez une amie, répondit-elle, tressaillant à chaque mot. Elle habite à un peu plus d'un kilomètre. »

Gladwyn se sentit saisi d'un accès d'autorité.

« Je vais vous dire… je vous ramènerai plus tard chez votre amie. Pour l'instant, nous allons à l'hôpital. Cette cheville a une sale tête. Vous devez vous la faire bander.

— Oh, non, protesta-t-elle d'une voix faible. Merci, mais…

— C'est comme ça et pas autrement », décréta Gladwyn avec fermeté.

Il lui jeta un coup d'œil. Son visage, sous les boucles épaisses, était très pâle.

« J'ai aussi mon vélo, dit-elle avec un demi-sourire.

— Il devrait pouvoir tenir dans le coffre. »

Ils atteignirent la grande route. Gladwyn accéléra. Vingt minutes plus tard, ils arrivaient à l'hôpital.

« Je ne vous ai pas demandé votre nom, dit-il.

— Lara. Lara Austin.

— Je m'appelle Gladwyn Purser. Bon, maintenant nous allons vous sortir de cette voiture et vous accompagner aux urgences. »

Il avait conscience de son ton impérieux tandis qu'il l'aidait à s'extraire de la banquette. Il se fit la réflexion que c'était celui d'un ambulancier. La sortir de la voiture, sans augmenter sa douleur, n'était pas évident. D'un geste craintif, Gladwyn glissa son bras sous la jeune fille et la souleva délicatement. Il sentait la finesse de son squelette, la légèreté de son corps. Par chance un brancardier de l'hôpital passait par là avec un fauteuil roulant et les prit en pitié.

« Je vais l'emmener, dit-il. Allez vous garer, sinon vous aurez des ennuis.

— Merci. »

Lara Austin lui adressa un petit au revoir de la main. Le nom de la jeune femme tournicotait dans la tête de Gladwyn, lui donnant le vertige.

Il se rendit au parking et y trouva une place. Il consulta sa montre. Trois heures et demie. Il avait dit qu'il serait rentré pour le thé. C'était réalisable, mais non. Il fallait vérifier que Lara Austin allait bien. Comment faire autrement ? Et puis il avait toujours sa bicyclette dans le coffre de sa voiture. Il se dépêcha de rejoindre les urgences, se présenta à l'accueil. Heureusement qu'il lui avait demandé son nom, songea-t-il.

Il apprit que Lara Austin attendait dans un box le passage du médecin. Il demanda s'il pouvait la voir, et on lui indiqua la direction. Tout en se faufilant à travers la foule de patients assis aux traits morfondus par l'attente sans fin, il se sentait vaciller. Les objets stables se balançaient, comme s'ils n'étaient pas bien fixés au sol et dansaient sous une brise invisible. Il se souvint que l'hôpital lui faisait chaque fois cet effet-là, enfant, quand il devait y aller. Le surpeuplement, l'éclairage violent au plafond… pas étonnant que, dans les hôpitaux, même les gens en bonne santé aient l'impression d'être malades ! Mais en l'occurrence il n'avait pas seulement le tournis : il sentait son cœur battre à tout rompre, aussi fort que s'il avait couru.

Il s'arrêta à la hauteur du rideau derrière lequel était censée se trouver Lara Austin : troisième box sur la gauche… Il respira à fond, puis il empoigna l'étoffe et tira le rideau bleu.

Lara était étendue sur le lit, la tête sur les oreillers, les yeux fermés. Il put enfin voir son visage.

« Je tenais à m'assurer qu'on s'occupait bien de vous », dit-il.

Elle ouvrit des yeux immenses, de la couleur des rideaux autour d'elle. Gladwyn se sentit sourire. Elle remua, se redressa un peu.

« Mon Dieu, vous n'auriez pas dû prendre cette peine… Je vais bien, on m'a bourrée de calmants. »

Gladwyn entra et referma le rideau.

« Le médecin passe bientôt ?

— Ils ont dit environ une demi-heure. »

Gladwyn fit un rapide calcul dans sa tête.

« Vous pouvez rester un peu ? reprit-elle. Si vous avez le temps, bien sûr… »

Elle semblait avoir besoin d'une présence. Il rapprocha du lit une chaise en plastique. Une fois qu'il fut assis, son cœur ralentit un peu. Entre la lumière bleuâtre au plafond, les rideaux bleus, les yeux bleus de Lara, le manque d'air, la chaleur, il se sentait bercé. Il aurait pu s'endormir. Ou rester éternellement sans bouger.

« Pourquoi passiez-vous en voiture par le bois aux jacinthes ? demandait Lara.

— J'étais allé voir ma mère. »

Lara se mordait la lèvre, luttant contre un élancement subit. Gladwyn fut saisi de l'étrange désir de lui prendre la main, mais il se retint. Ce geste outrepasserait les limites de la serviabilité. Il se demandait comment poser toutes les questions qu'il rêvait de poser sans transformer cette drôle de rencontre en inquisition.

Lara déplaça sa cheville enflée de quelques centimètres sur le drap. Ce n'était pas le moment de l'interroger.

« J'habite du côté sud des Downs. Un tout petit cottage. Et vous ?

— J'habite à Londres. »

À quoi rimait donc ce mensonge ? se demanda-t-il. Lara sourit, peut-être à cause du manque d'enthousiasme dans sa voix.

« Mais quand j'étais enfant, ajouta-t-il, nous avons dû quitter le Norfolk et nous sommes venus ici. J'ai toujours adoré les Downs...

— Peut-être que vous reviendrez y vivre un jour.

— Je ne pense pas... Vous n'avez pas trop mal ?

— Pas trop. Je vais devoir marcher avec des béquilles un moment. C'est la barbe. Heureusement, ça ne m'empêchera pas de peindre.

— Vous êtes peintre ?

— J'aime bien me donner ce titre, quoique je ne sois pas très douée. »

Le rideau s'écarta. Un médecin à l'expression impénétrable apparut. Gladwyn fit mine de se lever.

« Non, non, ne bougez pas », dit le médecin.

Il fallut quelque temps pour examiner, puis bander la cheville de Lara. Gladwyn était assis tout près du lit, au niveau de sa tête. Il voyait en gros plan ses grimaces de douleur, tandis qu'elle s'efforçait de ne pas gémir. Elle plantait ses dents dans sa lèvre inférieure, puis elle semblait se souvenir qu'elle avait un public, et les contorsions de sa bouche se transformaient en simili-sourire.

Lorsque le médecin eut enfin terminé le bandage – « une très méchante foulure », commenta-t-il –, il fit asseoir Lara au bord du lit et l'aida à se mettre debout. Elle se tenait en équilibre sur un pied : on allait lui apporter une paire de béquilles, lui dit le médecin. Gladwyn annonça qu'il partait rapprocher la voiture : il allait la ramener chez elle, ou chez son amie, enfin, où elle voulait.

« Je vous en prie ! Non, vraiment, je peux prendre un taxi.

— Ne dites pas de bêtises. »

Lara eut un sourire timide.

Gladwyn la quitta pour se rendre au parking. Alors qu'il traversait la salle d'attente, il vit que la pendule indiquait cinq heures et quart. Il croyait que cette paisible parenthèse dans le box n'avait duré que quelques minutes.

Il roula prudemment, évitant les nids-de-poule qui creusaient la chaussée dans le bois aux jacinthes. Ils passèrent devant la maison d'Eleanor. Les lumières étaient allumées.

« C'est le cottage de ma mère », dit Gladwyn, rompant un silence dépourvu de gêne, sans compter pour autant éveiller réellement la curiosité de Lara. Elle était concentrée sur sa cheville douloureuse.

« Vous êtes marié ? » demanda-t-elle à brûle-pourpoint.

Gladwyn éclata de rire, pour se laisser le temps de réfléchir.

« Il y a des gens qui ne sont absolument pas faits pour la vie conjugale. Vous ne croyez pas ? J'en connais beaucoup. Je ne sais pas pourquoi ils courent ce risque. Je ne sais pas pourquoi ils se figurent que ça marchera sous prétexte qu'ils sont M. et Mme Machin... »

Il s'entendait jacasser. Si la question ne l'avait pas pris au débotté, il aurait pu concocter une réponse appropriée et il n'y aurait pas eu de problème. D'ailleurs, sa réponse sonnait faux. Lara aurait très bien pu soupçonner qu'il ne disait pas la vérité. Pourquoi donc mentait-il ? Il se pencherait là-dessus plus tard.

« Je connais plein de gens comme ça, dit-elle, qui pensent que tout vaut mieux qu'une vie solitaire, même un partenaire imparfait. C'est ridicule, mais ils ont une peur bleue d'être seuls. »

Un frisson de soulagement parcourut Gladwyn lorsqu'il comprit que le sujet de son mariage s'était semble-t-il évanoui.

« Mais vous non ?

— J'adore la solitude.

— Je suis sûr que vous avez tout un cortège d'admirateurs, protesta-t-il, pas très fier de cette flatterie par trop facile.

— Ah, j'en ai au moins un. Je le connais depuis des années et des années. Mais ça ne mènera jamais à rien.

— Ah bon. Et pourquoi ça ?

— Je ne sais pas trop. Il est gentil mais pas très net. Nous n'avons absolument rien en commun à part le fait que nous sommes voisins. Tournez à gauche ici. Ça va tout droit à mon cottage… c'est très cahoteux. »

Deux cents mètres plus loin, Gladwyn s'arrêta devant la maison. À nouveau, en faisant bien attention, il aida Lara à descendre de la voiture et à se mettre debout, puis il lui tendit les béquilles. Tandis qu'elle se dirigeait vers la porte d'entrée, il sortit sa bicyclette du coffre de la voiture et l'appuya contre le mur.

« Merci. Je vais déjà beaucoup mieux. »

Elle fouilla dans la poche de sa veste et en sortit une clé.

« Permettez. »

Gladwyn tourna la clé dans la serrure. La porte résistait un peu et il la poussa fort. Une centaine de possibilités virevoltaient dans sa tête. Dans son état, il y avait peu de chances que Lara lui propose un thé ou un verre... Elle devait avoir envie de se reposer, d'aller se coucher. Gladwyn se plaqua contre le mur pour la laisser passer. Par une porte entrouverte il apercevait un bout de cuisine. Après tout, peut-être... ?

« Merci infiniment, dit Lara. Quelle chance j'ai eue... »

À l'étincelle farouche qu'il perçut dans son œil, Gladwyn comprit qu'il devait s'en aller. Pas de prétextes. Pas d'hésitation.

« Je file », dit-il, se retirant à regret.

Une fois dehors, il ajouta :

« On se recroisera peut-être un de ces jours.

— Peut-être. »

Elle lui adressa un bref sourire et ferma la porte. Il entendit le fracas du verrou. Il était convaincu qu'elle avait menti tout comme lui. Comment une fille aussi délicieuse pouvait-elle n'avoir qu'un seul admirateur, qui plus est un peu louche ? Elle avait forcément l'embarras du choix. À cette pensée, Gladwyn éprouva un drôle de frisson qui lui crépita dans tout le corps.

Sur le chemin du retour, il roula trop vite et commit des imprudences. Le soleil du soir lui tapait dans les yeux et l'éblouissait. Les véhicules en sens inverse lui faisaient des appels de phare. Mais enfin, qu'est-ce qu'il fabriquait ? Tout l'éblouissait, à commencer par son propre désordre mental.

Ce n'étaient pas les événements de l'après-midi qui le perturbaient. Ceux-ci avaient été on ne peut plus simples : une jeune fille s'était foulé la cheville et il l'avait emmenée à l'hôpital. N'importe qui aurait fait la même chose. Une épouse ne reprocherait jamais à son mari de s'être montré gentil et obligeant. Non, ce qui le perturbait, c'étaient les deux mensonges... il lui semblait avoir de la vaisselle cassée dans la poitrine.

Pourquoi, mais pourquoi n'avait-il pas dit la vérité ? Il n'avait pourtant pas de vues sur Lara : elle possédait une certaine beauté un peu atypique, mais elle ne lui plaisait pas comme Blithe lui avait plu lors de ce mariage pluvieux. Il avait bien aimé sa voix basse, son hésitation... mais cette retenue venait sûrement de la douleur. Alors pourquoi ?

Les parents de Gladwyn lui avaient appris à dire la vérité en toutes circonstances. C'était parfois difficile, quoique plus facile que la douleur après coup du mensonge, si petit soit-il. Il considérait ses parents comme des êtres doués d'un grand sens moral et d'une grande droiture, et il tenait à mériter leur admiration. « La vérité est parfois très dure, avait un jour expliqué son père, mais il est plus facile de la choisir d'emblée que de devoir se dépêtrer d'un mensonge. » Gladwyn avait toujours approuvé ce principe, et tâché de l'inculquer à son propre fils. Depuis qu'il était marié à Blithe – « ma tendre Blithe... » dit-il tout haut dans la voiture –, il n'arrivait pas à se rappeler une seule occasion où la tentation de mentir ait été aussi forte. Sans doute, au fil de ces années, n'avait-il pas rencontré de situation où la vérité ne se révèle pas fructueuse. De manière mystérieuse, la jeune fille du bois aux jacinthes lui avait fait admettre qu'il était temps pour lui de renoncer à un credo fondamental. Cette révolution le laissait tout barbouillé.

Au moment où il se gara dans l'allée, son émoi intérieur s'était apaisé. Son mensonge n'aurait pas de conséquences : il allait vivre avec cette culpabilité au fond du cœur, et personne n'en saurait jamais rien.

En pénétrant dans la cuisine, il retrouva son entrain. Blithe était occupée à cirer la table, et cette odeur, pour lui, était celle du foyer. Sa femme leva les yeux. Elle lui adressa un de ces fameux sourires qui le bouleversaient toujours.

« Pardon pour mon retard. Tu connais Eleanor et ses bavardages... »

Voilà qu'il accusait une vieille dame qui n'y était pour rien ! C'était fou comme les mensonges s'accumulaient. Comme ils se propageaient.

« C'est pas plus mal. Tu serais tombé sur David.

— Qui est-ce ?

— Mon nouvel élève. Celui de dix-neuf ans.

— Il est comment ?

— Totalement dénué de charme. Grossier, en fait.

— Tu ne vas pas donner de cours à quelqu'un qui ne te plaît pas du tout, si ?

— Je vais tenter le coup. Je dois reconnaître qu'il est assez intelligent. »

Gladwyn se servit un verre de whisky et s'assit à sa place habituelle près du poêle. La folle expédition de l'après-midi commençait à s'estomper dans son esprit. Il ne reverrait jamais la jeune femme. Il était exclu que Lara Austin occupe ses pensées maintenant qu'il était rentré chez lui. Son aversion pour la ville de banlieue où ils habitaient ne pouvait amenuiser la joie qu'il avait chaque fois de retrouver Blithe, son fauteuil, sa maison. Dans le confort de ce cadre familier, il se rappelait la sérénité qu'il avait éprouvée au chevet de Lara à l'hôpital. La paix qui l'envahissait à présent n'était pas la même que dans ce box aseptisé, mais, mon Dieu, il n'en était que plus reconnaissant.

Tom surgit dans la cuisine avec le plateau de backgammon.

« Une partie, papa ? »

Gladwyn, comme d'habitude, ébouriffa les cheveux de son fils. Tom lui avait demandé cent fois d'éviter de faire ce geste, mais Gladwyn s'obstinait, y voyant une marque d'affection particulière. Tom se déroba. Il posa le plateau de backgammon sur la table. Le jeu, se dit Gladwyn, chasserait ses rêveries subsistantes : elles auraient complètement disparu demain matin. La maison était le refuge qu'il aimait, Blithe et Tom les êtres sans qui il ne pouvait vivre. Tout était presque normal. Coutumier. Ordinaire. Presque ordinaire.

Gladwyn et Tom se concentraient en silence sur leur partie. Blithe allait et venait dans la cuisine, prenant des couteaux ici, des oignons là. Elle râpa un morceau de gingembre avec une férocité inusitée, et un petit froncement de sourcils. C'était elle qui paraissait perturbée, songea Gladwyn. De toute évidence elle avait été contrariée par son goujat d'élève, mais n'avait pas envie d'en parler. Elle attendrait un moment plus propice pour demander conseil à son mari. Elle se fiait à l'avis de Gladwyn pour un grand nombre de choses. Avis que Gladwyn était toujours heureux de lui donner.

Elle s'approcha et lui mit une main sur l'épaule. Ses doigts sentaient l'oignon. Le bas de sa robe bleue – plus bleu barbeau que bleu rideau de box – effleurait ses chevilles. Elle se pencha vers Gladwyn pour lui embrasser le front, un élan spontané qu'elle avait fréquemment.

« Maman ! grogna Tom. Tu passes ton temps à embrasser papa. Berk. »

Blithe s'écarta de Gladwyn.

« Et qui cela gêne-t-il, je te prie ?

— Moi, pour commencer. »

Tom était grincheux.

« Et je suis sûr que papa trouve ça super nul.

— Allez, c'est ton tour de jouer, dit Gladwyn.

— Dîner dans cinq minutes », annonça Blithe en regagnant son fourneau.

La semaine suivante, Gladwyn dut se rendre à Paris pour une réunion. Dans l'Eurostar, il lut enfin les business-plans dont il repoussait l'examen depuis une éternité. Ils étaient atrocement ennuyeux. Il y avait belle lurette que ces choses-là le rasaient. C'était très étrange d'être doué dans des domaines auxquels on ne s'intéressait pas intrinsèquement, mais grâce auxquels on pouvait gagner pas mal d'argent. Contemplant par la vitre le paysage plat et gris, il se disait qu'il pourrait peut-être prendre sa retraite de bonne heure, ou se reconvertir dans un secteur plus attirant. Le secteur artistique, pourquoi pas. Ouvrir une galerie, par exemple. À moins qu'il ne se consacre davantage à sa petite activité accessoire consistant à acheter et revendre de la porcelaine de Sèvres. Lorsque, par hasard, l'assiette qu'il avait dénichée dans un vide-greniers s'était révélée authentique et d'une valeur considérable, Gladwyn s'était dit que ce ne serait pas une mauvaise idée de travailler dans la porcelaine plutôt que dans le sisal. Aujourd'hui, dans ce train qui traversait les mornes plaines françaises, l'idée lui semblait excellente.

Tandis qu'il réfléchissait à ce projet assez peu susceptible de se réaliser, ses pensées furent interrompues par l'irruption soudaine de Lara Austin. Une fois rentré chez lui – pour une soirée d'ailleurs assez agréable –, il avait réussi à la chasser de son esprit. Il s'était employé à préparer sa réunion parisienne avec une ardeur inaccoutumée, et avait longuement écouté Blithe lui décrire son nouvel élève si antipathique, le dénommé David. Lara s'était volatilisée.

Mais au moment où il rangeait les documents dans sa serviette et la refermait d'un coup sec, la jeune femme reparut. Un simple espace au fond de lui, une petite pulsation, un battement de cœur en surplus, mais elle était là. Il se laissa aller à un fantasme : yeux fermés, grondement du train partout autour de lui, il s'autorisa une vision d'eux deux se promenant sur les Downs. L'endroit où il aimerait habiter un jour, s'il n'y avait pas moyen de persuader Blithe d'emménager dans le Norfolk. Il ne tenait pas la main de Lara en marchant, et il n'entamait pas la conversation. Il se contentait d'avancer au même pas, se demandant si elle l'inviterait à entrer chez elle lorsqu'ils reviendraient. Il se demandait si, cette fois, elle lui offrirait un verre.

Une fois arrivé à Paris, Gladwyn s'acharna à évacuer ces images aussi persistantes que vaines. Il prit un taxi pour son hôtel habituel, remplit la fiche, puis alla faire un tour au bord de la Seine. Il avait prévu de déjeuner avec Hannah Rose, une ex aujourd'hui mariée à un avocat français. Gladwyn la voyait seule ou en compagnie de son mari chaque fois qu'il venait en voyage d'affaires. Ils le recevaient avec largesse. En remerciement de leur prodigalité, Gladwyn avait proposé ce déjeuner.

Il marchait vite car le vent était froid. Il sortit son portable pour appeler Blithe et lui dire qu'il était bien arrivé : elle craignait toujours qu'il n'ait eu des ennuis quelconques ou, pire, un accident.

Il avait beau lui affirmer que c'était très improbable, elle se rongeait les sangs. C'était désormais une habitude pour lui de téléphoner à Blithe dès qu'il parvenait à destination, et elle lui en était reconnaissante.

« Je marche au bord de la Seine, alors, tu vois, je suis arrivé entier.

— Quelle chance tu as… »

Pourquoi disait-elle cela ? Blithe détestait Paris. C'était une drôle de manie chez les couples de dire des choses qu'ils ne pensaient pas.

« Je prépare un cours sur Coleridge. J'ai une séance avec Mal Embouché cet après-midi. »

Mal Embouché était le surnom qu'elle donnait à David, qui se montrait intelligent mais difficile.

« Aïe ! »

Gladwyn rit. Elle devait être à la table de la cuisine : il pouvait sentir l'odeur de cire d'abeille.

« Je retrouve Hannah pour déjeuner. C'est à moi de…

— Hannah ?

— Je te l'avais dit.

— Ah oui. Dis-lui bonjour pour moi.

— Je serai de retour demain soir, pas tard.

— Merci d'avoir appelé.

— Je t'aime. »

C'était un restaurant où Gladwyn n'était jamais allé et qu'Hannah avait recommandé. « Le genre de restau qu'on n'aurait pas pu s'offrir quand on était jeunes », avait-elle expliqué. Ça, aucun doute.

Installé dans un coin sombre à une table sombre, Gladwyn s'escrimait à déchiffrer le menu rédigé d'une main illisible. Un tel luxe était bien sûr dans ses moyens aujourd'hui – Hannah pouvait choisir ce qu'elle voulait –, même s'il n'aimait pas du tout dépenser des sommes pareilles pour de la nourriture. Ou des boissons. Il se dépêcha de commander un peu de champagne : Hannah était le genre de femme à apprécier qu'on l'accueille avec un verre de Dom Pérignon.

Gladwyn n'arrêtait pas de consulter sa montre. N'étant jamais en retard, il était profondément agacé par les gens qui l'étaient toujours. Ce manque de ponctualité, c'était bien français, songea-t-il. Il n'avait pas faim, il ne voulait pas vraiment déjeuner, il n'avait pas particulièrement envie de passer deux heures avec Hannah. Ce dont il avait envie, dans son état de fébrilité, c'était de se retrouver... non pas chez lui, mais avec Lara Austin. Quelque part. N'importe où. Cette rêverie le parcourait, agréable.

Une demi-heure s'écoula. L'agacement, allié à la fureur que lui causaient ses divagations, donnait à son visage une couleur brique. Il sentait la chaleur sous sa peau. Il devait avoir l'air très anglais parmi tous ces Français en pulls sombres, des hommes qui se penchaient vers des femmes, leur touchaient la main, les regardaient au fond des yeux. Pris de fou rire, il se réfugia derrière son mouchoir. Puis, jetant un coup d'œil vers la porte, il aperçut enfin Hannah.

Elle entra en trombe avec des gestes d'excuse,

ses mains manquant de peu les clients attablés entre lesquels elle se faufilait.

« Oh, Gladness chéri, lança-t-elle, utilisant comme chaque fois le stupide surnom qu'elle lui avait inventé des années plus tôt, je suis vraiment désolée. Vraiment désolée, je t'assure. Tu ne peux pas imaginer la matinée que j'ai passée.

— Je crois que si. »

Ils s'embrassèrent sur la joue. Hannah portait une robe rouge vif avec une multitude d'accessoires : foulards, médaillons, broches. Un rouge à lèvres écarlate soulignait impeccablement sa petite bouche mutine. Gladwyn se souvenait de cette bouche : un hôtel à Versailles, un week-end d'hiver. Il était très pauvre à l'époque. Hannah avait insisté pour qu'ils prennent une suite et avait réglé la note. Elle avait toujours été généreuse, et pleine de vie, mais jamais il ne l'avait aimée, ni même n'avait fait semblant. Il avait juste eu envie de la baiser le plus souvent possible.

Il n'en avait plus envie aujourd'hui. Il aurait été seul sur une île avec elle pendant une semaine, il ne l'aurait pas touchée. Elle avait désormais la quarantaine et, malgré ses efforts pour camoufler son âge, ses traits commençaient à perdre de leur netteté. Elle n'avait pas lésiné sur le mascara : ses cils faisaient des pâtés. Ses cheveux raides étaient striés de mèches plus claires. Elle portait des bagues ornées d'énormes pierres à chaque main. Lorsqu'elle sourit à la vue du verre de champagne, son sourire, bien que toujours assez éclatant, n'avait plus la hardiesse d'autrefois.

« Merci, cher Gladness, dit-elle. Ça me fait vraiment plaisir de te voir.

— À moi aussi », dit Gladwyn, qui ne comprenait pas pourquoi ses réflexions intérieures avaient été si méchantes.

Hannah était une vieille amie. Il l'avait toujours bien aimée, mais sans plus. Et cela ne changerait pas. Plus maintenant. Stationnaires, ses sentiments pour elle demeureraient tièdes.

Hannah commanda son déjeuner sans consulter la carte : elle la connaissait par cœur, et ce n'était pas de la vantardise, expliqua-t-elle. Pour simplifier, Gladwyn commanda la même chose.

Après le départ du serveur, Hannah prit la main de Gladwyn. Cette privauté l'agaça, mais il jugea impoli de la retirer.

« Alors, Gladness, comment vas-tu ? Quelque chose te turlupine, je le vois bien.

— Mais non, qu'est-ce que tu racontes ? »

Il se sentit à nouveau rougir.

« Comment va ton adorable épouse ? Rappelle-moi son prénom. Belin...

— Blithe. Elle va bien.

— Et ta petite amie ?

— Ma petite amie ? Que veux-tu dire ? Je n'ai pas de petite amie. Je suis heureux en ménage.

— Oui, oui, ça va de soi. Mais je suis une femme intuitive, tu sais bien. Tu te souviens ? Je devinais toujours ce dont tu avais envie. J'ai toujours deviné ce dont mes amants avaient envie. Et je sais qu'il y a quelque chose dont tu as envie, pas vrai ?

— Non, répondit Gladwyn, essayant de contenir l'émoi qui l'envahissait.

— Dans ce cas, excuse-moi. Peut-être que, pour une fois, mon instinct m'a trompée. Mais quand je t'ai vu en arrivant, je me suis dit : voilà un homme torturé. »

Gladwyn eut un rire forcé.

« Je n'aime pas les gens qui croient pouvoir deviner ce que ressentent les autres. Du reste, très souvent, ils se plantent complètement.

— Peut-être. Mais très souvent aussi, ils voient juste. L'instinct… Tu sais, en France, des tas de gens ont des liaisons et mènent des doubles vies sans une once de mauvaise conscience. C'est un cliché, mais d'après moi c'est vrai.

— C'est sûrement pareil en Angleterre », affirma Gladwyn.

Il était contrarié par le discours pontifiant d'Hannah. Contrarié par ce déjeuner en général, et par la très longue attente avant les coquilles Saint-Jacques, qui l'obligea à commander pour Hannah un deuxième verre de champagne.

Hannah n'avait jamais su résister très longtemps au besoin de parler d'elle et, après son petit sermon, elle en vint à raconter des anecdotes sur sa propre vie si grisante, si élégante, si épuisante et si exaltante. N'écoutant que d'une oreille, Gladwyn pensait à Tom qui avait un match de foot ce jour-là. Il regrettait de ne pas y être. Mais il devait se montrer amical avec Hannah. Elle avait toujours été généreuse avec lui et, lors de ses séjours à Paris, n'avait jamais manqué de l'inviter ici ou là. Il s'obligea à se concentrer sur son visage : ses traits s'animaient tandis qu'elle lui parlait de tous ces Parisiens raffinés qu'elle fréquentait. En fait, elle avait raison au moins sur un point : elle était intuitive. Le mot « torturé » qu'elle avait employé l'avait ébranlé. Comment avait-elle si bien deviné ? Comment avait-elle trouvé le mot qui lui échappait ? Peu de gens savaient étudier les autres avec un instinct assez sûr pour analyser pertinemment leurs états d'âme. Ces histoires d'instinct avaient un côté fascinant : il y réfléchirait durant son trajet de retour. Mais pour l'heure, pas trop tôt, le café...

Lorsque le déjeuner fut enfin terminé et l'addition astronomique réglée, Gladwyn se leva pile au même moment qu'Hannah. Ils se regardèrent par-dessus la table, essayant de déchiffrer les sentiments de l'autre. Gladwyn avait conscience de l'avoir déçue. Elle espérait sans doute qu'il la ramène boire un verre à son hôtel. Elle se passa une main sur un sein pour lisser les plis de son chemisier en soie. Ce geste ramena Gladwyn à l'époque où, émergeant du lit très lentement et très tard dans la matinée, elle promenait ses mains sur ses deux seins nus comme pour vérifier qu'ils étaient toujours en état de marche, prêts à recevoir à nouveau ses caresses.

Il ne put s'empêcher de sourire. Maintenant qu'ils allaient se séparer, il l'appréciait davantage. Il était sur le point de la quitter pour sa réunion aux Champs-Élysées. Il était hors de danger. Il allait se soustraire à ses pénibles insinuations.

Dans son soulagement, il l'embrassa un peu plus fort que prévu sur la joue. Lorsqu'elle bougea la tête, marmonnant quelque chose qu'il n'entendit pas, il lui effleura l'oreille de ses lèvres. Elle rit, un peu trop bruyamment. Gladwyn s'écarta.

« *À bientôt**[1] », dit-elle, et il fut enfin libre. Il se mit à marcher d'un pas rapide en direction des Champs-Élysées. Une formule l'accompagnait, prononcée sur le ton péremptoire d'Hannah : « sans une once de mauvaise conscience ». Voilà en effet à quoi il devait viser : l'absence de culpabilité. Il franchit les grandes portes vitrées d'une multinationale avec laquelle il travaillait pour discuter importations d'Afrique du Sud et autres sujets des plus matériels. Pas une seconde pour penser aux tourments de son âme : ouf, tout un après-midi délivré de ces impondérables... Pour un temps, il était en sécurité.

Si Gladwyn n'avait pas été à Paris et sur le portable quand il lui avait téléphoné, Blithe l'aurait régalé des petits faits de sa journée. David Mal Embouché avait passé deux heures dans sa cuisine à lui répéter que d'après lui « Coleridge et tous ces poètes » étaient franchement lourds.

Blithe avait soupiré. David n'était pas la personne idéale à qui démontrer la « modernité » de tels textes. Elle-même était exaspérée par cette

1. Les mots en italique suivis d'un astérisque sont en français dans le texte.

façon systématique d'appâter une jeunesse inculte en situant les pièces de Shakespeare en Afghanistan, ou en les faisant se dérouler sur un lit géant recouvrant la scène entière. Si tous les auteurs cherchaient à être « d'actualité » et non à explorer des mondes imaginaires inconnus, il n'y aurait pas eu d'*Alice au pays des merveilles*, avait-elle expliqué à son élève la semaine dernière.

« Moi je pige pas, avait-il dit. Alice et compagnie, c'est pas mon truc. »

Il avait renversé son mug de café à ce moment-là. Après avoir essuyé la table et le sol, elle lui avait préparé un nouveau mug – pourquoi une telle sollicitude ? s'était-elle demandé –, et ils avaient laissé tomber le sujet. Ils avaient laissé tomber nombre de sujets au fil des six leçons que Blithe avait essayé de lui donner. Ce n'était pas uniquement le manque de compréhension de David qui la déprimait, c'était son manque de volonté de comprendre. À quoi bon des cours particuliers, dans ces conditions ? C'était pourtant lui qui avait décidé d'en prendre : d'après ce qu'il avait dit lors de leur première rencontre, c'était même lui qui les payait de sa poche en bossant dans un garage le samedi matin.

Le jour où Gladwyn était à Paris, la grossièreté de Mal Embouché avait atteint son summum. Assis de travers à la table, sa chaise repoussée, le genou ne cessant de sautiller, il avait qualifié de lourds une ribambelle de poètes sans se faire semoncer par la belle Mme Purser et il avait l'impression de mener la danse. Blithe se sentait plus horripilée que jamais.

« Vous serait-il possible de tenir vos jambes tranquilles ? » demanda-t-elle.

Mal Embouché éclata d'un rire sarcastique.

« Il faut voir là un sous-entendu ? » répliqua-t-il, sa jambe continuant à tressauter.

Blithe tenta de le rappeler à l'ordre :

« Écoutez, je n'arrive pas à me concentrer, et je suis sûre que vous non plus. Tenez-vous donc tranquille. »

Il eut un sourire équivoque.

« Ah, dit comme ça, madame Purser, ça me paraît plus clair.

— Je vous en prie, appelez-moi Blithe. »

Il se gratta la tête avec perplexité.

« Madame Purser, dites... quel est votre point de vue sur la question des rapports sexuels avec quelqu'un de mineur ? »

Blithe n'avait pas de réponse toute prête. Ce n'était pas sa préoccupation essentielle, et elle fut agacée que le sujet vienne sur le tapis lors d'un cours sur les poètes romantiques.

« Pourquoi ?

— Ben voilà, y a cette fille. Elle a que quatorze ans mais elle est vraiment super. On a tous les deux, disons, un peu de mal à résister.

— Continuez donc à résister, dit sèchement Blithe. C'est contraire à la loi. Et puis, si elle tombait enceinte, ça ficherait sa vie en l'air d'une manière ou d'une autre. Abstenez-vous, c'est tout. »

Elle était étonnée de sa propre virulence.

« D'accord. Mais c'est plus facile à dire qu'à faire.

— Les rapports sexuels sont la pierre de touche d'innombrables complications, catastrophes, chagrins et problèmes de tous ordres. Il faudrait toujours bien réfléchir avant de passer à l'acte. »

Une image du placard à balais lui apparut. Pas vraiment de réflexion cette fois-là...

« Mais, quand même, le sexe, c'est formidable, non ? »

Blithe se sentit rougir.

« Si on revenait à Silas Marner, voulez-vous ?

— Si vous y tenez, madame Purser. »

Cet après-midi-là, Mal Embouché resta finalement deux heures au lieu d'une, comme prévu. Il écouta en silence pendant que Blithe expliquait le poème, hochant la tête de temps en temps. Elle se dit qu'il ne s'était pas réellement ennuyé, et son semblant de curiosité pour le texte semblait l'avoir détendu. Son genou ne tressautait plus. Il était parti à cinq heures, sans un mot de remerciement, mais moins agressif que d'habitude. Blithe conclut que ça valait la peine de persévérer avec lui, si épuisant que ce soit. Elle enregistra tous les détails de la séance dans sa mémoire afin de les raconter à Gladwyn quand il rentrerait de Paris. Dans son existence plan-plan, elle n'avait pas grand-chose à mettre sous la dent de son mari, mais il ne s'en plaignait pas. Peut-être Mal Embouché allait-il devenir une source d'anecdotes amusantes, et Gladwyn et elle se plairaient-ils à en rire.

Chapitre trois

Pendant le voyage de retour, Gladwyn entreprit de méditer sur lui-même. Cela n'arrivait pas souvent. Il n'avait aucun goût pour l'introspection : d'après lui, c'était en étudiant les autres qu'on apprenait tout ce qu'on avait à apprendre sur soi. Il sourit en constatant que s'employer à réfléchir sérieusement n'avait rien de facile. Ses pensées tournaient autour de la culpabilité. Ou de l'absence de culpabilité, dans son cas. En passant sa vie en revue, il n'arrivait pas à se rappeler des moments ou des actes qui aient suscité en lui une profonde, ou même une légère, mauvaise conscience, hormis quelques tricheries à des devoirs sur table quand il était enfant, et n'avoir pas avoué à un ami qu'il lui avait volé dix pence.

Mais aujourd'hui, tandis que défilaient sous ses yeux les tristes étendues du nord de la France, il se disait qu'il lui fallait absolument être mis à l'épreuve avant d'être trop vieux. Mais comment ? C'était là la question. Peut-être une occasion se présenterait-elle tout naturellement et n'aurait-il qu'à la saisir et à agir comme il convenait. Ce projet trop nébuleux lui donnait envie de dormir. Il ferma les yeux. Il vit Hannah vêtue de sa robe rouge, Lara mordant sa jolie lèvre inférieure pour contrer la douleur, et Blithe dans une de ses postures habituelles, appuyée sur une jambe, tête penchée de l'autre côté, en train de l'attendre. Gladwyn avait hâte d'être chez lui. Cette impatience le réconfortait. Elle prouvait quelque chose. Elle prouvait son innocence.

Tout était exactement comme d'habitude. La similitude constante de ses retours à la maison était rassurante, même si Gladwyn ignorait pourquoi il avait besoin d'être rassuré. Peut-être n'était-ce pas si compliqué que cela : peut-être était-ce simplement le plaisir infini de retrouver les deux êtres qu'il aimait le plus au monde. Ils étaient là, comme il s'y attendait. Tom à son ordinateur à la table de la cuisine. Blithe réarrangeant la vaisselle sur le buffet. Elle vint à sa rencontre, un mug entre les mains. Ils s'embrassèrent doucement sur les lèvres.

« C'est bon de te voir, dit Blithe. Comment était Paris ?

— Bien.

— Et Hannah ? »

La question avait une légèreté qui, à l'oreille attentive de Gladwyn, semblait avoir été minutieusement préparée.

« Égale à elle-même. Toujours aussi épuisante. Heureusement que je n'ai pas à la voir plus de deux fois par an.

— Heureusement, oui. »

Elle regagna le buffet. Blithe avait beau lui accorder une confiance absolue, elle était à l'affût du moindre signe d'intérêt qu'il pouvait manifester pour une autre femme. Lorsqu'il avait un rendez-vous de ce genre, Blithe était mal à l'aise.

Gladwyn alla rejoindre Tom.

« Bonjour, papa.

— Tu as passé toute la journée sur cette maudite machine, c'est ça ?

— Je l'ai pas lâchée une seconde. »

Tom aimait bien provoquer son père de temps en temps. Gladwyn décida de ne pas ébouriffer les cheveux de son fils. Cela lui ferait peut-être marquer des points. Il jeta un coup d'œil à l'écran : un tas de trucs auxquels il ne comprenait rien, et qui ne l'intéressaient pas. Il resta néanmoins planté là, dans l'espoir que Tom s'imagine qu'il était captivé. Mais Tom n'était pas dupe. Il ramassa son ordi et quitta la pièce. Il aimait bien être seul dans sa chambre lorsqu'il planchait sur des questions qui dépassaient son père et en réalité le laissaient de marbre.

Gladwyn remarqua à peine le départ de Tom. Ses yeux étaient posés sur Blithe. Elle changeait la disposition des mugs, des bols et des assiettes avec une minutie sans commune mesure avec cette tâche terre à terre. Elle appliquait parfois le même soin excessif à arranger les fruits dans leur coupe ou à aligner les chaussures sous le porche. Un petit spasme d'angoisse contracta le ventre de Gladwyn. Il rejoignit sa place et s'empara du journal, mais sans le regarder. Il se souvint de son premier accès d'inquiétude, qui, cette première fois, relevait plus de la curiosité amusée que d'une véritable inquiétude. Il avait accompagné Blithe au supermarché. Le genre de corvées qu'il détestait. Choisir, chercher, faire la queue… Cette fois-là, peu avant Noël, il y aurait plus d'articles que d'habitude à charger et à décharger, et il sentait que sa collaboration serait bien vue.

Ils avaient arpenté à contrecœur les allées regorgeant d'articles à vous donner le tournis. Les bouteilles et les conserves aux couleurs criardes se transformaient en longs rubans déroutants, et quand Blithe lui avait demandé : « Prends des boîtes de tomates, tu veux ? », Gladwyn n'avait eu aucun moyen d'identifier les tomates parmi la multitude d'articles qui réclamaient son attention à cor et à cri. Sa chemise était humide de sueur.

« Je les vois pas, désolé », avait marmonné Gladwyn.

Blithe était passée derrière lui pour attraper une conserve sur les rayonnages.

« Tu es nul pour les courses, dit-elle avec gentillesse.

— Les courses ne devraient jamais se faire en couple.

— La bonne blague… Je te l'accorde, il existe des façons plus excitantes d'occuper ses précieux instants de vie conjugale. Mais c'est moins fastidieux à deux. Tu vas t'améliorer.

— J'en doute. »

La scène aurait pu tourner au vinaigre, mais ils s'esclaffèrent l'un et l'autre. Gladwyn proposa de pousser le chariot.

Ce fut au rayon des fruits que l'angoisse étreignit Gladwyn. Penchée sur un cageot de pamplemousses, Blithe en prit deux, les étudia avec soin, puis en reposa un. Peu après, elle rendit à ses compagnons celui qu'elle tenait, et en prit deux autres.

« Mais qu'est-ce que tu fabriques ? Ils sont tous pareils. »

Blithe ne dit rien et les mit dans le chariot. Elle passa aux oranges. Là aussi, elle les examina sous toutes les coutures, et en reposa trois. Nom de Dieu, pas étonnant que les courses prennent si longtemps, songea Gladwyn. Blithe était d'une maniaquerie ridicule. Il soupira.

« Je ne cherche pas les défauts, protesta Blithe. Je... »

Elle tenait un des fruits tout près de son visage, comme si elle lui posait une question.

« Si tu veux savoir, je détermine à laquelle c'est le tour... d'être achetée. Enfin, voyons, regarde celle-là, qui est abîmée. Personne ne va l'acheter, pas vrai ? Elle devrait avoir une chance de bonheur, non ? Un petit moment dans une cuisine plutôt que sur un étal de supermarché ? »

Gladwyn cligna des yeux, totalement déconcerté : c'était sans doute une sorte de plaisanterie.

« Tu as raison », acquiesça-t-il, ne voulant pas entamer une dispute, ni un débat philosophique au rayon fruits d'un supermarché bondé.

Ils passèrent aux légumes. Gladwyn prit un chou-fleur. Il s'efforça de soulager son anxiété par un trait d'humour.

« Celui-là m'a l'air un peu solitaire, non ? Adoptons-le. »

Blithe lui répondit sans un mot par un regard méprisant. Leurs déambulations dans les allées se poursuivirent en silence.

Dans la voiture, en rentrant, elle tâcha de s'expliquer.

« Je ne suis pas folle, au cas où ce serait ce que tu penses, mais j'ai cette drôle de manie de personnifier les choses, de donner de la vie à des trucs abstraits ou inanimés… Ça a commencé quand j'étais enfant. Si je voyais un biscuit au chocolat qui avait l'air triste, je le gardais pour la fin. Je mangeais tous ses petits copains arrogants avant. J'ai arrêté quelque temps, quand j'étais prof. Mais aujourd'hui cette manie, cette manie secrète, précisa-t-elle en souriant, semble être revenue. Je n'en ai jamais parlé à personne, et il est clair que cela n'affecte pas mon quotidien. C'est simplement que je me sens plus calme quand j'ai opéré ce type de calculs dans ma tête.

— Je vois », dit Gladwyn.

D'une certaine manière, il était honoré que sa femme l'ait mis au courant de son secret, mais il se sentait mal à l'aise.

« Tu n'as jamais eu envie d'en parler à quelqu'un ? Un psy ?

— Un psy ? Pourquoi irais-je en parler à un psy ? Ce n'est qu'un petit secret qui ne fait de mal ni à moi ni à personne. Et tu es prié de ne pas en souffler mot.

— Promis », dit Gladwyn d'un ton grave.

Depuis cet aveu, il s'était mis à observer sa femme de près. Il y avait des fois où ses choix secrets étaient évidents : le choix de serviettes de table l'absorbait souvent, mais il arrivait également qu'elle n'ait aucune envie de personnifier les objets. Gladwyn se surprenait à naviguer entre l'angoisse et la désinvolture... Il repensa à un ami à lui qui alignait secrètement dans sa tête les objets qu'il avait sous les yeux, dessinant des lignes entre eux. Il ne lui était jamais venu à l'esprit que son ami était fou : sa manie n'était qu'une excentricité parfaitement inoffensive. Il connaissait des gens qui étaient synesthètes, et pour qui les jours, les chiffres ou les mois apparaissaient colorés. Ils n'arrivaient pas bien à décrire le phénomène mais le considéraient comme tout à fait normal, et certains affirmaient que ces arcs-en-ciel intérieurs enrichissaient leurs vies. Peut-être cette manie de la personnification des objets entrait-elle dans la même catégorie, et ne donnait-elle pas matière à inquiétude. Comme l'avait dit Blithe, elle se sentait plus calme après avoir décidé quels fruits sauver, ou quelles assiettes empiler dans quel ordre. Cela ne faisait de mal à personne, et Gladwyn se demandait pourquoi les manœuvres secrètes de sa femme l'effrayaient parfois.

« C'est bon d'être rentré, dit-il.

— Si seulement tu n'avais pas à t'absenter aussi souvent...

— J'aimerais bien aussi. »

Blithe était en train de disposer des muffins à la marmelade sur une assiette. Elle lui en tendit un. Il était encore chaud.

« Tu n'aurais pas dû te donner tant de... »

L'angoisse diffuse que ressentait Gladwyn commençait à se dissiper. Il sourit à sa femme.

« Ce n'est rien du tout. »

Blithe essuyait des miettes de son propre menton, souriant elle aussi. Elle faisait beaucoup plus jeune que son âge. Dans un style feutré, elle était décidément ravissante. Très différente d'Hannah. Spontanément, Gladwyn se leva de sa chaise pour la prendre dans ses bras. Ils s'embrassèrent. Un baiser conjugal au goût de muffin et de marmelade.

« Tom descend quand ?

— Pas avant que je l'appelle pour dîner.

— On a le temps, alors... »

Blithe, pensant à la même chose que lui, avait déjà quitté la cuisine. Gladwyn lui emboîta le pas.

Le léger émoi que lui avait causé la perspicacité d'Hannah commença à s'estomper. Gladwyn était à nouveau calme, et comblé. Il réussissait à rentrer un peu plus tôt le soir et, passe-temps aussi peu productif qu'essentiel, il parvenait à consacrer une heure au rangement de ses tiroirs. Une manie qu'il tenait de son père qui lui procurait un étrange apaisement. Il entreprit d'enseigner les échecs à Tom, qui semblait les préférer au backgammon. Il consulta ses vieilles notes d'histoire sur les Vikings – Tom les étudiait à l'école – afin de pouvoir en discuter au dîner. Gladwyn avait lu maintes fois que la culture découlait en grande partie de ce genre d'échanges autour de la table familiale, et s'appliquait à mettre cette notion en pratique. Blithe étant calée en littérature et en art, Tom n'avait aucune excuse pour ne pas élargir ses connaissances au moyen de conversations intelligentes avec ses parents.

Lorsqu'il n'était pas occupé à réviser l'histoire des Vikings, à réfléchir à des coups d'échecs ou à mettre au point son discours pour la future assemblée générale, Gladwyn était hanté par une petite pensée idiote : le mariage était comme un de ces globes en plastique remplis de fausse neige que certains aimaient à placer sur leur bureau. On renversait le globe, et la maisonnette, ou le bonhomme de neige, disparaissait un instant sous une mini-tempête silencieuse. On reposait le globe, et la scène retrouvait son caractère tranquille. L'embêtant, c'était que la tempête était souvent déclenchée par étourderie, et qu'il fallait ensuite de la patience pour l'apaiser. Mais maintenant que l'irritation suscitée par Hannah était retombée, et que Blithe était dans une phase où elle se montrait particulièrement affectueuse, Gladwyn se répétait qu'il n'aurait pu être plus comblé, même s'il hésitait à employer le mot « heureux ».

Vint le jour de la distribution des prix de fin d'année – un pensum pour tout le monde sauf les quelques lauréats. Blithe avait prévu de passer prendre Mal Embouché en voiture. C'était son dernier trimestre et il n'avait aucune chance de remporter un prix. Blithe avait insisté pour qu'il vienne quand même. Il était intrinsèquement intelligent et les prix ne signifiaient rien. Gladwyn trouvait que c'était une bonne idée. Par la fenêtre de la cuisine, il la regarda descendre l'allée de la maison jusqu'à la rue, où il avait laissé la voiture. Une petite brise soulevait sa longue jupe. Pour une fois qu'ils étaient là tous les deux le matin, Gladwyn aurait aimé que Blithe ne se sente pas obligée de soutenir son élève, surtout un butor pareil. Il admirait la gentillesse de sa femme : elle se mettait souvent en quatre pour aider les gens. Mais parfois il regrettait qu'elle ne reste pas simplement à la maison sans aider personne.

Gladwyn sortit de sa serviette une pile de lettres et de factures qu'il avait rapportées de son bureau : pas bien excitant, comme d'habitude. Mortel, même. Les vraies lettres étaient rares désormais, et la tristesse de ce constat ne cessait de l'accabler. En faisant défiler les enveloppes, il en trouva une blanche : l'écriture lui était inconnue et la lettre lui était personnellement adressée.

Gladwyn, sans trop savoir pourquoi, retourna dans la cuisine et s'assit à la table. Il s'obligea à attendre quelques instants avant de l'ouvrir. Il s'agissait très probablement d'un ancien camarade d'école, de quelqu'un qui lui demandait de l'aide, ou d'une invitation quelconque. Lorsque la pendule de la cuisine lui indiqua qu'il était assis là la tête vide depuis cinq minutes, il prit un couteau et ouvrit l'enveloppe.

Elle contenait une carte postale. Une aquarelle représentant un de ces adorables petits paysages anglais. Sauf qu'elle était affreusement kitsch. Atroce. La première réaction de Gladwyn fut de s'étonner qu'une entreprise fabriquant des cartes postales puisse choisir de reproduire une œuvre pareille à des centaines, voire à des milliers d'exemplaires. C'était ridicule ! Absurde ! Et pourtant, nombre de barbouilleurs parvenaient à vendre leurs croûtes dans les salles des fêtes villageoises, après tout... Qui diable avait pu se figurer qu'un paysage aussi naïf et mal exécuté allait lui plaire ? Gladwyn commençait à s'amuser de son indignation. Qui avait envoyé cette carte ? Il ne comprenait pas pourquoi l'illustration y figurant avait déchaîné en lui un tel courroux, mais il ne servait à rien d'y réfléchir davantage. Il retourna la carte.

Deux mots d'une écriture ronde, à l'encre bleu vif.

Merci, Lara.

« Merci, virgule, Lara. » Gladwyn prononça les mots tout haut. Il jeta un coup d'œil au buffet, où les mugs de Blithe lui parurent gigoter au bout de leurs crochets. Son cœur battait à grands coups.

Merci, virgule, Lara. Bon sang, quelle mouche l'avait piquée ? Pas signe de vie pendant des semaines... non qu'il en ait attendu. Et puis soudain cet étrange mode de remerciement. Fallait-il y déceler un message ?

Gladwyn eut un brusque sursaut : il devait filer,

sans quoi il serait en retard pour la distribution des prix et Tom ne le lui pardonnerait jamais. Il se leva de sa chaise, pris d'un léger vertige. Il déchira la carte. Il la réduisit sauvagement en petits morceaux : il les déposerait dans une poubelle sur le chemin de l'école. Qu'était-il passé par la tête de cette fille ? Espérait-elle une réponse ? Devait-il se manifester ? Lorsqu'on est en proie au désir, les solutions foisonnent. *Merci, virgule, Lara...* Gladwyn se mit en route, déterminé. Il n'était pas question qu'il s'embarque dans une affaire louche, même si l'expérience de la mauvaise conscience, à un degré raisonnable, demeurait alléchante. *Merci, virgule...* Quand il atteignit le portail de l'école, la sueur ruisselait sur son visage. Il se demanda s'il risquait une crise cardiaque.

Il retrouva Blithe dans la grande salle de l'école. Elle lui avait gardé une place.

« Pourquoi as-tu chaud comme ça ? demanda-t-elle.

— J'ai dû me dépêcher. »

Tom ne remporta pas de prix, mais se vit décerner un certificat très honorable en Histoire. Gladwyn éprouva un pincement de plaisir : malgré ses tendances paresseuses, son fils faisait donc des efforts. Mais cette satisfaction n'arriva pas à déloger les pensées plus troublantes qui habitaient son esprit.

Les jours suivants, début des vacances d'été, il se sentait tellement perturbé qu'il n'avait d'autre issue, selon lui, que de partir un moment, dans un endroit où il ne connaissait personne. Une réunion des directeurs de sa société était prévue à Bologne, afin de rencontrer des Italiens censés rejoindre l'entreprise. Il avait refusé l'invitation, qui n'offrait rien d'intéressant ni d'amusant, et n'avait même pas pris la peine d'en parler à Blithe. Or il changea brusquement d'avis et décida de s'y rendre. Il n'était jamais allé à Bologne. Allez savoir, peut-être s'y plairait-il et la carte postale cesserait-elle de l'obséder. Il n'en chasserait que plus résolument ce fantasme ridicule qui s'était insinué dans son esprit, et qui s'était mis à troubler ses nuits et à pimenter ses journées.

Gladwyn multiplia les déplacements et l'automne finit par s'annoncer. La multitude de chrysanthèmes qui fleurissaient dans le jardin agaçaient profondément Gladwyn. Pour la plupart, les fleurs préférées de Blithe le contrariaient, bien qu'il fît de son mieux pour cacher son exaspération. Les feuilles changeaient de couleur, elles aussi. Les rares bouts de ciel qu'il apercevait au-dessus des toits voisins semblaient avoir été raclés : leur bleu estival avait été emporté. La couleur subsistante avait un aspect différent : un bleu plus sérieux annonciateur du gris hivernal. Mais ce furent ces maudits chrysanthèmes sur la table de la cuisine qui le décidèrent. De toute façon, il avait besoin d'une promenade sur les Downs. Il lui fallait recouvrer son équilibre.

« Je pars voir ma mère, lâcha-t-il un samedi après-midi.

— Oh, Glad, tu viens à peine de rentrer…

— Je sais, je sais. Mais je ne l'ai pas vue depuis des semaines. »

Les épaules affaissées de Blithe trahissaient sa déception.

« Je regrette. »

En fait, il regrettait vraiment. Il n'aimait pas décevoir sa femme. Mais il devait faire taire les questions qui l'assiégeaient depuis trop longtemps. Il se dépêcha de quitter la maison, en espérant que Blithe ne soupçonne pas son désarroi.

Il démarra, mit un quatuor de Borodine, aux vertus toujours lénifiantes, puis s'éloigna. Il ne mentait pas puisqu'il allait voir sa mère. Il allait rendre une courte visite à Eleanor. C'était la vérité, quoiqu'une vérité incomplète.

Il resta avec elle une heure, à écouter ces potins villageois qui en temps normal le distrayaient. Elle avait beaucoup d'humour quand il s'agissait de décrire ses voisins. Elle régala son fils d'un thé accompagné de muffins maison. À l'intérieur de ses chaussures, les orteils de Gladwyn dansaient d'impatience. Il partit à quatre heures, promettant de revenir sous peu.

Gladwyn roula tout doucement vers le cottage de Lara. Le trajet – la route creusée d'ornières, les arbres en surplomb – lui parut étrangement familier, comme s'il l'effectuait depuis des années. Arrivé à destination, il évita de se garer devant une fenêtre. Il était encore temps de se raviser.

Après dix minutes d'une cogitation silencieuse qui ne réussit pas à le faire reculer, Gladwyn se rendit à la porte et frappa. Un coup si discret que, même maintenant, il aurait encore pu renverser la vapeur. Pas de réponse. Il frappa une deuxième fois, plus fort, puis il poussa la porte.

« Qui est là ? cria Lara depuis la cuisine. Si c'est encore toi, Laurie, s'il te plaît va-t'en. Je suis occupée. »

Gladwyn gagna la porte de la cuisine et regarda dans la pièce. À la table, dos tourné, Lara farfouillait dans des piles de papiers.

« C'est moi. Gladwyn. »

Comme son prénom paraissait pompeux, ici, dans cette cuisine, avec la jeune fille qui avait commencé à le tourneboulér.

Lara se retourna. Ses traits reflétaient un mélange de soulagement et de surprise. Elle se leva.

« Gladwyn ! s'écria-t-elle. Qu'est-ce que vous faites ici ?

— J'étais venu voir ma mère, et je me demandais comment allait votre cheville… »

Lara tortilla son pied comme dans un french cancan.

« Elle va bien. Elle va très bien. »

Elle haussa les épaules comme si elle n'avait aucune idée de quoi faire ensuite

« Asseyez-vous donc, proposa-t-elle. Je m'apprêtais justement à faire du café. »

Gladwyn choisit la chaise en bout de table : il serait plus loin de Lara si la jeune femme décidait de s'asseoir d'un côté. Il contempla la cuisine qu'encombrait un fouillis déroutant. Par la fenêtre, il apercevait les cimes des Downs qui se dressaient vers le ciel. Il aurait voulu rester assis là à jamais.

« Merci pour la carte », dit-il.

Lara, au fourneau, fit volte-face en riant.

« L'illustration était affreuse, non ? Une des pires que j'aie jamais vues, je crois. Je ne sais pas pourquoi, mais je me suis dit que le côté kitsch vous amuserait.

— Oui, absolument. »

Elle avait donc pensé à lui… Leur rire s'éteignit.

Lara apporta deux mugs qu'elle posa sur la table. Comme il l'avait subodoré, elle s'assit à l'autre bout.

« Alors qu'est-ce que vous devenez ?

— Rien d'excitant. Le boulot. »

Il était tellement bouleversé qu'il allait devoir partir très vite, sans quoi il risquait de céder à l'envie irrépressible de tendre la main pour attraper le poignet de Lara.

« Et vous ?

— Quoi, moi ?

— Qu'est-ce que vous devenez ?

— Rien d'excitant non plus. Je mets un peu d'ordre.

— Dans quoi ? Dans votre vie ?

— Dans la paperasse, surtout. Mettre de l'ordre dans ma vie, ce n'est pas aussi facile.

— Non. Je voulais dire… Vous n'avez pas peur de vivre ici, toute seule, dans un coin si isolé ?

— Pas du tout. Bon, il y a mon voisin, il ne me harcèle pas vraiment, disons qu'il m'enquiquine… Il finira bien par renoncer. N'empêche qu'il passe trop souvent. Pas moyen qu'il comprenne que je ne tiens pas toujours à le voir.

— Ah... »

Gladwyn avala son café d'un trait.

« Il se croit sans doute obligé de garder un œil sur vous. Pour vous protéger des ogres du Wiltshire. »

Lara gloussa.

« Je ne pense pas qu'il y en ait beaucoup. Je crois qu'il se sent seul, c'est tout, qu'il aime bien passer du temps dans une cuisine bien chaude. Il m'apporte des œufs, il me répare des trucs. Il est gentil, mais il ne semble pas se rendre compte qu'à force il me dérange. Dans mon travail.

— Votre peinture ? »

Lara fit oui de la tête. Gladwyn consulta sa montre.

« Je ne veux pas vous empêcher de travailler. »

Il se leva, à contrecœur.

« Vous n'empêchez rien du tout, comme vous voyez. »

Elle eut un demi-sourire.

« D'ailleurs, il faut que je parte.

— Pourquoi ? Les gens sont à peine arrivés qu'ils disent devoir partir. C'est vraiment bizarre, ce réflexe. Parfois, j'aime que les gens s'attardent. Où devez-vous donc aller ? s'enquit-elle sur un ton légèrement fâché.

— Chez moi.

— Et où est-ce, chez vous ? »

L'hésitation de Gladwyn fut presque perceptible. Mais pas tout à fait.

« À Londres », répondit-il.

Une sonnette d'alarme silencieuse se déclencha en lui. À partir de maintenant il devait se montrer extrêmement prudent. Être toujours sur le qui-vive.

« Je suis simplement passé prendre des nouvelles de votre cheville.

— Bien. »

Elle se leva à son tour. Elle n'avait pas touché à son café. Ils se faisaient face, chacun à un bout de la table.

« C'était vraiment gentil… »

Pleine de gratitude, elle s'approcha, bras tendus, pour lui donner l'accolade. Gladwyn l'attira brutalement contre lui. Grisé par la proximité de la jeune femme, il porta une main sur sa nuque et lui ébouriffa les cheveux ; l'autre lui pétrissait l'épaule, se retenant tout juste de lui caresser le sein.

« Vous ne pouvez pas imaginer, dit-il doucement, d'un air d'excuse, ce qu'ont été ces derniers mois. Vous ne pouvez pas imaginer… »

Il lui saisit une des mains, et la plaqua contre son cœur affolé. Il n'avait absolument rien prémédité. Lara eut un petit rire.

« J'ai pensé à vous moi aussi. En envoyant cette carte, j'espérais sans doute que vous passeriez me voir. Mais comme vous ne veniez pas…

— J'ai mis longtemps à trancher si je devais ou non.

— Eh bien, je suis contente que vous vous soyez décidé. »

Un accès de gêne subit les poussa à se dégager.

« Qu'allez-vous faire quand vous serez chez vous ? demanda Lara d'une voix toute différente.

— Vous savez comment c'est... On s'absente quelques jours et, au retour, on a des tas de trucs barbants à faire.

— La prochaine fois que vous irez voir votre mère, n'hésitez pas à passer.

— Je n'y manquerai pas. »

Il la suivit pour rejoindre la porte. Elle se tourna vers lui avant de l'ouvrir. Il aurait dû l'embrasser sur la joue, mais ce stade était dépassé. Il l'embrassa sauvagement sur la bouche, et elle répondit. Mais ce baiser ne dura pas. Dans un spasme de culpabilité – oui, de culpabilité, enfin –, il s'écarta et s'empressa de gagner sa voiture. Une fois sorti de la petite route, il s'arrêta, et resta assis là la tête dans les mains. « Merci, virgule, Lara, dit-il tout haut. Qu'est-ce que j'ai fait ? »

Cette question mena à la suivante : qu'est-ce qui me prend d'embrasser une inconnue alors que je suis un homme heureux en ménage ? C'était une question très moderne, que Gladwyn considérait avec le plus grand mépris. C'était une question oiseuse, à laquelle il n'existait aucune réponse valable. Ce type d'autoquestionnement était une perte de temps. Chacun était censé se connaître, et poursuivre son chemin. Toujours est-il que cette question grotesque, il se la posait aujourd'hui, et il en connaissait exactement la réponse. Il était doué en affaires, même s'il n'était pas mû par le désir d'amasser des fortunes : bon mari, plutôt bon père, il aimait la campagne et les arbres et rêvait de cieux immenses. Il était souvent agacé ou fâché par des choses que d'aucuns trouvaient déconcertantes – un homme impulsif capable de coincer une jeune inconnue dans un placard à balais et de l'y embrasser avidement, et, presque deux décennies plus tard, de sauter sur une créature qui n'était pas sa femme. Autrement dit, il n'était qu'une crapule, un salopard, une canaille à qui on ne pouvait pas faire confiance. Telles étaient les réflexions que se faisait Gladwyn sur le chemin du retour. Il ne pouvait refréner un sourire.

Une fois arrivé chez lui, l'instinct lui dicta de se regarder dans le rétroviseur. Il y avait un cheveu blond sur son col. Il l'enleva et le laissa tomber par la vitre. Dorénavant, comprit-il, sa vie serait régie par les vérifications obligatoires.

Dans la semaine qui suivit sa visite à Lara, lors d'une de ses journées à Londres, Gladwyn se surprit à aller dans une grande boutique d'Oxford Street qui vendait des milliers d'engins high-tech. Avec l'aide d'un vendeur minaudier, il examina plusieurs téléphones portables, dont les subtiles caractéristiques étaient incapables d'éveiller chez lui la moindre excitation ou le moindre intérêt. Il écouta poliment le laïus commercial, sans oser avouer que tout ce qu'il recherchait, c'était un deuxième portable qui marche correctement. Il endura avec patience l'exposé du vendeur qui exhibait les appareils comme s'il s'agissait de pierres précieuses. Il avait déjà pris sa décision. Il allait acheter un portable rouge.

« J'en veux un rouge pour pouvoir mieux le repérer », déclara-t-il.

Ce plan lui paraissait absolument limpide, même si le vendeur semblait le prendre pour un fou.

« Sans compter qu'il est grand temps que j'abandonne mon vieux modèle. »

Gladwyn eut un petit rire visant à soulager la tension qui était née entre eux.

« Vous avez compris le principe ? » continua-t-il, maladroit, sentant que la communication entre lui et le spécialiste était en train de virer à la farce.

Le vendeur lui décocha un regard signifiant que Gladwyn n'était pas un client sérieux, mais qu'il avait l'habitude des crétins qui n'y connaissaient rien.

« Tout à fait, monsieur, répondit l'homme d'un ton blasé. (Cela faisait longtemps qu'on ne lui avait pas donné du "monsieur".) Celui-ci est un bon modèle milieu de gamme. Il devrait vous convenir parfaitement. »

L'homme brandit l'appareil rouge vif qui, aux yeux de Gladwyn, ressemblait à tous les autres portables. Bien que réchauffé par le « monsieur » dont on l'avait gratifié, il tenait à quitter le magasin le plus vite possible : il ne se sentait pas d'affronter une séance de travaux dirigés sur l'art d'appuyer sur les touches... Rory, avec qui il devait déjeuner, lui expliquerait toutes les finesses de l'engin.

Gladwyn avait peut-être acheté un modèle milieu de gamme, mais son prix, lui, ne l'était pas. Constatant qu'il n'était à l'évidence pas au courant du prix des mobiles, il régla à contrecœur avec sa carte de paiement – une transaction facile, d'accord, mais qui n'abolirait jamais sa nostalgie du noble chéquier. Un de ses regrets dans la vie moderne était la disparition des chèques. Il se demandait souvent si elle avait un lien avec le fait que beaucoup de gens ne savaient plus écrire… Le vendeur coupa court à ses cogitations en lui tendant son achat dans un sac en plastique.

« Je suis sûr que vous ne rencontrerez aucun problème », dit-il avec un semblant de sarcasme.

Pas de « monsieur » cette fois-ci : la vente avait été conclue. Inutile de fayoter plus longtemps.

Tandis qu'il rebroussait chemin parmi une multitude de téléphones alignés le long des murs comme des oiseaux sur des fils, Gladwyn glissa le portable rouge dans sa poche droite, et palpa le vieux bleu dans sa poche gauche. Une fois dans la rue, le soleil dardant ses rayons sur des milliers d'individus identiques, il se répéta intérieurement :

Rouge à droite. Bleu à gauche.

Il gagna à pied St James's Street. Le soleil d'automne diffusait une sorte de douce tiédeur patinée, comme s'il recyclait la chaleur accumulée durant l'été. Le ventre de Gladwyn se contracta.

Rouge… à droite ? Soudain incertain, distrait par des pensées excitantes, Gladwyn s'immobilisa. Non : il se trompait. Il sortit le téléphone de sa poche gauche : le vieux bleu. Bon, c'était bien ça, mais ce n'était pas la question qu'il s'était posée. Oh, bon sang. Plus vite il rentrerait à la maison et enfermerait le portable rouge au fond d'un de ses tiroirs de bureau, plus vite il recouvrerait sa santé mentale.

Il sentit une main sur son épaule : Rory. Son plus vieil ami, son sage conseiller, homme d'expérience, marié à une femme au sens critique implacable dont l'allure même proclamait qu'elle n'avait rien à faire de Gladwyn. Rory et lui préféraient donc se donner rendez-vous sans leurs femmes respectives. C'était plus facile comme cela.

Dans un restaurant tellement assombri par le bois ciré que le soleil filtrant à travers l'immense fenêtre n'avait aucune chance d'éclairer la salle, Gladwyn amusa Rory en lui décrivant son emplette du matin. Ils se racontèrent les dernières nouvelles et rigolèrent, comme toujours, en se remémorant leurs frasques de jeunesse. Ce ne fut qu'au moment du café que Gladwyn eut l'occasion de demander à son ami de se pencher sur son nouveau portable. Il se souvint du bleu à gauche, craignit de se tromper, puis, certain que non, sortit le rouge de sa poche. Le rouge, assurément, était fait pour un as de la téléphonie mobile, pas pour un débutant.

« Joli petit modèle, commenta Rory. Il a dû te coûter les yeux de la tête.

— En effet. »

Gladwyn se sentait en sécurité, ici, avec Rory. Son ami se mit à pianoter sur les touches, l'air de celui qui sait exactement ce qu'il est en train de faire.

« Tu sais ce que je me disais ? Je me disais que si un homme marié voulait avoir une liaison aujourd'hui, ce serait beaucoup plus compliqué qu'avant, avec tous ces modes de communication instantanée. Il faut penser à planquer son portable et à effacer les messages dessus. Supprimer les infos compromettantes sur son ordi... Malgré toutes les précautions qu'on peut prendre, on est sûr de se planter à un moment ou à un autre.

— Tu as raison », acquiesça Gladwyn, qui n'avait pas du tout réfléchi à ce genre de détails.

Ne pas confondre le bleu et le rouge avait été sa seule angoisse. Une fois qu'il serait rentré et aurait mis le rouge sous clé, au moins serait-il débarrassé de cette inquiétude-là.

« Non pas que ça te concerne, ajouta Rory. Tu serais le dernier homme au monde à t'aventurer dans les sous-bois de l'infidélité.

— Je me plais à le croire », déclara Gladwyn en évitant de croiser le regard de son ami.

De retour dans la rue, ils se serrèrent la main et se tapotèrent l'épaule avec la réserve propre à la génération de leurs pères.

Chapitre quatre

Quinze jours s'étaient écoulés depuis la visite de Gladwyn. Une période interminable. Lara avait à peine dormi au souvenir de son baiser, ainsi que du désir qui l'avait perturbée, et avait dû le perturber lui aussi. En même temps, avec son pragmatisme, elle estimait que le désir était une véritable plaie. Il dépouillait les journées de leur calme et de leur cohérence, il parait toute chose d'une sorte de tremblement fébrile. Le désir avait des conséquences physiques et elle se sentait constamment patraque : elle ne se nourrit que de pain et de céleri pendant plusieurs jours.

Mais elle se disait surtout qu'elle l'avait échappé belle cet après-midi-là. À peine une demi-heure après le départ de Gladwyn – elle avait remarqué dans la glace que ses joues étaient encore toutes rouges –, Laurie avait débarqué à nouveau sans prévenir. Il était entré par la porte de derrière avec un grand sourire, dévoilant effrontément son horrible dent noire au milieu de ses voisines jaunies. Laurie n'était pas du genre à prêter attention à son apparence : la propreté et les soins dentaires lui étaient aussi étrangers que toute forme de courtoisie.

« Je me suis dit que j'allais faire un saut », dit-il, comme chaque fois.

Lara lui avait très souvent reproché l'usage de cette locution, et lui avait à maintes reprises expliqué qu'elle produisait une image mentale très bizarre : cette histoire de « saut » laissait penser que les gens étaient des espèces de kangourous. Les remontrances de Lara ne servaient à rien et Laurie continuait à employer l'expression, entre mille autres formules plus ou moins choquantes. Puisqu'ils étaient des tas à utiliser cette même expression, alors ça lui allait, protestait-il.

L'après-midi du départ de Gladwyn, Lara était trop bouleversée pour gronder Laurie. Tout ce qu'elle voulait, c'était qu'il s'en aille sans faire d'histoires, de façon à pouvoir rester dans sa cuisine silencieuse à réfléchir à la visite surprise de Gladwyn.

« Tu vas bien ? Alors, qu'est-ce que tu deviens ? »

Laurie avait rejoint l'évier, où il se lavait négligemment les mains en éclaboussant par terre. Il attrapa un torchon propre et se les essuya avec vigueur. Il était incapable de douceur dans ses gestes.

« Tu as chaud, on dirait ? Tu es cramoisie.

— Ah bon ? »

Lara était assise à la table. Les deux mugs qu'elle et Gladwyn avaient utilisés étaient sur l'égouttoir. Si Laurie les avait remarqués, elle aurait sans doute eu droit à une scène désagréable. Il s'assit sur la chaise que Gladwyn occupait quarante minutes plus tôt.

« Tu n'as pas l'air d'humeur très bavarde aujourd'hui, dit Laurie. Je ne vais pas rester longtemps. J'ai des cochons à déplacer. Je voulais juste vérifier que tu allais bien.

— Je vais bien, merci. »

Laurie était ouvrier agricole. Il travaillait pour divers fermiers du coin quand ils avaient besoin de bras supplémentaires. Un des fermiers avait dit à Lara qu'il travaillait bien, et qu'il s'avérait extraordinairement habile en période d'agnelage.

« Il faudrait que vous le voyiez avec une brebis en train de mettre bas... » avait dit l'homme.

Lara avait du mal à imaginer le tableau. Laurie et elle s'étaient rencontrés parce que le chien de Lara, qui était mort depuis, s'était enfui. Laurie était tombé dessus dans une grange et l'avait ramené à l'adresse inscrite sur son collier. Lara, dans son soulagement, s'était confondue en remerciements, et avait offert à Laurie du thé et des tartines de confiture. Il s'était montré timide cette première fois. Mais par la suite, après plusieurs visites inopinées pour « voir comment allait le chien », il avait commencé à faire preuve d'un certain sans-gêne. Il donnait l'impression de faire comme chez lui : il prenait des assiettes dans le buffet, savait quel était le tiroir aux couteaux et dans quel placard était rangée la confiture. Son attitude irritait Lara, mais elle ne parvenait pas à lui faire comprendre que cette maison n'était pas la sienne. Sinon, il était gentil, et parlait avec chaleur des différents fermiers pour qui il travaillait.

Ses apparitions étaient irrégulières. Un jour qu'il avait surgi au mauvais moment – Lara était en train de travailler dans son atelier –, elle lui avait demandé assez sèchement de ne plus débarquer à l'improviste.

« Quoi, je te fais peur ? C'est idiot. Je ne peux pas t'appeler pour te prévenir, vu que je n'ai pas de portable ni quoi que ce soit. Et je tiens à m'assurer que tu vas bien. »

L'après-midi où il avait failli la surprendre avec Gladwyn avait constitué un tournant. Il avait quitté le cottage sans boire le thé qu'il s'était servi, et n'avait pas soufflé mot.

Une semaine plus tard, il était revenu en début d'après-midi et s'était comporté comme d'habitude en maître du logis, branchant la bouilloire, se lavant les mains. Mais il avait ensuite choisi une nouvelle place à la table, à côté de l'endroit où Lara s'asseyait toujours. Sa respiration bruyante indiquait qu'il était en colère, et elle se sentit étrangement mal à l'aise. Elle craignait à présent qu'il ne puisse devenir violent, si par hasard toutes les émotions ou tous les instincts qu'il refoulait se libéraient. En définitive, malgré son souffle court, il se comporta normalement. Lara se tranquillisa, affichant un dehors flegmatique.

À partir de là, il prit le pli de passer plusieurs fois par semaine. Il s'asseyait toujours à côté de Lara, ce qui signifiait que leurs tasses et leurs mains étaient tout près. Et Lara en conçut une exaspération de plus en plus manifeste.

Un après-midi, le tonnerre grondait sur les Downs tandis qu'une pluie violente venait cingler les carreaux. Lara alluma un feu et s'installa avec son livre. Elle fut bientôt dérangée par l'irruption de Laurie claquant la porte derrière lui, vêtements trempés et bottes toutes crottées.

« Tu vas bien ? » cria-t-il pour couvrir le tonnerre.

Il attaquait systématiquement par cette question, même si Lara avait l'air tout à fait en forme.

Elle lui jeta un coup d'œil contrarié.

« Bien sûr que je vais bien, répliqua-t-elle d'un ton brusque. Ce n'est qu'un orage. »

Laurie se tenait complètement immobile. La pluie dégoulinait de son anorak sur le sol.

« Je me disais que tu avais peut-être une fuite, ou quelque chose. Peut-être des tuiles envolées du toit.

— Tout va bien, merci. »

Très lentement, Laurie retira ses bottes et les posa sur le paillasson. Ses pieds immenses, dans leurs chaussettes de laine feutrées, étaient monstrueux. Il rejoignit l'évier et prit un torchon pour s'essuyer la figure : avec la pluie, son visage brillait comme de l'étain. Lara se sentait écœurée.

« Tu permets ? »

Laurie avait déjà branché la bouilloire de sa propre autorité. Une rage soudaine envahit Lara. Elle devait à tout prix mettre un terme à ces visites importunes. Lorsqu'il s'assit à côté d'elle, elle se tourna vers lui. Ils étaient beaucoup trop près l'un de l'autre. L'haleine de Laurie sentait l'oignon cru. Son corps moite dégageait une odeur aigre. Lara serra les poings, bien décidée.

« Écoute, Laurie, commença-t-elle. Il faut vraiment que tu arrêtes avec ces visites surprises. Je n'aime pas ça. Très souvent, elles tombent mal et elles interrompent ma concentration. »

Laurie s'esclaffa.

« Je pensais pas qu'il fallait se concentrer à ce point pour fabriquer ces fichues poteries.

— Ça t'étonne peut-être, mais je t'assure, je dois me concentrer. Et puis, de toute façon, je ne veux pas de visites. »

Laurie laissa échapper un soupir où d'autres relents âcres se mêlaient aux effluves d'oignon.

« Très bien. T'en fais pas pour moi. Je suis pas du genre à m'imposer. Si tu me dis de fiche le camp, je ficherai le camp sans faire d'histoires. »

Sur la table, sa main s'était rapprochée de celle de Lara et n'en était plus qu'à un ou deux centimètres. Elle s'écarta.

« Je te fais peur, ou quoi ? »

Il parlait d'une voix douce qu'elle ne lui avait jamais entendue et elle s'alarma encore plus. Laurie eut un mince sourire. La dent noire, plus longue que les autres, dépassait sur sa lèvre inférieure.

« Mais il y a quelque chose que je sais. »

Sa voix n'était plus qu'un murmure.

« Je sais ce que tu veux, miss Lara. Tu veux... C'est évident, ce que tu veux. Et moi je suis là, à ton service, juste à côté : tout ce qu'il y a de pratique... »

Lara recula brusquement au fond de son siège.

« Je ne sais pas ce que tu imagines, mais ce n'est pas ce que je cherche, dit-elle.

— Alors tu te connais pas toi-même. Une jolie fille comme toi, ça veut forcément un homme. »

Il se frappa le torse. Des gouttes de pluie, qui avaient marqué un arrêt sur le tissu éraflé de son anorak, reprirent leur course.

« Laurie, dit Lara, tâchant d'être à la fois patiente et calme. S'il te plaît, va-t'en maintenant. Et si tu continues à débarquer comme ça, je vais devoir trouver à me protéger d'une façon ou d'une autre.

— Des gardes armés, peut-être ? pouffa Laurie. Bon, j'y vais, j'y vais... Mais va pas te méprendre. C'est pas de l'amour que je demande, ni des conneries de ce genre. Tout ce que je veux... Enfin bon, pour parler sans chichis c'est toi que je veux. »

Lara se leva d'un bond, tout en repoussant sa chaise. Le grincement des pieds sur le sol fit oublier le tonnerre.

« Va-t'en ! hurla-t-elle. Va-t'en, et ne reviens jamais ! Jamais, c'est compris ? »

Laurie, surpris par l'expression de son visage, se leva à son tour.

« Oh là là, on se calme », marmonna-t-il, gagnant la porte à la hâte.

Un déluge de pluie s'engouffra dans la pièce lorsqu'il l'ouvrit, mais il disparut aussitôt, la claquant derrière lui. Lara fut parcourue d'un énorme frisson. La porte se rouvrit. La main de Laurie tâtonna pour récupérer les bottes oubliées. Il s'en empara et disparut à nouveau. Lara, qui n'avait pas bougé, le vit rejoindre le portail d'un pas lourd, le corps penché pour lutter contre la bourrasque.

Depuis l'après-midi de l'orage, Laurie lui avait presque obéi : il n'était passé que de temps en temps et n'essayait plus de lui faire du charme. Il se contentait de chercher dans la cuisine ce qu'il pouvait réparer et se mettait à l'ouvrage, de son propre chef. Il ajustait un robinet ou resserrait une vis, et repartait juste après. Il ne faisait plus de thé. Il ne parlait plus de ce qu'il « voulait ». Ne pouvant plus lui reprocher son sans-gêne ou ses divagations, Lara préférait rester passive plutôt que de lui crier à nouveau après. Ainsi leur drôle de relation se poursuivit-elle cahin-caha, et comme Laurie ne semblait plus menaçant, l'appréhension de Lara s'éteignit peu à peu.

Un dimanche après-midi, quelques semaines après la visite inattendue de Gladwyn, assise dans le vieux fauteuil de son père près du feu, elle se demandait pourquoi elle lui avait menti au sujet de ce qu'elle faisait. Pourquoi lui avait-elle raconté qu'elle était peintre au lieu de lui dire qu'elle était potière ? Ce n'était pas calculé : c'était sorti comme ça, et ensuite il avait été trop tard pour rectifier. Après tout, dans une certaine mesure, c'était la vérité. Il lui arrivait de peindre en amateur, mais elle n'était ni très douée ni très inspirée. Alors que dans son atelier, comme elle appelait son appentis aménagé, les bols et les coupes jaillissaient tout naturellement de son tour de potier. Elle aimait la magie de leurs changements de forme à chaque infime pression de sa main. Elle aimait aussi les peindre. Sur une étagère au-dessus de la cheminée trônaient plusieurs échantillons de son travail. Des couleurs vives, des zigzags qui vous taquinaient l'œil... elle aimait les lignes dures et nettes dans ses motifs. À en juger par la quantité de poteries qu'elle écoulait dans diverses galeries et autres boutiques, elle n'était pas la seule. Ses œuvres se vendaient étonnamment bien. Elle avait gagné assez d'argent pour assurer sa subsistance, et elle dépensait peu.

Elle ferma les yeux ; elle avait sommeil. Les zigzags dans sa tête s'évanouirent. Ils furent remplacés par le visage de Gladwyn, son sourire. Elle avait maintenant renoncé à l'espoir de le voir revenir, et il n'était pas question pour elle de lui envoyer une autre carte postale. Elle devait accepter le fait que Gladwyn avait été une de ces brèves espérances qui n'aboutiraient pas.

Elle entendit le loquet de la porte et se raidit. Ce ne pouvait être que Laurie, et c'était bien la dernière personne qu'elle souhaitait voir cet après-midi. La porte s'ouvrit dans un grincement. Lara se retourna. Gladwyn se tenait sur le seuil, à contre-jour : son expression était difficile à distinguer. Lara bondit de son fauteuil.

« J'espère que je ne vous dérange pas, dit-il doucement.

— Pas du tout. Entrez. »

Ils allèrent l'un vers l'autre comme guidés par une poulie invisible, très lentement, sans se quitter du regard. Quand il atteignit la table, Gladwyn, chancelant, posa une main sur le plateau et s'arrêta.

« Vous m'avez vraiment mis… la tête à l'envers, dit-il.

— Je suis désolée.

— Ne le soyez pas. Au moins, ça change un peu. »

Il hésita.

« Serait-il possible d'avoir une tasse de café ? Du thé ? Le plus facile. »

Le fil d'araignée qui les unissait fut rompu. Il se dirigea vers la bouilloire, l'alluma : hésitant, poli, rien à voir avec l'outrecuidance de Laurie. Lara lui confia les mugs et s'assit. Elle éprouvait une félicité inhabituelle à attendre qu'il la rejoigne.

« Vous êtes allé voir votre mère ?

— En vitesse.

— Ah…

— Vous me l'aviez proposé, alors je me suis arrêté. Je ne pouvais plus attendre. »

Lara répondit par un haussement de sourcils.

« Eh bien, c'est gentil de… Je commençais à me dire que vous ne viendriez jamais.

— Impossible. »

Il se pencha au-dessus de l'angle de la table et l'embrassa délicatement sur le front.

« Vous semblez m'avoir fait quelque chose… Je suis complètement ébranlé. Je ne sais pas. Je ne tiens plus en place depuis notre rencontre. »

Il se tut un instant et prit la main de Lara.

« C'est intéressant, non, de voir à quel point on peut perdre la boussole, parfois, quand on rencontre quelqu'un qui nous plaît vraiment ? Qu'est-ce que ça veut dire ? Est-ce que c'est de l'amour ? De la concupiscence ? Du désir ? De la folie ? Je n'en sais rien, et cela n'arrive pas très souvent, Dieu merci, parce que ça sème le chaos... Un chaos merveilleux.

— Je vois ce que vous voulez dire. »

Lara avait rougi.

« Seigneur, ce que vous êtes belle.

— N'importe quoi ! »

Gladwyn lui serra la main plus fort.

« Mais à part des compliments, je suis aussi venu vous lancer une invitation. En général, je cours dans tous les sens pour le boulot, et je n'ai pas beaucoup le temps de m'amuser. Mais il se trouve que la semaine prochaine j'ai justement vingt-quatre heures pour moi... J'ai pris la liberté de réserver un hôtel. Dans le Hampshire : la New Forest. Vous avez l'air choquée.

— Je le suis. En effet. Rien de surprenant. Nous nous connaissons à peine. Je ne sais rien de vous. Vous ne savez rien de moi...

— Nous pourrons nous raconter nos vies autour d'un dîner. Enfin... ça pourra être juste un dîner, si vous préférez.

— Mon Dieu. Je ne sais pas. Je veux dire... Nous nous connaissons à peine.

— Vous saurez tout de moi dans la New Forest. »

Lara hésita, puis lâcha un petit soupir ravi.

« Alors, d'accord.

— Quel est votre numéro de téléphone ? »

Après un instant de flottement, Gladwyn sortit de sa poche son nouveau portable rouge. Il y entra le numéro de Lara, remit l'appareil dans sa poche droite. Rouge égale danger : ça, il pourrait s'en souvenir. Dès son retour à la maison, il le rangerait dans son tiroir. Blithe n'aurait jamais l'idée d'aller fouiner dans son bureau.

« Il faut que j'y aille, dit-il en se levant. Ma sœur... »

Il se tut, paniqué. Sa sœur, quoi ? Il aurait dû réfléchir à quelque chose avant.

« J'ai promis de passer aider mon neveu en latin. Mais je vous appellerai, pour les détails.

— Où habite votre sœur ? »

Le cœur de Gladwyn battait la chamade. À peine quelques heures de perfidie, et déjà il avait failli gaffer.

« Sur la route de Londres », répondit-il, une main sur le loquet.

Lara hocha la tête.

« Vous êtes sûr de vouloir ? demanda-t-elle. Je veux dire, je n'ai jamais accepté une proposition de ce genre.

— J'en suis absolument sûr. »

Lara l'avait rejoint à la porte et Gladwyn, lui repoussant doucement la tête contre le panneau, se mit à l'embrasser. Ils se résignèrent non sans mal à se séparer.

« Si vous changez d'avis, je tâcherai de comprendre.

— Je ne crois pas que ça arrivera », dit Lara.

Ce même jour, au déjeuner, Gladwyn avait paru plus préoccupé que d'habitude. Mais bon, il était souvent comme ça, songea Blithe : l'esprit absorbé par une question professionnelle qu'il ne prenait pas la peine de lui expliquer, sachant que ces choses-là ne l'intéressaient pas. Il avait fait un effort après le dessert et proposé à Tom une partie de Scrabble.

« Tu veux pas qu'on aille marcher quelque part, papa ?

— Désolé, mon vieux, je suis pressé. J'ai promis d'aller voir ta grand-mère.

— Tu vas tout le temps voir Granny ! protesta Tom, l'air boudeur.

— La prochaine fois, tu m'accompagneras, et on pourra aller se promener sur les Downs. Bien mieux que toutes les promenades par ici. Et puis on prendra un thé en vitesse avec Granny...

— Ah non, merci. Aucune envie de ses muffins.

— Bon, allez, un petit Scrabble. »

Une demi-heure plus tard, Tom regarda son père droit dans les yeux.

« On n'avance pas, on est bloqués, dit-il.

— Tu veux dire que je suis en train de gagner.

— Et alors, quoi ? Bon, je vais voir Mick. »

Il se dépêcha de quitter la pièce. Gladwyn et Blithe échangèrent des regards et éclatèrent de rire.

« Je ferais mieux d'y aller. Si tout va bien, je serai rentré pour le thé. »

Gladwyn alla vers sa femme. Il lui coinça une mèche de cheveux derrière l'oreille. Tandis qu'il l'embrassait sur la joue, il perçut une légère bouffée de jasmin, le parfum qu'elle portait toujours. S'il en avait été autrement, si sa mère ne l'attendait pas, si Tom ne risquait pas de revenir à l'improviste, si, si, si…

« Ragoût irlandais au dîner », chuchota Blithe.

Une nouvelle agréable, puisqu'il adorait son ragoût, mais dépourvue de glamour… Sa femme avait un sens du timing qui le faisait souvent rire.

« Super. Vivement ce soir. »

Il s'esquiva, laissant Blithe un peu émoustillée, et vaguement triste.

Pas question pour elle de se laisser aller à la mélancolie. Elle préférait voir le bon côté des choses : un mari gentil, affectueux, intelligent et distrayant, un fils grosso modo adorable, la maison de ses rêves (malheureusement pas pour Gladwyn), pas de problèmes d'argent, un métier de prof qui lui plaisait. Elle se sentait en sécurité, elle se sentait calme, pleine d'énergie et pleine d'espoir pour l'avenir. Il lui arrivait d'être gênée en pensant au confort de sa tranquille existence bourgeoise, une existence que beaucoup auraient jugée atrocement ennuyeuse. Mais pour elle l'ennui était un luxe. Tant qu'il était structuré, l'ennui offrait d'immenses avantages. Durant toutes ces journées et toutes ces années où il ne se passait pas grand-chose, on pouvait rassembler des forces pour affronter une catastrophe éventuelle, alors que si on avait mené une vie mouvementée, on ne disposait plus des ressources nécessaires en cas d'urgence. Dans la période placide qu'elle traversait, la seule chose qui inquiétait Blithe, c'était Mal Embouché, l'élève le plus difficile qu'elle ait jamais eu. Elle commençait toutefois à discerner des lueurs d'espoir : David s'était pris d'une passion aussi subite que surprenante pour Coleridge. « The Ancient Mariner », c'était cool, avait-il déclaré et, spontanément, il en avait appris des strophes entières par cœur. Blithe savait qu'être un prof stimulant était un don accordé à de rares élus, mais elle espérait transmettre à ses élèves ses propres enthousiasmes, et s'évertuait à leur faire voir les choses d'une manière qui les incite à vouloir en apprendre davantage. Elle insistait sur la souplesse magique de la langue, l'art de choisir le terme insolite mais frappant, les plaisirs de l'imagination. Mal Embouché, chose étonnante, semblait adhérer peu à peu à sa vision de la littérature. À sa façon bourrue, il commençait à exprimer sa reconnaissance.

Le roc dans sa vie, elle se le répétait sans cesse, était Gladwyn. La façon peu orthodoxe dont ils avaient fait l'amour la première fois, si excitant qu'ait été l'épisode, lui avait d'abord inspiré quelques doutes. C'était là un homme impétueux, un homme habitué à parvenir à ses fins, et peu enclin aux explications ou aux déclarations. Mais elle n'avait pas tardé à l'aimer et, apparemment, il le lui rendait, même si elle était parfois obligée de s'en convaincre. C'était en tout cas un homme à qui elle pouvait faire confiance : de cela, Blithe était absolument sûre. Une fois trouvé la femme qu'il aimait, il ne serait plus « à l'affût », selon son expression. « Cela n'aurait aucun sens », avait-il dit un jour.

Blithe était d'accord à propos de la fidélité. La fidélité était essentielle à une vie conjugale paisible. Il ne rimait à rien de menacer cette sérénité en flirtant avec le danger. Au cours de leurs seize ans de mariage, Blithe n'avait été tentée qu'une seule fois. Gladwyn se trouvait à l'étranger : elle était allée à une soirée toute seule. Un homme aux traits taillés à la serpe et au sourire chargé de sous-entendus s'était assis à côté d'elle au dîner et il l'avait fait rire. D'après son père, elle s'en souvenait, le rire était un moyen facile et agréable de s'insinuer dans le lit d'une femme… Cette fois-là, elle avait assurément éprouvé l'envie de passer la nuit à Londres. Après le dîner, l'homme l'avait emmenée en boîte. Elle aimait danser, et ce serait totalement innocent. Gladwyn, peu à l'aise sur la piste, était toujours reconnaissant à ceux qui invitaient sa femme. Donc, pas de quoi s'inquiéter.

Dans la foule de la boîte de nuit, enflammés par un désir mutuel qui montait depuis trois heures, ils avaient dansé serrés l'un contre l'autre au rythme de la musique irrésistible. Mais lorsqu'ils firent une pause pour prendre une bouteille de vin à une table, ils ne trouvèrent pas grand-chose à se dire. L'homme – Jason – n'était plus si amusant en fin de compte, et Blithe ne rêvait que d'une chose, être débarrassée de lui. Il lui pétrissait les phalanges, frottant la bague de fiançailles en saphir que lui avait donnée Gladwyn. C'était ça, plus que tout, qui lui faisait l'effet d'une épouvantable infidélité. Comment osait-il ! Elle avait retiré sa main d'un geste brusque, et Jason l'avait crue impatiente de passer à l'acte.

« Tu pourrais dormir chez moi, dit-il. Ne repartir que demain matin. »

Il avait attiré son visage vers le sien et l'avait embrassée. Pas longtemps : Blithe s'était dérobée. Elle détestait son haleine avinée, sa langue rugueuse. C'est fou comme ce qui n'est pas coutumier peut parfois manquer de charme : si les gens se le rappelaient, l'infidélité serait peut-être moins fréquente. Plus jamais après cela Blithe n'avait voulu qu'un homme l'embrasse, la caresse, la drague... Gladwyn était le seul homme pour elle.

« Merci, mais je ferais mieux de rentrer, dit-elle.

— Très bien. Comme tu voudras. On aura peut-être d'autres occasions... »

Blithe quitta en toute hâte la boîte de nuit et courut vers sa voiture. Terminé, les bonnes manières de son cavalier : il ne la suivit pas, ne vérifia pas qu'elle partait saine et sauve. Espèce de connard, se dit-elle, rongée de culpabilité. Pendant tout le parcours sur l'A30, elle se demanda comment raconter à Gladwyn ce qui s'était passé. Elle espérait le faire rire.

En définitive, elle garda pour elle cette petite aventure pitoyable.

Chapitre cinq

Gladwyn eut tôt fait de se rendre compte que l'infidélité nécessitait beaucoup de préparatifs et beaucoup de calculs. Appeler Lara était facile : il lui téléphonerait de son bureau, mais il devait penser à se munir du portable rouge. Ce serait de la folie de passer un coup de fil illicite avec le bleu. Le trajet routinier jusqu'à Londres lui parut étrangement exotique, sans doute à la perspective de ce coup de fil clandestin. Il n'arrivait pas à trancher s'il devait appeler tout de suite, avant sa réunion de dix heures, ou attendre l'heure du déjeuner. Finalement, pour calmer sa main tremblante et son cœur qui battait à grands coups, il l'appela dès son arrivée.

Leur échange fut bref. Ils eurent du mal à choisir un lieu de rendez-vous, mais puisque Lara devait aller chez le dentiste à Oxford le jour en question, il fut décidé qu'elle prendrait un train jusqu'à Reading, où il la récupérerait à la gare.

Les yeux fixés sur le blanc immaculé de son sous-main, il s'efforçait de juguler les doutes qui le taraudaient. La gare de Reading ? N'était-ce pas terriblement imprudent ? Il risquait de tomber sur des parents de copains de Tom, sur des voisins… Il envisagea de la rappeler, puis il se ravisa. C'était un risque à courir. Sa secrétaire lui apporta sa tasse de café habituelle. Il était hors de question qu'il y trempe ses lèvres : la nausée se tortillait dans son ventre. Premiers assauts de la culpabilité.

Gladwyn allait et venait dans la gare comme un espion débutant aux aguets. La situation ne manquait pas de sel, mais s'il tombait bel et bien sur quelqu'un de connaissance, elle deviendrait très vite beaucoup moins amusante. Mais non… personne dans les parages. Lara surgit soudain, tête renversée, demi-sourire sur les lèvres : leurs joues s'effleurèrent un bref instant.

Dans la voiture, ne trouvant rien à dire, Gladwyn lui prit la main et l'appliqua contre son cœur.

« Moi aussi il bat fort », dit-elle, mais elle ne guida pas la main de Gladwyn vers sa propre poitrine.

Ils parlèrent à peine pendant le voyage. Lara se tenait plus droite que Blithe sur le siège passager. Au bout d'une demi-heure, sans rien demander, elle mit la radio et sembla se concentrer sur les infos.

Tandis qu'ils atteignaient la New Forest et roulaient parmi les arbres sombres et noueux, Gladwyn se dit soudain que toute cette histoire était insensée, stupide, ridicule. Il mourait d'envie de faire demi-tour, de déposer Lara à la gare et de rentrer chez lui sans avoir franchi le pas. Il était trop tard. « Trop tard, espèce d'imbécile », pesta-t-il intérieurement.

Il ne savait pas du tout ce que Lara était en train de se dire. Il lui jeta un coup d'œil : elle semblait contrariée par les descriptions d'un massacre en Afrique.

« Voilà, nous y sommes, annonça Gladwyn d'un ton grave, alors qu'ils tournaient dans une allée sinistre obscurcie par les lauriers et les rhododendrons.

— Drôle d'endroit ! fit Lara, éteignant la radio.

— Je ne connais pas les lieux. On m'en a juste dit le plus grand bien. Nous pourrons toujours...

— Allons, dit Lara avec un sourire encourageant. C'est sûrement plus gai à l'intérieur. »

La réception se trouvait dans un recoin sombre où officiaient de trop nombreux fauteuils. Tous tapissés d'un velours vert olive identique, avec des bords garnis de franges.

« C'est abominable, souffla Gladwyn, alors qu'ils attendaient qu'une femme aux cheveux blonds, entrevue derrière une porte entrebâillée, vienne les accueillir. On s'en va ?

— Non. »

Gladwyn repensa à un épisode de sa jeunesse où il avait emmené une fille du nom de Madeleine dans un hôtel bon marché, et où il y avait eu tout un pataquès autour du mensonge conjugal qu'ils avaient décidé de raconter. Si Gladwyn n'avait pas glissé un billet de dix livres au réceptionniste, ils auraient été refoulés. Les temps avaient changé.

On pouvait passer des nuits illicites à l'hôtel avec qui on voulait. L'illicite avait partout droit de cité.

Avec une lenteur pétrie de dédain, la réceptionniste fit son apparition.

« Oui ?

— Nous aimerions une chambre.

— Pas de problème. »

C'était une des nombreuses expressions actuelles qui avaient le don d'exaspérer Gladwyn. Louer des chambres était la vocation des hôtels : pourquoi y aurait-il eu un problème ? Pourquoi fallait-il que les gens assurent aux autres qu'il n'y avait pas de problème quand il était évident qu'il n'y avait pas de problème ? La main de Lara se posa sur son bras. Il recouvra son calme.

Les formalités effectuées, la réceptionniste leur tendit une carte qui, expliqua-t-elle, devait ouvrir la porte de leur chambre.

« Je préférais les bonnes vieilles clés, marmonna Gladwyn.

— Une escapade en amoureux ? demanda la réceptionniste avec un sourire qui étira au maximum son rouge à lèvres violet.

— Certainement pas.

— Très bien. Pas de problème. Bonne nuit. »

Gladwyn réussit enfin à ouvrir la porte, et ils pénétrèrent dans une pièce où se mêlaient les couleurs de diverses soupes de légumes. Cette chambre aurait du mal à paraître gaie, songea Gladwyn. Pourquoi diable n'avait-il pas fait plus de recherches ? Vérifié sur Internet ? Les fenêtres treillissées donnaient sur des conifères poussant en rangs serrés et un lointain miroitement aquatique. Gladwyn se retourna et regarda les lits jumeaux. Il avait demandé un grand lit. Tout allait de travers. C'était désespérant.

« Partons, répéta-t-il.

— Restons, insista Lara. C'est tellement affreux que c'en est drôle. »

Gladwyn s'assit dans une version marron des fauteuils du rez-de-chaussée. Ses doigts frémirent au contact des franges. Il ne pouvait l'expliquer à Lara – cette chère Lara, défaisant son petit sac, choisissant les tiroirs les plus petits –, mais cette première fugue lui avait valu tellement d'anxiété et de préparatifs angoissés qu'il ne pouvait supporter l'idée que l'aventure se révèle un échec. Il comprit, alors que ses yeux suivaient la jeune femme, qu'il s'agissait là du premier de ce qui pourrait devenir d'innombrables « moments de comparaison ». Les rares fois où Blithe et lui avaient séjourné à l'hôtel, Blithe s'était dépêchée de déballer ses affaires, flanquant ses vêtements dans les tiroirs, se plaignant des cintres et finissant par se jeter sur le lit. Lara était plus calme, plus lente, plus méthodique. Gladwyn la regarda qui sortait un pyjama bien plié. Un pyjama ? Gladwyn n'en avait pas vu depuis l'époque du lycée… Blithe ne portait jamais rien au lit, même au plus froid de l'hiver. Gladwyn était désarçonné : ce pyjama ne faisait qu'augmenter son appréhension.

« Si on descendait au bar boire un verre de champagne avant le dîner ? suggéra-t-il.

— Bonne idée. »

Lara faisait bouffer ses cheveux devant un miroir. Gladwyn essayait de se rappeler comment elle était la première fois qu'il l'avait vue. Il y avait forcément une ressemblance avec la jeune femme qui se tenait maintenant à un mètre de lui, mais il n'arrivait pas à se souvenir. Au moment où ils s'apprêtaient à quitter la chambre, Gladwyn décida de lui prendre le bras. Ce geste n'était pas habituel pour lui. Il ne prenait jamais le bras de Blithe, à part pour traverser une rue passante. Lara lui sourit. Signal positif : de toute évidence, elle voulait dîner le plus vite possible. Gladwyn, à sa grande consternation, ne partageait pas cette impatience. En fait, il ne ressentait absolument rien. Lara n'était qu'une fille qui lui avait plu, qu'il avait désirée, à deux brèves occasions. À présent, l'idée de lui faire l'amour toute la nuit était inimaginable. Que s'était-il passé ? Était-ce le prix de l'infidélité ?

Ils burent leurs coupes d'un champagne de deuxième ordre dans un bar lugubre que les autres clients de l'hôtel semblaient éviter. Lara adressait à Gladwyn des petits sourires encourageants, mais ils ne suffisaient pas à lui inspirer des propos étincelants. Tout ce qu'il voulait, c'était rentrer chez lui.

La salle à manger de l'hôtel n'était pas plus attrayante. Il y avait quatre autres clients au bout de la salle. Des glaïeuls, aux tiges trop courtes, se dressaient dans un vase au centre de chaque table. Comme en érection, songea Gladwyn non sans ironie. Comment meubler l'heure qui allait venir ? Il appela un serveur qui leur apporta d'immenses cartes répertoriant des plats qui semblaient dater des années 1960. La commande effectuée, le temps s'étirait devant eux avec tristesse. Il décida de tout déballer, d'avouer la vérité, de jouer cartes sur table… peut-être de renoncer carrément. Sur ses genoux, ses doigts s'agitaient dans une serviette en lin amidonnée. Au moins le linge de table était-il de première qualité.

« Lara, commença-t-il. Je crois que j'ai fait une terrible erreur. »

Lara plissa les yeux de manière si charmante que, l'espace d'une seconde, Gladwyn envisagea d'expliquer que son erreur était d'avoir commandé les coquilles Saint-Jacques au lieu de l'anguille fumée. Mais il tint bon.

« Tout ça, dit-il, balayant du regard la salle faussement grandiose. Je n'avais pas cette vision-là. Je ne sais pas exactement quelle image j'avais, mais ce n'était pas ça. »

Lara affichait une mine légèrement curieuse.

« L'ennui, c'est que j'étais tellement… conquis par vous, et que je voulais tellement… enfin bref, je n'ai pas réfléchi. Je me suis précipité. Un scénario tellement vulgaire. Impardonnable, je le comprends maintenant. Je suis désolé. »

Lara lui adressa un autre de ses irrésistibles sourires.

« Ce n'est pas grave du tout, fit-elle. Arrêtez de vous flageller. C'est le genre de chose dont nous pourrons rire dans les années à venir. »

Les années à venir ? Qu'avait-elle en tête ? Une sorte d'arrangement à long terme ? La grande difficulté quand on se lançait dans une amitié ou une liaison était de savoir ce qui se passait dans l'esprit de l'autre. Si Lara avait le projet d'entretenir le contact au fil des années, Gladwyn n'y voyait pas d'inconvénients. Ce serait un plaisir. Un plaisir susceptible de s'accroître.

« Eh bien, merci, dit-il. J'aime l'idée des années à venir, quoi qu'elles puissent apporter. »

Au moment du faisan, Lara demanda à Gladwyn de lui parler « de lui », tâche rebutante par excellence. Par quoi était-on censé commencer ? Il entreprit de décrire son enfance dans le Norfolk, ses années de droit à Cambridge. Bien trop vite, il en arriva à l'époque après ses études, à Londres, à son premier boulot. Il fit durer le récit de cette période le plus longtemps possible, sachant ce qui se profilait – le chapitre qu'il lui fallait éviter.

« Et les filles ?

— Eh bien, quelques-unes… »

Il préférait opter pour la litote.

« Et le mariage, pas de tentations ? »

Gladwyn posa ses couverts.

« Jamais arrivé à ce stade, bizarrement. »

Il marqua une pause, honteux de son mensonge.

« Et maintenant je suppose que c'est trop tard. Je regarde autour de moi mes amis mariés, et je me dis que ce n'est pas pour moi. Risquer tout le temps de dérailler, frôler la catastrophe… Il est moins risqué de vivre seul. Je ne me sens pas seul, d'ailleurs. La solitude est une notion que je ne comprends pas. Il faut être nombriliste, pour se sentir seul. Ce sont les égocentriques, les gens qui se demandent vainement “Qui suis-je ?” qui se mettent dans cette situation inextricable. C’est de l’apitoiement sur soi-même, non ? »

Lara secoua la tête. Une dénégation à peine perceptible.

« Je vois que vous n’êtes pas d’accord. Vous n’êtes pas la seule. Mais pour moi ça marche. Je passe beaucoup d’heures le week-end à étudier les abeilles. »

Gladwyn avait un oncle dans le Norfolk, qui était aujourd’hui gravement malade. Quand il était enfant, il allait souvent chez lui, et il l’avait persuadé d’acheter une ruche. Il avait ainsi lu de nombreux ouvrages sur l’apiculture. Pour éluder le sujet du mariage, il pourrait évoquer cette marotte. Maintenant qu’il avait commencé les mensonges, ceux-ci lui venaient avec une incroyable facilité. Dieu me pardonne, songea-t-il, en s’entendant décrire le miracle de la pollinisation.

À dix heures et quart, ils étaient les derniers dans la salle. L’unique serveur n’essayait même pas de dissimuler son impatience. Ils se levèrent et regagnèrent leur chambre. Gladwyn n’avait aucune idée de ce qui allait se passer ensuite. Il espérait simplement qu’il ne serait pas obligé de faire l’amour à Lara dans un des lits une place, car, en réalité, tout désir l’avait abandonné au moment où il avait pris la chambre. Il s’était dit que le champagne viendrait à son secours… Mais non. Aucun signe n’indiquait qu’il allait bientôt entrer en action.

Lara avait dû deviner ses pensées car elle lui

facilita énormément les choses. Elle alla dans la salle de bains et ferma la porte. Elle y resta longtemps, dix minutes, peut-être. Lorsqu'elle réapparut, elle portait une robe de chambre bien sage boutonnée jusqu'au col. Elle l'enleva, dévoilant son fameux pyjama : un pilou rose à motif de lapins. Un vêtement de petite fille, presque de bébé… Gladwyn se sentit la dévisager, après quoi il sourit. Lara rejoignit vivement un des lits.

« J'aime les lits une place, dit-elle. Et ce que je préfère dans ce drôle d'hôtel, c'est qu'ils ont encore des draps et des couvertures. Vous êtes plutôt couette, vous ? »

Elle se glissa au fond du lit en se tortillant, puis remonta les couvertures. Elle ferma les yeux et, sans les rouvrir, tendit une main pour éteindre sa lampe de chevet.

« Bonne nuit », dit-elle, et elle sembla s'endormir presque aussitôt.

Gladwyn, dans sa stupeur, ne bougea pas de l'endroit où il était, au bout de l'autre lit. Une fille extraordinaire, aucun doute là-dessus. Pas de reproches, pas de colère, juste une acceptation totale de la bizarrerie de son comportement. Cette compréhension, cette méthode qu'elle avait trouvée pour le protéger de sa gêne, lui fit battre le cœur un peu plus vite. L'ancien désir n'était pas revenu, malgré la vue de son merveilleux visage sur l'oreiller, mais il éprouvait une profonde gratitude qui pourrait se transformer en quelque chose de plus physique s'il restait simplement assis là à la regarder. Allez savoir, peut-être finirait-il par changer d'avis et entrerait-il dans le lit à côté d'elle... Mais non : il était trop tard pour ça. Certes, il ne voulait pas qu'elle se sente rejetée, mais il ne pouvait quand même pas la réveiller maintenant, et tenter de lui expliquer quelle pagaille régnait dans son esprit.

Il se déshabilla en vitesse et posa ses vêtements sur un fauteuil. Lorsqu'ils étaient ailleurs que chez eux, Blithe les suspendait toujours et assignait un tiroir précis à ses sous-vêtements et à ses chaussettes. Il n'allait pas s'embêter avec ces détails-là. Il n'avait qu'une envie : dormir.

Pourtant, le sommeil tarda à venir. Gladwyn se représentait Blithe endormie dans leur lit à la maison. Tom, une jambe dépassant des couvertures, son singe en peluche à côté de lui sur l'oreiller... Il se demandait ce qu'avait fait Blithe ce soir-là. Comme d'habitude, sûrement, même si elle avait dit que Mal Embouché devait passer. À la pensée de ce jeune garçon grossier mais intelligent assis tout près de sa femme, un petit spasme désagréable contracta le ventre de Gladwyn. Les jeunes garçons s'entichaient souvent de femmes plus âgées. Et vice versa. Mal Embouché, malgré son expression bougonne, était plutôt beau. Un jour, penchés tous deux au-dessus du même livre, ils pourraient... Cette pensée lui donna la nausée. En rentrant à la maison – la maison ! –, il prendrait discrètement des nouvelles de Mal Embouché : il essaierait de découvrir s'il y avait lieu de s'inquiéter.

À deux heures du matin, Gladwyn se leva. Il se rendit à la fenêtre, écarta les rideaux. Encore ces fichues franges. Son pyjama était moite de sueur. Un vent frais le fit frissonner. Chez lui, se dit-il, il serait descendu à la cuisine se faire une tasse de thé.

Il contempla la vue. Blithe aurait détesté ces massifs de rhododendrons, ces bouquets de conifères, l'exemple type du jardin ennuyeux. La lune était presque pleine, impassible au milieu du désordre des nuages. Sa lueur caressait les objets – un mur, un banc –, et parait de reflets argentés la surface de l'eau, là-bas, cette eau qui, tout à l'heure, lui avait rappelé que la mer n'était pas loin.

Combien de temps il resta planté là à regarder le morne paysage, il n'en savait rien. C'était le branle-bas dans ses pensées. La culpabilité avait envahi tout son être. C'était elle, sans nul doute, qui avait provoqué son étrange panne de désir. Ça lui apprendrait, se sermonna-t-il avec la voix de son père. Sa conduite était scandaleuse, inconcevable. Il devait déposer cette innocente jeune femme à la gare, ne jamais la revoir, l'oublier. L'adultère était une chose impardonnable : Dieu me pardonne, pria-t-il dans sa tête.

À cinq heures, alors que le ciel pâlissait et que les nuages se dispersaient, il retourna se coucher, content de se remettre au chaud. Lorsqu'il se réveilla, deux heures plus tard, Lara, déjà habillée, replaçait ses affaires dans son sac. Une fois encore, il lui fut reconnaissant : elle lui épargnait l'obligation de s'expliquer, de discutailler. Elle ne s'était pas maquillée. Dans la faible lumière matinale Gladwyn discerna quelques taches de rousseur sur les ailes de son nez. Elle était tellement jeune, se dit-il. Il n'avait aucune idée de son âge.

« Je ne dois pas trop tarder, dit-elle.

— Je serai prêt dans une minute. »

Gladwyn balança ses jambes hors du lit, remarquant la blancheur livide de sa peau, sillonnée de veines bleues.

« Descendez prendre le petit déjeuner... Commandez-moi du café, je vous rejoins dans cinq minutes. »

Il plaqua ses mains sur ses yeux un instant : il avait la tête lourde et l'esprit vide. Malgré le comportement pour le moins singulier qui avait été le sien, Gladwyn n'éprouva aucun malaise avec Lara tandis qu'ils prenaient le petit déjeuner dans la sinistre salle de restaurant. Elle lui parla d'une série de poteries sur laquelle elle travaillait, décrivant leurs différentes formes avec ses mains. À un moment donné elle attrapa son croissant, et continua sa description avec la main qui le tenait. Des miettes tombèrent sur la nappe d'un blanc immaculé. Même si c'était la fin de leur aventure, Gladwyn se souviendrait à jamais de l'éloquence de ses mains. De sa vie, il ne pourrait plus voir un croissant sans repenser à ces parcelles de feuilletage doré sur le blanc pur d'une nappe.

Le rouge à lèvres violet lui présenta une note faramineuse, qu'il régla avec sa carte de crédit. Il remarqua en la sortant de son portefeuille que ses mains tremblaient.

Il ramena Lara à la gare de Reading. Ni l'un ni l'autre n'évoqua l'éventualité d'une future rencontre. Ce ne fut qu'une fois garé que Gladwyn rassembla ses forces pour s'excuser : il ne s'expliquait pas ce qui s'était passé.

« Je suis vraiment désolé, dit-il. Un désastre total. Pas du tout ce que j'avais prévu... Je vous en prie, pardonnez-moi.

— Il n'y a rien à pardonner. »

Lara sourit : elle exhalait une gaieté matinale qu'elle partageait avec Blithe, toujours joyeuse au petit matin. Impatiente d'attaquer la journée...

« C'était rigolo. C'était drôle... Quel hôtel ! Mais un lit confortable, une bonne nuit de sommeil. Vous savez, je n'avais pas d'attentes particulières.

— J'aurais dû me décarcasser davantage. Je suis vraiment, vraiment...

— Arrêtez donc de vous excuser. Ça m'a plu. Il faut que j'y aille sinon je vais rater mon train. »

Elle descendit de la voiture tellement vite que Gladwyn n'eut pas le temps de se pencher pour l'embrasser sur la joue. Il se dépêcha d'aller lui ouvrir le coffre – elle se débattait avec le loquet –, et lui rendit son sac. Puis il prit le visage de Lara entre ses deux mains et l'embrassa brièvement sur la bouche : il y avait du vent et leur baiser fut gêné par ses cheveux qui voletaient.

« Merci, dit-il. Pour toutes sortes de choses. »

Elle se dégagea tout à coup et se volatilisa. Les mains de Gladwyn, toujours disposées en coupe pour lui tenir le visage, se retrouvèrent vides. Il remonta dans la voiture en se demandant ce qu'il allait faire.

Chapitre six

Il y avait longtemps que Blithe ne demandait plus à Gladwyn où il allait ni ce qu'il faisait. S'il devait partir pour l'étranger, il la prévenait et, en général, il lui téléphonait le soir pour savoir si tout allait bien, sans prendre la peine de retracer sa propre journée. S'il était simplement à Londres, et qu'il dormait à son bureau après un dîner tardif ou une réunion, il ne s'embêtait pas à l'appeler. Le lendemain, il prenait le train de dix-huit heures trente à Paddington, et était de retour pour le dîner. Si par hasard elle avait besoin de le consulter pour une affaire urgente comme une fuite ou un devis pour un nouveau pare-chocs, elle lui téléphonait sur son portable. Le vieux portable bleu qui, bien qu'elle l'ignorât, résidait désormais de façon permanente dans sa poche gauche.

Blithe avait passé une journée tranquille. Pendant que son mari emmenait Lara dans la New Forest, résolu à séduire la jeune fille qui semblait adhérer tranquillement à ce projet, Blithe discutait du *Conte du chevalier* avec Mal Embouché.

Contre toute attente, il s'était entiché de Chaucer. Il disait que la langue était « rigolote », même s'il n'en comprenait qu'une infime partie. Chaque fois que Blithe expliquait une expression, et qu'il la comprenait subitement, il avait un sourire ravi.

« Ah ! je vois. Merci, Blithe. »

Chaucer n'était pas au programme, mais il avait demandé à « tenter le coup », histoire d'élargir ses lectures au-delà de la poignée d'ouvrages prescrits. Les cours avec Blithe l'avaient métamorphosé. L'adolescent boudeur qui refusait de se concentrer, ou même d'écouter, était désormais enthousiaste, se délectant de tout ce qu'il apprenait.

« Je vais retenir ça, Blithe », disait-il souvent, et ils se souriaient.

C'était un après-midi assez sombre. Ils étaient assis à leurs places habituelles à la table de cuisine. Il y avait une théière. Blithe ne savait trop pourquoi : en général, elle servait le thé directement dans des mugs. Peut-être parce que Mal Embouché lui avait apporté un petit bouquet de chrysanthèmes, d'un jaune absolument immonde...

« C'est ma mère, expliqua-t-il. Elle m'a envoyé dans le jardin en cueillir. »

Blithe les avait mis dans un vase au milieu de leurs livres. Mal Embouché semblait content. Il n'arrêtait pas de tapoter le vase du bout des doigts – chacun de ses ongles avait la forme d'une lune noire –, tout en restant concentré sur les exploits du preux chevalier.

Blithe lui demanda de lire une page. Il eut du mal. Ce fut une laborieuse entreprise, interrompue par de nombreuses questions, mais il en vint à bout. Fier de lui, il adressa à Blithe un sourire heureux, puis ses traits retrouvèrent leur expression boudeuse. Si elle était sa mère, se dit Blithe, elle l'expédierait chez le dentiste. Il avait des dents épouvantables. Mais, malgré tout, il y avait une certaine beauté dans son visage maigre. À quinze ans, Blithe n'aurait pas été insensible à son charme.

Mal Embouché s'attarda longtemps après son heure de cours. Quand Blithe se leva en annonçant qu'elle ferait mieux de préparer le dîner de Gladwyn, il sembla rechigner à partir.

« On est bien ici, dit-il. Dommage que notre cuisine ne soit pas comme ça.

— C'est gentil, acquiesça Blithe. Beaucoup de gens la trouveraient démodée. Mais je ne suis pas très inox et plans de travail en marbre... »

Mal Embouché parut troublé. Il eut un bref sourire qui effaça l'expression bougonne de son visage. Alors qu'il se dirigeait vers la porte, il se retourna.

« Merci, Blithe. »

Il aimait bien prononcer son prénom.

Elle éprouva un pincement de plaisir. Enseigner était souvent frustrant, voire exaspérant. Quand tout à coup ça marchait, on se sentait gratifiée.

Gladwyn arriva à la maison à l'heure habituelle. Blithe lui lança un bref regard et remarqua qu'il était anormalement pâle, avec des poches sous les yeux. Elle ne lui demanda pas s'il avait mal dormi car, disait-il souvent, interroger l'autre sur la qualité de sa nuit constituait le genre d'échanges assommants que devaient éviter les vieux couples. Au lieu de cela, elle le rejoignit, lui passa les bras autour du cou, et l'embrassa plus fort que d'ordinaire sur les deux joues.

« Tom veut que tu montes dans sa chambre. Comme il avait fini ses devoirs, j'ai dit qu'il pouvait regarder une vidéo sur les animaux.

— OK. »

Gladwyn, étonnamment ému par le chaud parfum si familier de sa femme, sentit son cœur se serrer. Il fit un effort pour avancer d'un pas assuré, le corps bien droit, jusqu'à la porte. S'il avait été seul dans la pièce, il se serait accroché à la table et aux chaises pour se soutenir au passage. Il n'avait rien avalé de la journée, et la faim, ajoutée au manque de sommeil, produisait son effet.

Lorsqu'il revint dans la cuisine, Blithe lui tendit un whisky. D'une manière mystérieuse, elle savait qu'il avait besoin d'un alcool fort plutôt que d'un verre de vin. Elle se plaignait fréquemment qu'il travaillait trop, mais il démentait toujours. Il s'assit à sa place coutumière.

Blithe, occupée à remuer la soupe, semblait bouillonner d'énergie.

« J'ai passé une excellente journée. Mal Embouché m'a agréablement surprise. Tu sais quoi ? Il a demandé à étudier Chaucer. Il n'en avait jamais entendu parler avant la semaine dernière. On a commencé avec *Le Conte du chevalier*. Il a adoré, il a trouvé la langue "rigolote", comme il a dit. Il faisait plein de mimiques bizarres en essayant de déchiffrer tous ces mots anciens. »

La tête en arrière, Gladwyn, qui se serait volontiers assoupi, s'efforçait de rester éveillé. Ses paupières étaient à moitié fermées. Il se moquait complètement des progrès vertigineux de Mal Embouché, ou de son opinion sur Chaucer : il se représentait sa femme assise tout près de son élève à la table de la cuisine. Il se demandait si le jeune homme avait un penchant pour Blithe : n'importe quel être sensé aurait un penchant pour elle. Il se demandait si l'excitation de sa femme devant l'enthousiasme littéraire de Mal Embouché... si cette excitation pouvait ne pas être uniquement d'ordre intellectuel ? Il but une gorgée de son whisky : il se dégoûtait de nourrir des soupçons aussi abjects. Il se dit que Blithe était décidément bien jolie ainsi concentrée sur sa soupe... il pouvait lui faire une confiance absolue. Jamais de la vie elle ne le trahirait.

Puis il pensa à Lara, si pudique dans son pyjama de fillette, avec sa lèvre supérieure dont la courbure lui rappelait un petit pont en pierre au-dessus d'une rivière où il jouait enfant. Il la revit, stoïque et compréhensive, se glisser dans le lit une place sans un mot de reproche, et il sentit son cœur faire un bond. Il se leva, posa son verre sur la table de la cuisine.

« Je vais enfiler un pull.

— C'est prêt dans cinq minutes. »

Alors qu'il montait lentement l'escalier, Gladwyn se plaisait à constater que les choses étaient revenues à la normale. Pas de dégâts. La mauvaise conscience avait vaincu les assauts de la tentation : il avait eu de la chance. Bien décidé à ne plus jamais jouer avec le feu, il choisit un vieux pull que Blithe lui avait offert des années plus tôt, puis redescendit. Il avait faim.

Pour Gladwyn s'étirèrent ensuite trois semaines de calme. Le remords de sa stupidité et de son manque de jugement continuait à le hanter. Mais certaines images de Lara, les rares images d'elle emmagasinées lors de leur bref intermède, ne s'étaient pas tout à fait estompées. Il décida de jeter le portable rouge pour marquer son total renoncement à elle, puis oublia de le faire.

Un soir sa mère téléphona. C'était inhabituel de sa part. Elle n'aimait pas l'embêter : elle savait que Gladwyn lui rendait visite à une cadence assez régulière. Mais ce soir-là elle le gronda gentiment. Il n'était pas passé depuis une éternité… Est-ce que tout allait bien ?

Gladwyn, contrit, répondit qu'il viendrait déjeuner ce week-end-là, conformément au rituel.

« Je m'en réjouis », lança Eleanor, et son fils comprit à sa voix, très sonore à l'énoncé de cet euphémisme, qu'elle avait été attristée par son absence prolongée. Lui aussi s'en réjouissait, bien qu'il sentît que son corps tout entier se crispait un peu. Il allait devoir s'armer contre la tentation.

C'était une semaine avant Noël. Tous les jours,

les cieux étaient plombés : la neige ne se décidait pas à tomber. Blithe lui dit de prendre son temps. Tom et elle se chargeraient de préparer l'arbre.

Il arriva au cottage de sa mère plus tôt que de coutume. Ils burent deux verres de sherry avant le repas. Elle avait décoré son propre petit arbre. Il se dressait tout scintillant de lumières dans un coin de la cuisine. Gladwyn reconnut certaines boules de verre de son enfance et fut touché par l'effort généreux de sa mère : elle avait voulu rendre hommage à l'esprit de Noël, tant pour elle-même que pour ses éventuels visiteurs. Ils mangèrent leur pain de viande et leur crumble aux pommes. Le jour baissait quand Gladwyn se décida à repartir.

« Et ne reste plus si longtemps sans venir, lui dit Eleanor alors qu'il montait dans sa voiture.

— Tu as raison. Je suis désolé. De toute façon, je viens te chercher pour le soir de Noël, comme toujours. »

Eleanor lui fit au revoir de la main, puis referma sa porte très lentement, comme à contrecœur. Gladwyn ne parcourut qu'une centaine de mètres avant de se garer pour réfléchir. Quel mal y avait-il à faire un saut chez elle ? Histoire de vérifier qu'elle allait bien. De s'excuser une fois encore pour son comportement effroyable, essayer de lui expliquer. Tout à coup il se sentit plus calme. Il redémarra. Il se gara cette fois encore à cinquante mètres du cottage de Lara, à un endroit qu'elle ne pouvait pas voir de ses fenêtres. Il voulait lui faire la surprise.

La porte d'entrée s'ouvrit. Un homme en anorak et bottes en caoutchouc sortit, sans doute un ouvrier agricole. Il empoigna les brancards d'une brouette vide. Gladwyn aimait se dire que les voisins de Lara prenaient soin d'elle, qu'ils lui livraient des bûches, lui rendaient des services. L'homme s'éloigna en direction du village. Gladwyn décida de laisser sa voiture où elle était, et rejoignit le cottage. Il faisait noir à présent.

Il frappa à la porte : son cœur battait à cent à l'heure. N'obtenant pas de réponse, il la poussa et entra. Il perçut aussitôt une odeur de feu de bois, et des vagues de chaleur lui parvinrent. Il jeta un coup d'œil dans la cuisine, puis dans le salon. Personne. De retour dans le vestibule, il se demanda s'il devait s'en aller. Lui laisser un mot, peut-être ? Il leva les yeux vers l'escalier. Lara se tenait en haut des marches. Dieu du ciel, elle portait ce pyjama ridicule.

« Il me semblait bien avoir entendu frapper, dit-elle. Excusez-moi, j'ai traîné depuis ce matin. »

Elle dévala l'escalier abrupt avec une telle rapidité que Gladwyn eut peur qu'elle ne tombe et ne se brise le cou. Mais non : elle allait bien, elle le serrait dans ses bras, elle l'embrassait avec passion, ou avec soulagement, ou les deux à la fois. Gladwyn ne savait trop. Il lui rendait ses baisers. Il avait l'impression de n'avoir jamais cessé de l'embrasser.

« Je croyais que tu ne viendrais jamais », dit-elle, quand ils se détachèrent enfin.

Elle lui prit la main et le guida à l'étage.

La chambre de Lara était une pièce qui, comme

son pyjama, semblait se raccrocher à l'enfance. Plusieurs nounours et autres tigres en peluche recouvraient le grand lit. Des cocardes de gymkhana étaient épinglées à un panneau en liège, au milieu de photos de classe. Le pyjama était assorti au décor. L'espace d'un instant, Gladwyn hésita.

« Je suis passé m'assurer que tu allais bien », dit-il.

Il lui enlaça la taille. Lara avait remarqué sa mine perplexe.

« Je me dis tout le temps que je vais refaire ma chambre, expliqua-t-elle. Mais bon, j'y suis habituée. Je l'aime bien. »

Elle se tourna vers lui, déboutonnant sa veste de pyjama. Gladwyn posa sa main libre sur un de ses seins.

« Je pensais que tu ne reviendrais jamais. Je devenais folle, à me demander pourquoi je ne te voyais pas arriver. Je m'apprêtais à partir à ta recherche. »

Il l'imagina avec effroi rendre visite à Eleanor.

« Mais te voilà, maintenant. Te voilà, te voilà. Pas question de te laisser repartir. »

Il y avait quelque chose d'enfantin chez elle qui était à la fois émouvant et légèrement gênant.

Elle le conduisit vers le lit, rabattit la courtepointe à motif de girafes. Gladwyn fit un dernier effort conscient pour se libérer, pour s'en aller, définitivement cette fois. Mais il échoua. Lara l'enveloppait de toutes parts. La chaleur de cette fille... oh, Seigneur, la chaleur de son corps tout entier ! Leurs douces contorsions se changèrent très vite en mouvements sauvages : les cris de Lara jaillissaient comme s'ils rêvaient de s'échapper depuis trop longtemps. Emportés dans un monde parallèle, ils accédèrent au moment d'apothéose en parfaite harmonie, puis ils se rallongèrent épuisés, éberlués, silencieusement émerveillés.

Une heure plus tard – une heure ? On aurait cru des secondes ! –, Gladwyn regarda sa montre. Six heures vingt-cinq. Il bondit hors du lit, se lissant les cheveux d'une main, essayant d'enfiler son caleçon de l'autre. À ses regrets se mêlait une fureur irrationnelle : pourquoi devait-il mettre un terme à ce fabuleux intermède ? Pourquoi devait-il s'en aller ? Où allait-il prétendre qu'il allait ? Dans sa panique et sa confusion, il mit un temps fou à fermer sa braguette et à boutonner sa chemise.

« Mais qu'est-ce que… »

Lara était couchée contre les oreillers, les seins à l'air, amusée.

« Qu'est-ce qui te prend ?

— Je devais retrouver mon frère pour un verre à six heures et demie… Je suis désolé. Je n'avais pas prévu. »

C'était sorti comme ça. Il n'en revenait pas que cette invention lui soit venue si rapidement et si naturellement.

« Pourquoi ne pas appeler ton frère pour annuler ?

— Impossible. Je ne peux pas lui faire ce couplà. Je ne l'ai pas vu depuis une éternité et on doit discuter d'histoires financières rasoir… »

Il se tut, se pencha pour embrasser chacun de

ses seins, puis sa bouche. Lara essaya de l'attirer contre elle, mais il résista.

« Je t'appelle, promis. Je dois ramener ma mère après Noël, et je passerai te voir. »

Il se dépêcha de gagner la porte, sans lui laisser le temps de poser d'autres questions. Il descendit l'escalier et sortit dans la nuit d'hiver, qui était d'un noir épais. Bon sang, qu'avait-il fait ? Il venait de s'envoyer en l'air comme jamais, il avait trahi Blithe, il avait menti, et il était bien parti pour continuer. Sa vie allait à coup sûr devenir compliquée. Mais ça vaudrait la peine.

Une fois dans la voiture, Gladwyn tenta de rajuster sa cravate – mise pour faire plaisir à sa mère – et d'aplatir un peu ses cheveux ébouriffés. En roulant comme un fou, il pourrait être rentré à sept heures et demie. Blithe et Tom seraient encore en pleine décoration de l'arbre. S'ils lui faisaient une réflexion, il leur rappellerait qu'ils avaient insisté pour qu'il prenne son temps. « Je ne voulais pas être dans vos jambes », arguerait-il. Il devenait décidément le roi du baratin.

Comme il l'imaginait, la cuisine et le salon étaient envahis par le papier crêpon et les rubans dorés : la mère et le fils essayaient de ranger. Gladwyn s'extasia sur l'arbre avec outrance et s'avança pour embrasser sa femme.

« Comment allait-elle ? demanda Blithe.

— Elle allait bien. »

Elle ? Troublé une fraction de seconde, Gladwyn essaya de changer de sujet pour éviter de parler d'Eleanor.

« Vous vous en êtes tirés comme des chefs, tous les deux. »

Blithe, qui s'était écartée, ravie du compliment, se rapprocha à nouveau de son mari. Gladwyn lui mit une main sur l'épaule.

« Tu sens délicieusement bon, dit-elle. C'est quoi ? »

La terreur s'empara de Gladwyn. La partie allait-elle se terminer si vite ? Qu'est-ce qu'il pouvait bien sentir ? Il aurait juré que Lara n'était pas le genre de fille à porter du parfum. Il ne s'était pas rendu compte…

« Le feu de bois, répliqua-t-il, hurlant presque. Les bûches. Tu connais Eleanor : toujours à jeter de la lavande séchée dans le feu. »

Son cœur battait avec violence.

« C'est délicieux, dit Blithe. On devrait faire pareil. »

Elle se détourna pour ramasser une pile d'assiettes. Gladwyn en profita pour monter en vitesse dans son bureau. Il avait besoin de quelques instants pour réfléchir tranquille.

Il perçut une faible sonnerie provenant d'un tiroir fermé à clé. Le portable rouge. Gladwyn en avait donné le numéro à Lara mais avait omis de lui préciser quand ne pas lui téléphoner. Une fois encore, son cœur s'affola. Mais pas question de répondre. Il ne le ferait jamais sous le toit familial, c'était exclu. Cela risquait de se révéler difficile, mais c'était un principe qu'il n'enfreindrait sous aucun prétexte. Il allait devoir se débrouiller pour tenir cette Messaline de Lara à distance, quand tout ce dont il rêvait, c'était d'être dans un lit avec elle. Dans leur lit. Dans un lit. Dans leur lit.

Gladwyn était bien décidé à mettre au point certaines stratégies essentielles, de manière à pouvoir descendre dîner en toute sérénité. Approchant de la fenêtre son fauteuil de bureau, il s'y assit, mais sans allumer la lumière et contempla la géométrie familière du ciel nocturne au-dessus des toits voisins. Il s'efforça de réfléchir en termes pratiques, mais aucune solution ne lui apparut. Une seule chose lui semblait absolument claire : il était en train de tomber amoureux de Lara, et il était trop tard pour battre en retraite.

Assis dans le noir dans son bureau, Gladwyn, qui avait gardé la passion des mots, se souvint du jour où il avait découvert le terme « concupiscence » : il n'était ni insolite ni érudit, mais sa sonorité lui plaisait. « Désir très vif des plaisirs sensuels », disait le dictionnaire lorsqu'il en avait cherché la définition. À l'époque, Gladwyn avait peu l'occasion de l'employer, mais, bizarrement, le mot lui était resté en mémoire. C'était un mot qu'il trouvait intéressant. Un jour, il apprendrait dans sa chair ce qu'il signifiait.

C'était justement ce qu'il était en train de faire. Son désir pour Lara, sa « concupiscence », était extrême. Le dictionnaire ne précisait pas que c'était un sentiment terriblement douloureux, un sentiment qui perturbait toute pensée rationnelle. Il éprouvait un besoin irrépressible d'agripper une rambarde ou une barrière… quelque chose qui le maintienne d'aplomb. La concupiscence avait fait voler en éclats toutes ses bonnes intentions. Le calme auquel il avait réussi à se cramponner, pendant les quelques semaines qui avaient suivi l'épisode de l'hôtel, était anéanti. Gladwyn finit par s'extraire de son fauteuil. Il traversa la pièce dans le noir.

Jamais un Noël ne lui avait paru passer aussi lentement. C'était autrefois une période de l'année qu'il aimait énormément. Le plaisir et l'excitation de Tom, le talent de Blithe pour les décorations et les cadeaux… Cette année, il essayait de se concentrer suffisamment fort sur chaque petit événement pour éviter de penser à Lara. Mais cela ne marchait pas. Blithe et lui se rendirent à plusieurs soirées dans le voisinage : Gladwyn regardait autour de lui, repérait une demi-douzaine de femmes belles et agréables, et se demandait pourquoi aucune ne lui tournait le cœur, comme l'avait fait Lara sur la petite route. Ils allèrent à l'église le soir de Noël. Gladwyn repensa à ses prières du temps de l'école : *S'il vous plaît, mon Dieu, faites que je réussisse mon interro de maths et que maman m'envoie d'autres barres de Mars.* Cette année, il pria : *Merci, ô Seigneur, pour tous les bienfaits de ma vie, pardonne-moi mes péchés et fais que le temps qui me sépare de Lara passe le plus vite possible*. Il se leva pour chanter *In the Bleak Midwinter*, mais n'éprouva, en entonnant ces paroles familières, rien d'autre que de la honte.

Puis il y eut l'après-midi... était-ce le jour de Noël ? Les journées se télescopaient tellement qu'il ne savait plus trop. Cet après-midi-là, il avait contemplé l'arbre décoré, grisé par les lumières dansantes et obsédé par le problème capital qu'il lui fallait résoudre. Il lui fallait s'inventer une vie à laquelle Lara pourrait croire. Il ne lui avouerait jamais qu'il était marié et heureux en ménage depuis pas mal d'années, qu'il avait un fils qu'il aimait, et menait une existence à laquelle il n'avait pas l'intention de renoncer. Qu'est-ce qui serait crédible ? Le travail, bien sûr. Le travail pourrait toujours servir d'excuse, mais il ne justifierait jamais toutes ses absences. Lara demanderait à voir où il habitait, et ça c'était une chose impossible. La seule solution était de louer un appartement à Londres... Bon sang ! Il avait déjà l'appartement qui lui servait à la fois de bureau et de chambre de dépannage. Il n'avait pas besoin de plus. S'encombrer d'un autre loyer serait une folie qu'il ne pouvait pas véritablement se permettre, et dont il n'avait au fond aucune envie. Il jouissait d'une certaine aisance, mais deux appartements, ce serait tout de même excessif. Sans compter qu'il serait très difficile de le cacher à Blithe. Et si elle l'appelait un soir et qu'il était avec Lara ? Il lui faudrait trouver une explication convaincante. Ce projet dans son ensemble présentait de multiples complications. Arriverait-il à s'en dépêtrer ?

Devait-il même essayer ? Ou bien devait-il tout laisser tomber, dès ce soir, avant que cela n'aille trop loin ? Il pourrait s'enfermer demain dans son bureau et téléphoner à Lara avec le portable rouge : lui expliquer qu'il avait encore commis une erreur et qu'il n'était pas question qu'ils se revoient.

Mais non : il ne pouvait pas faire ça. Il allait devoir résoudre le problème, un point c'est tout.

« Tu as l'air perdu dans tes pensées, dit sa mère en tisonnant mollement le feu.

— Non. Je me demandais juste… »

Il devait se rappeler de ne pas avoir l'air trop absent.

« Si on avait de la lavande séchée, on aurait pu en mettre dans le feu, suggéra Blithe, qui avait ce don étrange d'interrompre ses réflexions par les remarques les plus futiles.

— Je fais souvent ça, dit Eleanor. Ça donne à toute la pièce un parfum d'été.

— En rentrant de chez vous la semaine dernière, Gladwyn sentait bon le feu de bois. C'était merveilleux. »

Gladwyn émergea soudain de sa somnolence :

« Je ne crois pas qu'il en reste, dit-il en se levant. Un verre, quelqu'un ? »

Il quitta la pièce d'un pas nonchalant, sans attendre leur réponse. Mais tandis qu'il sortait trois coupes à champagne du buffet de la cuisine, l'une d'elles lui échappa et se fracassa par terre. Rien d'étonnant, vu le tremblement de ses doigts… Il devait absolument se ressaisir avant que son attitude ne suscite, sinon des soupçons, du moins de la perplexité. Sa mère et sa femme risquaient de le croire malade et, dans un sens, il l'était. Fiévreux, en tout cas.

Il ramassa les morceaux de verre, les enveloppa dans un journal posé sur la table, puis les jeta à la poubelle. Il prit une autre coupe et remarqua une légère entaille sur son petit doigt. Il y avait une tache de sang sur le verre. Gladwyn jura tout haut, se suça le doigt, empoigna fermement les verres et retourna dans le salon.

« C'est pas possible ! s'exclama-t-il sur un ton qu'il voulait plein de dérision. J'ai tout pris sauf la bouteille elle-même !

— Vraiment, Glad... » soupira Blithe, un brin impatiente.

Elle s'esquiva.

« Tu es à côté de tes pompes, dit Eleanor en souriant.

— C'est à cause de Noël.

— Une période pas toujours évidente. On n'a plus ses repères de la vie ordinaire.

— Exactement. »

Blithe revint avec une bouteille de champagne. Gladwyn vit tout de suite qu'elle était contrariée.

« Tu as touché au journal que j'avais laissé sur la table de la cuisine ?

— Oui, je crois.

— Alors récupère-le, s'il te plaît. Je l'avais gardé pour montrer un truc à David.

— Qui est David ?

— Celui que j'avais surnommé Mal Embouché.

— Ah, oui, Mal Embouché.

— Il s'est tellement amélioré que je l'appelle maintenant David.

— Ah. »

Gladwyn regarda Eleanor. Les mains jointes sur ses cuisses, elle contemplait le feu : elle lui faisait penser à un portrait que Whistler avait peint de sa mère. Blithe lui tendit la bouteille à ouvrir. Son doigt le piqua au contact du froid. Personne n'avait vu qu'il s'était blessé.

« Alors, tu voudras bien me le récupérer ? Je veux découper un article sur...

— Oui, oui, je le ferai. »

Expliquer le journal chiffonné, le verre cassé... il allait devoir se surpasser pour rattraper le coup. La normalité lui faisait la nique, il ne maîtrisait plus rien. Les objets tanguaient. Gladwyn fit un effort surhumain : il réussit à servir le champagne sans en renverser une goutte. Il s'installa dans le fauteuil au coin de la cheminée. C'était cette histoire de lavande dans le feu, son mensonge à propos de la fumée de bois, qui avait déclenché sa nervosité. Il constata toutefois que ses mains avaient cessé de trembler. Il écouta avec un immense intérêt l'échange inoffensif entre sa femme et sa mère : le secret de la tarte aux fruits secs consistait à ajouter un zeste d'orange...

Le lendemain matin, sans montrer trop d'empressement, il ramènerait sa mère chez elle. Puis il passerait voir Lara.

Chapitre sept

Ils s'assirent cette fois non pas dans la cuisine, mais dans le salon au coin du feu. Le soleil d'hiver entrait par les fenêtres. Il régnait une merveilleuse chaleur. Une odeur de gâteau au four leur parvenait de la cuisine et une sensation de pur plaisir, délicieusement soporifique, se répandait dans les membres de Gladwyn. Il aurait voulu ne jamais bouger. Mais il y avait quelque chose chez Lara, ce matin, un air de détermination farouche, qui l'incita à rester sur le qui-vive.

« Alors, qu'est-ce qu'on va faire ? demanda-t-elle après un long silence exempt de gêne.

— Faire ? répéta Gladwyn, sortant de sa torpeur. Eh bien... je caresse l'espoir qu'on monte dans ta chambre jusqu'à l'heure du déjeuner, et ensuite, je suppose, il faudra que je retourne à Londres. »

Lara termina son café et posa le mug sur la table basse.

« Tu sais quoi ? Il faut qu'on trouve un arrangement.

— Un arrangement ? »

L'image du globe en plastique lui revint soudain. Curieusement, la suggestion de Lara secouait le petit globe pour le remplir d'une bourrasque de neige. Un instant de chaos, songea-t-il, mais la tourmente se dissiperait. Elle se dissiperait.

« Enfin, qu'on prenne des dispositions. »

Le ton de Lara était brusque.

« Des dispositions ? Oui, pourquoi pas, on peut essayer. »

Qu'avait-elle donc en tête ? Un engagement sérieux, inextricable ?

« C'est qu'on est tombés amoureux, non ? Et, dans ces conditions, quelques mesures raisonnables s'imposent, non ? »

Raisonnables ? À l'école, le chef des internes l'exhortait toujours à se montrer raisonnable, et Gladwyn n'avait jamais très bien compris en quoi ça consistait.

« Euh… bien sûr.

— Je veux dire, c'est précieux, on ne va pas vivre ça comme une banale liaison, à nous retrouver de temps en temps. »

Lara avait les bras croisés sous sa poitrine, étreignant son buste, tâchant de contenir son excitation.

« Non, tu as raison.

— Tu ne crois pas qu'on pourrait essayer de vivre ensemble ? Le plus souvent possible.

— Vivre ensemble, oui. Bien sûr…

— Je ne pourrais pas quitter complètement cette maison. Mon travail est ici. Mon four. Dès que j'aurai une minute, je viendrai te rejoindre. Tu as bien dit que tu avais un appartement à Londres ? »

Seigneur, voilà qui s'appelait de l'efficacité...

« En effet, oui. C'est surtout un bureau, il y a du passage. Les gens vont et viennent. Aucune intimité. Ça ne marcherait absolument pas. »

Conscient d'avoir mis trop de zèle à rejeter sa suggestion, il afficha une expression de regret et joignit les mains devant lui comme s'il priait.

« N'aie pas l'air si abattu. Il y a plein d'autres solutions, pas vrai ? »

Lara lui adressa un sourire plein d'espoir. Gladwyn respira à fond.

« Bien sûr qu'il y en a. Je pourrais louer un autre appart. (Une chance qu'il ait envisagé cette logistique pendant qu'il contemplait l'arbre de Noël...) Un petit studio.

— Ce serait parfait. N'importe où à Londres, ça n'a pas d'importance. Je me chargerais de tout...

— On va y réfléchir, alors. »

Gladwyn, décontenancé par l'impatience de Lara, tenait à ralentir le mouvement. Elle dodelinait de la tête, tout sourire. Gladwyn avait tellement envie d'elle qu'il était incapable de réfléchir à l'avenir. Tout ce qu'il voulait, c'était l'entraîner dans cette chambre enfantine, et jouir de ses faveurs durant quelques heures. L'attente, à Noël, avait été insupportable. Il tendit une main pour la poser sur le genou de Lara.

« On pourrait réfléchir à tout ça... plus tard. »

Lara se mit à rire.

« Tu n'es pas du genre à toujours remettre au lendemain, au moins ?

Hum... non. »

Il consulta sa montre.

« Alors, viens. »

Une fois encore, l'impatience de Lara le surprit. Elle le contraria, même. Dans la chambre à coucher, sa douceur naturelle sembla de retour. Elle rabattit la courtepointe, envoya promener ses vêtements et enjoignit Gladwyn de se dépêcher.

Deux heures plus tard, elle était étendue, la tête sur l'épaule de Gladwyn. Ses yeux étaient fermés mais elle ne dormait pas. Gladwyn contemplait les mornes carrés de ciel hivernal par la petite fenêtre. Une branche de pommier dénudée s'agitait contre les carreaux. C'était une vue que Lara devait connaître en toute saison : elle devait connaître les carrés d'été bleus, les carrés fouettés de pluie, les carrés blancs de ciel de neige, et elle devait aimer chaque époque de l'année. Il regrettait de ne pas vivre dans une maison, dans une région, qu'il aimait. Il regrettait d'être obligé de se lever, de quitter la chaleur de Lara et de son lit, l'odeur fumée de ses oreillers, pour aller retrouver un univers tellement différent. Lara remua.

« Je me sens merveilleusement, fabuleusement pas sérieux, murmura-t-il. Ici, au lit, un mardi matin...

— Au lit avec moi un mardi matin, précisa Lara en gloussant.

— Au lit avec toi...

— Je ne suis pas très sérieuse non plus. Des tonnes de poteries à faire cuire.

— Il faudra que tu me montres ton atelier un de ces jours.

— Oui, oui, bien sûr. »

Elle lui posa une main sur le ventre. Malgré ses efforts, il n'arriva pas à contrôler sa réaction.

« Il faut que j'y aille », dit-il.

Il fit mine de sortir du lit, mais au lieu de cela il roula vers elle.

Après l'amour, leur tranquillité fut interrompue par des coups bruyants à la porte d'entrée.

« Laurie. Ah, l'emmerdeur... »

Se dégageant des bras de Gladwyn, Lara bondit hors du lit. Gladwyn entraperçut une paire de seins, un ventre plat, des hanches étroites, des cuisses sculptées, puis elle fut rhabillée. Même après son départ il ne bougea pas, il en était incapable : il resta là à goûter ces ultimes instants dans le lit de Lara. Les fantômes de sa chaleur et de son parfum le retenaient prisonnier.

Il entendait des voix en bas, mais n'arrivait pas à distinguer les paroles. Puis la porte claqua et Lara remonta d'un pas lourd. Elle revint dans la chambre les joues cramoisies.

« Il faut toujours qu'il vienne au mauvais moment.

— Qui c'est, ce Laurie ? »

Gladwyn, enfilant ses chaussettes, prit soin de ne pas paraître trop intéressé.

« Oh, je t'en ai parlé, il travaille pour différents fermiers. Il m'apporte des bûches, ce qui est gentil de sa part. Mais je préférerais qu'il n'habite pas aussi près.

— Il est collant, c'est ça ?

— Il passe sans prévenir, même si c'est moins souvent qu'avant. Il a toujours un bon prétexte. Des bûches, des œufs...

— Il se sent sûrement seul.

— Sans doute. J'ai été sympa avec lui, et il s'est fait quelques illusions. Maintenant, je suis obligée de me montrer très ferme.

— Le pauvre, fit Gladwyn en souriant. Je veux dire, mets-toi à sa place : une région merveilleuse mais pas de femmes. Et toi qui habites juste à côté. Je le plains, ce pauvre type. »

Lara eut un petit rire. Ils descendirent.

« Alors j'attaque les recherches, d'accord ? Pour l'appartement ? »

La question ressemblait plus à un décret.

« Pourquoi pas ? »

Lara lui tendit une joue, puis l'autre. Ils s'enlacèrent.

« Je ne sais pas ce que tu m'as fait, chuchota Gladwyn. Je me sens tout chose. »

Une grande faiblesse l'envahissait. Il aurait aimé dormir, et encore dormir. Mais il s'écarta de Lara et alla rejoindre sa voiture qui, comme d'habitude, était garée à cinquante mètres derrière un bouquet d'arbres. Il ne savait trop pourquoi il se méfiait de la sorte, mais il jugeait cette précaution plus sage.

« On se revoit quand ? » lui cria Lara.

Gladwyn se retourna : elle lui faisait au revoir

de la main. À présent il était à la bourre. Ce n'était pas le moment d'épiloguer.

« Je t'appelle ! » lui cria-t-il à son tour, ignorant quand il le ferait.

Ce ne serait pas évident à goupiller. Mais il le ferait bientôt. Il l'emmènerait peut-être dîner à Londres ; il l'écouterait décrire d'éventuels appartements.

Dans la voiture, Gladwyn passa quelques minutes à savourer la familiarité confortable du siège conducteur. La familiarité possédait une grande force d'attraction, et la pensée de rentrer au bercail l'emplissait d'un plaisir bien connu. Si la vie familiale n'était pas forcément excitante, elle avait en tout cas le mérite de la constance. Avec Lara, il oubliait son univers coutumier, et le moindre instant se révélait électrique : le ronron quotidien était tout chamboulé. Lara regorgeait de vivacité et, en l'espace d'une seconde, sa langueur pouvait céder la place à un incroyable sens pratique. Il adorait la regarder : ses cheveux blonds en bataille, la façon dont ses yeux bleu-vert basculaient quand elle souriait. Il adorait son rire enfantin, ses moments de silence, sa compréhension des choses : c'est sûr, aucune autre fille n'aurait réagi avec autant de tact lors de la nuit désastreuse à l'hôtel. Il aimait l'idée qu'elle se plaise à vivre toute seule, qu'elle semble apprécier la solitude. Il y avait tant de choses qu'il aimait chez cette femme. Son ventre se nouait chaque fois qu'il pensait à elle. Alors, oui, selon toute apparence, il était amoureux. Mais était-il prêt pour autant à tout compromettre pour elle ?

Est-ce qu'il l'aimait réellement ?

Il démarra. Cinq cents mètres plus loin, il dépassa un homme qui devait être Laurie, le voisin de Lara. Jetant un coup d'œil dans le rétroviseur, il le vit qui faisait un geste entre l'au revoir de la main et le salut militaire. Un geste moqueur, d'après Gladwyn.

Le lundi après-midi, Blithe éprouvait une voluptueuse impression de calme. Il n'y avait rien à l'horizon, aucun événement en perspective... et elle aimait les horizons dégagés. Elle se mit à ranger tranquillement le bazar de Noël, s'arrêtant de temps en temps pour lire un journal ou un livre. Tom, comme toujours devant son ordinateur, n'avait pas besoin de distraction. Blithe était heureuse.

Le lendemain, cependant, son humeur changea. Il y eut un orage au petit déjeuner, suivi de nuages purpurins fonçant à travers le ciel comme des chiens de chasse après leur proie. Il se mit à pleuvoir, fort. Il faisait froid et triste. L'arbre de Noël, lumières éteintes, ajoutait à l'ambiance lugubre. Blithe pensa à Gladwyn dans son bureau bien chauffé, bien éclairé, en train de démêler avec aisance des problèmes qu'elle était incapable de comprendre. Elle n'aurait pas détesté qu'il l'appelle de temps en temps du bureau, mais il ne le faisait presque jamais sinon pour annoncer un changement de programme. Elle résistait à l'envie de lui téléphoner, envie qu'elle oubliait assez vite les jours où elle donnait ses cours particuliers. Mais aujourd'hui elle ne travaillait pas. Les leçons ne reprendraient qu'après le nouvel an.

Elle se sentait de mauvais poil, énervée. Agacée. Pour tenter de se requinquer, elle se lança dans la confection d'un dessert élaboré. Gladwyn raffolait de ses desserts. Hier soir, il était resté dormir au bureau, où il avait dû avaler des spaghettis au ketchup et de la glace, s'il en restait dans le freezer. Après deux jours d'absence, il serait content de retrouver la maison.

À six heures et demie, après avoir enfourné les lasagnes, Blithe monta se regarder dans le miroir de la chambre. Cela ne lui arrivait pas souvent. Pas trop mal, songea-t-elle, mais un peu de blush égaierait ses joues pâles. Elle se brossa les cheveux et revêtit un pull rouge sur lequel Gladwyn l'avait un jour complimentée. Après plus de quinze ans de mariage, il était rare que Blithe soigne son apparence lorsqu'elle restait à la maison, même si elle se débrouillait toujours pour avoir « belle allure », dixit Gladwyn, les fois où ils sortaient. Ce soir, au bout de ces deux journées stériles, elle tenait à se montrer à son avantage pour que son mari soit d'autant plus content de retrouver son foyer. Elle avait envie de lui et elle voulait qu'il ait envie d'elle.

Gladwyn arriva à l'heure prévue, enchanté d'être parmi les siens. Il prit sa femme dans ses bras, puis son fils, alluma l'arbre de Noël, sortit une bouteille de vin blanc du frigo. Au dîner, claironnant qu'il avait faim, il se resservit de chaque plat. Tom, comme toujours après les absences de son père, était un vrai moulin à paroles. Alors que Gladwyn, tout oreilles, écoutait son fils lui parler de Facebook, Blithe, détaillant l'agréable physionomie de son mari, remarqua une veine qui battait dans son cou. Elle n'avait jamais fait attention, et se demanda si c'était le signe d'une déficience quelconque. Tension artérielle, arythmie cardiaque, accident vasculaire cérébral, rupture d'anévrisme… tant de menaces pesaient sur la santé, même à moins de cinquante ans. Blithe n'avait pas attendu de vieillir pour vivre dans la crainte de la maladie.

« Et toi, quoi de neuf, ma chérie ? » demanda Gladwyn en se tournant vers elle. Blithe sursauta. Il ne l'appelait pour ainsi dire jamais « ma chérie ». Qu'est-ce que ça signifiait ? Elle pouffa, cherchant péniblement quelle anecdote pourrait l'amuser. Dans l'ensemble, selon elle, les femmes au foyer n'avaient pas grand-chose à raconter. Le plombier n'est pas venu, ta sœur a appelé pour dire qu'elle emmenait le chat chez le vétérinaire, le nouveau lave-linge m'a l'air horriblement compliqué… ce genre de nouvelles ne risquaient pas de donner lieu à des échanges passionnants. Peut-être préférerait-il apprendre ce qui s'était passé dans sa tête : cette envie mélancolique qu'elle avait eue de le voir revenir, de l'avoir auprès d'elle. Mais non, il aurait cru qu'elle rouspétait. Mieux valait s'abstenir.

« Ma foi, répondit-elle en leur servant une deuxième portion de son délicieux dessert, il ne s'est pas passé grand-chose. Et Londres, c'était comment ? »

Le regard de Gladwyn erra sur les collines de meringue et de crème posées sur son assiette.

« Vide, fit-il d'un ton morne. On dirait que la plupart des gens prennent dix jours de vacances pour Noël. Pas évident d'avancer dans le boulot.

— Mes élèves ont l'air assez impatients de se remettre au travail. David voulait venir au jour de l'an.

— David ?

— Je te l'ai dit. Mal Embouché est devenu David.

— Ah, oui, c'est vrai. Qu'est-ce que tu as répondu ?

— J'ai répondu : pourquoi pas ? Je me suis dit que ça ne te ferait rien.

— Et tu as eu raison. Je n'ai rien prévu de particulier. »

Il hésita une seconde.

« Remarque, j'en profiterai peut-être pour passer l'après-midi chez Eleanor.

— Bonne idée. »

Blithe nota que la veine dans son cou avait cessé de battre. Elle lui sourit et lui passa une main sur le front. En retour, il lui effleura la joue du revers de la sienne, une petite caresse qu'il lui avait faite bien des fois au fil des années.

Ils allèrent se coucher de bonne heure, allongés côte à côte sans parler. Blithe attendait, s'efforçant de refréner son excitation. Mais comme Gladwyn ne bougeait pas, au bout de cinq longues minutes, elle se lova contre lui et lui mit une main sur le ventre. Elle le sentit tressaillir, tout doucement : peut-être était-ce de l'impatience. Pourtant il ne bougeait toujours pas, et ne fit pas mine de la toucher.

« Tu sais quoi, ma chérie ? dit-il enfin – ce "ma chérie", à nouveau. J'ai passé deux jours confiné dans des salles mal aérées à participer à des réunions assommantes avec des gens qui aiment bosser sans s'arrêter, pas de déjeuner, pas de bol d'air… j'ai besoin d'une longue nuit de sommeil. »

La main de Blithe se retira à contrecœur du ventre de son mari.

« Je comprends tout à fait, chuchota-t-elle. On aura le week-end. »

Exactement, se dit Gladwyn. Le week-end. S'il faisait l'amour à Blithe le vendredi soir, retrouvait ses marques à la maison le samedi et rendait visite à Lara le dimanche, tout devrait bien se passer. Un doute lui causait toutefois un profond malaise : il avait peur de ne pas pouvoir satisfaire deux femmes de façon si rapprochée. Il savait que pour certains hommes c'était tout à fait possible, et peut-être ses capacités augmenteraient-elles avec le temps. Toujours est-il que, pour l'heure, une telle prouesse le dépassait ; il allait devoir calculer avec soin quand, précisément, il serait à même de contenter Blithe.

En l'occurrence, son rendez-vous avec Lara fut bref. Sa mère l'avait retenu pour bavarder, et comme Blithe avait invité des amis à dîner, il avait promis de rentrer tôt pour lui donner un coup de main.

Ils s'assirent sur le canapé près du feu. Lara avait sélectionné des dizaines d'annonces d'appartements. Gladwyn se lassa très vite : il n'arrivait pas à s'intéresser à ce projet mais, sachant qu'il devait faire preuve d'obligeance, il lui dit de se fier à son propre jugement. Il lui donna un prix qui lui semblait raisonnable et lui demanda de l'avertir lorsqu'elle aurait trouvé l'appartement qui convenait. Lara parut déçue que son intérêt ne soit pas à la hauteur du sien, mais accepta de se charger des recherches.

Alors que défilaient dans la tête de Gladwyn diverses visions de logements londoniens, toutes moins exaltantes les unes que les autres, une idée vint par miracle à son secours. Son cousin Jack, étudiant chercheur à Oxford, partait prochainement pour la Norvège dans le cadre d'un programme environnemental sur lequel il comptait écrire. Gladwyn était allé une fois à son appartement : petit, terne, aucune trace d'élégance ni de confort, mais une belle vue sur Albert Bridge. Un supplément de revenus ne serait pas du luxe pour Jack, et la modicité du loyer serait un soulagement pour lui. Il expliqua tout cela à Lara, qui l'écouta avec attention, mais sans délirer d'enthousiasme. Elle imaginait sans doute un petit appart glacial archimoderne, le genre de décor que Gladwyn avait en horreur.

« Décidément, dit-elle, je ne vois pas pourquoi tu ne peux pas vivre ici avec moi quand tu n'es pas à Londres.

— Bien trop près de ma mère », répondit Gladwyn du tac au tac.

Parfois, la rapidité de ses mensonges le choquait. Il l'embrassa gentiment sur le front.

« Ce que j'aimerais maintenant, c'est regarder quelques-unes de tes poteries. »

La suggestion fut accueillie avec empressement. Lara mourait d'envie de lui montrer son travail.

L'atelier était doté d'une paroi vitrée qui donnait sur un jardin. Les trois autres murs étaient garnis d'étagères, toutes encombrées de vases, de bols, de pichets, d'assiettes, mais aussi de bocaux de vernis, de tubes de peinture et d'une forêt de pinceaux. Le tour de potier trônait dans un coin, avec un vieux tabouret rond en velours qui devait être jadis un tabouret de piano. Il flottait une odeur très nette de térébenthine, et un parfum plus subtil exhalé par les lys qui se dressaient dans un seau sur le sol.

Sur le seuil, immobile, Gladwyn contemplait la scène. Il imaginait Lara dans cet atelier, jour après jour, concevant ses œuvres, heureuse. Il régnait dans ce petit univers intime une atmosphère de paix absolue. Il éprouvait une étrange jalousie : il aurait aimé être capable de créer des choses qui procuraient du plaisir aux gens, et pas seulement des choses qui rapportaient de l'argent. Lara, rompant timidement son silence, gagna une étagère où se trouvaient des assiettes rondes toutes simples. Elle en prit une qu'elle lui apporta.

« Elle te plaît ? demanda-t-elle. Elle fait partie d'un service sur lequel je travaille. Pas encore tout à fait au point. »

Gladwyn crut d'abord que l'assiette était tout bêtement peinte en gris. Mais en l'orientant vers la fenêtre, il vit que le gris était métallique et qu'il chatoyait sous la lumière dès qu'il la déplaçait un peu. Lara lui en montra deux autres.

« Celles-ci sont légèrement plus récentes », expliqua-t-elle.

Leurs couleurs sourdes se confondaient, puis se séparaient pour permettre à une traînée de couleur vive d'exploser. Gladwyn pensa à de la soie. Blithe avait eu autrefois une robe en soie qui changeait de couleur au moindre de ses mouvements.

« Qu'est-ce que tu en penses ? »

Lara avait les yeux plissés d'anxiété en attendant son verdict.

« Elles semblent se vendre assez bien.

— Ça ne m'étonne pas, lâcha enfin Gladwyn. Je n'y connais pas grand-chose en poterie, mais je les trouve magnifiques. Elles me rappellent les ciels de Turner. »

Son approbation fit naître chez Lara un immense sourire.

« C'est incroyable, ce que tu dis. Ce n'est pas évident d'évoquer le ciel dans des poteries, mais oui, c'est ce que j'essaie de faire. »

Lara lui soumit plusieurs autres assiettes. Il les étudia tour à tour en silence pendant plusieurs secondes. Chaque fois qu'il lui en rendait une, il voyait qu'elle guettait son avis avec impatience. Il ressentait beaucoup d'amour pour Lara ce matin : elle lui avait montré quelque chose à quoi il ne s'attendait pas, un talent qui ne pouvait que susciter son admiration.

Lorsqu'une douzaine d'assiettes terminées eurent été examinées, puis remises sur leur étagère, Gladwyn entreprit de se pencher sur d'autres créations, parfois encore au stade de l'argile. Lara expliqua ce qu'elle prévoyait pour certaines d'entre elles : le plus souvent, des traits de couleur qui modifiaient la teinte qui se trouvait à côté. Gladwyn, fasciné, était tout ouïe : d'un côté, cette fille était assez autoritaire pour prendre en main la recherche d'un appartement à Londres et, de l'autre, elle savait manifester un lyrisme fabuleux pour décrire les motifs qu'elle comptait peindre sur ses poteries.

Ils étaient encore dans l'atelier quand la lumière hivernale, au-dehors, déclina : il faisait presque nuit. Gladwyn s'excusa de devoir filer, et comme Lara ne lui demandait pas d'explication, il ne lui en donna pas. En partant, il l'embrassa avec douceur : il lui caressa le cou et fit descendre sa main sur un de ses seins. Si, par un geste quelconque, Lara lui avait laissé penser qu'elle en avait autant envie que lui, Gladwyn se serait moqué de l'heure tardive et l'aurait emmenée à l'étage. En réalité, elle paraissait un peu distante. Distante mais joyeuse. Peut-être, aujourd'hui, n'avait-elle besoin de rien d'autre que de ses éloges sur son travail.

« Un après-midi magique, dit-il, provoquant chez Lara un nouveau sourire. Et je t'aime. »

Elle s'écarta, soudain pragmatique.

« Je t'appellerai. Il y aura peut-être quand même un appart à aller voir cette semaine. Je t'aime aussi. »

Pendant tout le trajet de retour, roulant très lentement, Gladwyn planait complètement. Les magnifiques assiettes de Lara tournoyaient dans sa tête. S'il avait des doutes sur elle, et sur leurs projets, ils avaient disparu. Jusqu'ici la culpabilité qu'il éprouvait le dérangeait un peu, mais dorénavant il s'en accommoderait : Lara était la jeune femme qu'il n'avait jamais été tout à fait capable d'imaginer, mais il la reconnaissait, maintenant qu'elle était apparue. D'une manière ou d'une autre, ils allaient devoir passer ensemble le plus de temps possible. Ce ne serait pas facile, et mener une double vie serait rempli de dangers. Mais il ne pouvait pas envisager de quitter Blithe. Tout comme, à présent qu'il l'avait trouvée, il ne pouvait imaginer sa vie sans Lara.

Chapitre huit

La semaine suivante Gladwyn soumit son idée à Jack, qui l'approuva illico. Gladwyn disposerait de l'appartement pendant six mois, en échange d'un loyer très modeste. Gladwyn décida de ne pas répéter à Lara la durée de l'arrangement : elle aurait été déçue. L'accord était à peine conclu qu'elle l'appela sur le portable rouge. Il fut surpris d'entendre la sonnerie, vu que l'appareil, éteint, reposait la plupart du temps au fond de son tiroir à la maison. Il mesurait la mesquinerie de cette attitude mais, dans son étrange double vie, il estimait que la sécurité était impérative. Par hasard, aujourd'hui, après l'avoir rechargé dans son bureau, il l'avait glissé machinalement dans sa poche, sans l'éteindre. Le portable sonna alors qu'il était en réunion : il fut contrarié par cette interruption.

« Oui ? fit-il sèchement.

— Désolée de t'interrompre...

— Je suis en réunion.

— Juste un mot pour te demander : si je viens

lundi, on pourra aller regarder l'appartement de ton cousin ?

— Oui, oui. Comme tu voudras. Je te rappelle. »

Gladwyn éteignit le téléphone. Il avait honte de sa brusquerie, mais, après tout, Lara n'aurait pas dû l'appeler pendant les heures de bureau. Blithe ne le faisait qu'en cas d'urgence. La visite d'un appartement – qui représentait un pas supplémentaire extrêmement tangible sur le chemin de sa duplicité – l'ennuyait. Il aurait voulu qu'il existe un autre moyen pour lui d'être avec Lara, un moyen qui ne soit pas lié à de l'immobilier, avec toutes les complications qui allaient avec.

Lara était assise sur le tabouret de piano dans son atelier. Elle regrettait d'avoir passé ce coup de fil, qui avait manifestement déplu à Gladwyn. Il avait eu un ton sévère, fâché et, contrairement à elle, pas du tout excité par la perspective d'un appartement londonien, si petit soit-il. Ça allait de soi, se dit-elle aussitôt, un coup de fil personnel était toujours gênant en pleine réunion… N'empêche, il aurait dû éteindre son portable au lieu de la rembarrer comme ça. Lara regardait par la fenêtre, se demandant quoi faire, quand tenter de s'excuser. Elle n'avait pas envie de travailler, même si les étagères croulaient sous les poteries inachevées qu'il lui fallait encore décorer. Elle était tellement déconcertée qu'elle en aurait pleuré ; pourtant ce n'était pas son genre. L'arrangement établi entre Gladwyn et elle était bizarre.

Mystérieux. Insondable. Sa vie habituellement tranquille s'en trouvait chambardée.

Gladwyn était un drôle d'ostrogoth... Ils s'étaient rencontrés par le plus pur des hasards. Comment les choses s'étaient-elles enchaînées à partir de là ? Elle avait bien sûr apprécié qu'il vienne à son secours quand elle s'était foulé la cheville, et elle se rappelait s'être dit qu'il avait un visage intéressant. Ses traits semblaient plus anguleux quand il réfléchissait, et plus doux quand il parlait. Il avait une belle voix – la plus belle voix d'homme qu'elle ait jamais entendue –, et les pauses et les hésitations qui entrecoupaient son discours l'intriguaient. Son image, après le sauvetage, avait évolué imperceptiblement dans son esprit : de gentil, il était devenu un homme qu'elle aimerait beaucoup revoir... Et puis soudain, lorsqu'il était réapparu un après-midi, elle avait compris le sens de l'expression *coup de foudre**. Elle avait envie de lui avec une ardeur qu'elle n'avait jamais éprouvée avant. Quand il l'avait embrassée près de la porte d'entrée, son sort avait été scellé. Elle avait été totalement submergée par son désir, mais derrière ce désir se cachait un sentiment plus profond, même dans ses balbutiements... Lara n'avait jamais été amoureuse jusque-là, mais il lui sembla reconnaître le phénomène, un phénomène qui bouleverse les fondations de l'existence d'une manière impossible à imaginer avant qu'il ne survienne. Quand Gladwyn était parti, après cette visite inattendue, un immense accablement s'était abattu sur elle car il n'avait pas évoqué de rencontre ultérieure.

C'était un homme énigmatique. Pas d'allusion à une maison, une femme, des enfants, si tant est qu'ils existent, mais elle pensait que non. Pas d'allusion à la nature de son travail, ni à ses passions éventuelles, même si elle sentait qu'il aimait la campagne. Ils finiraient bien par parler de ce genre de détails, enfin, s'ils se revoyaient... Mais où avait-elle la tête ? Bien sûr qu'ils se reverraient : ils allaient partager un appartement. La situation n'en demeurait pas moins troublante. Elle en savait si peu sur sa vie. Lors de ce dîner dans cet hôtel sinistre, elle n'avait pas réussi à lui extorquer le moindre renseignement un peu valable. À croire qu'il faisait exprès de se tenir sur la réserve, et Lara n'avait pas voulu le bousculer. La seule chose dont elle était à peu près sûre, c'est qu'il la désirait autant qu'elle le désirait.

Pivotant sur son tabouret de piano, Lara se rappelait s'être montrée plus réticente qu'elle n'en aurait eu envie instinctivement. L'« erreur » de Gladwyn, à la fois dans cette invitation à l'hôtel et dans l'hôtel lui-même, l'avait de toute évidence ébranlé. Elle s'était dit que le meilleur moyen de le rassurer était d'en plaisanter, et de ne pas lui faire sentir qu'elle aurait adoré le mettre dans son lit. Cette stratégie semblait avoir marché. Le lendemain matin, Gladwyn avait paru soulagé que leur nuit singulière n'ait apparemment été qu'une erreur amusante. C'était bien joli, mais après ?

Sa tactique s'était révélée moins habile quand elle avait insisté pour qu'ils prennent un appartement ensemble. Gladwyn n'avait pas réagi avec l'enthousiasme escompté, et peut-être, devant tant de tiédeur, aurait-elle dû renoncer. Mais l'amour peut parfois engendrer des décisions maladroites. Elle ne voulait pas perdre Gladwyn. Elle l'aimait indéniablement. Une fois installée dans un appartement avec lui, elle était sûre d'arriver à le persuader qu'ils pouvaient être heureux ensemble : qu'ils étaient aussi compatibles que pouvaient l'être deux individus, et qu'il pouvait l'aimer autant qu'elle l'aimait. Il avait lâché un bref « Je t'aime », et elle s'était retenue de pousser son avantage. Cette réserve l'avait sans doute convaincu qu'elle n'était pas trop exigeante. Mais que se passait-il dans la tête de Gladwyn ? Comment voyait-il l'avenir ? Lara avait toujours entendu dire que c'était cela le grand problème de l'amour : le fait de ne pas savoir exactement ce qui se passait dans la tête de l'autre. Toutes ces conjectures, cette quête incessante d'indices plus ou moins fiables... Cette torture de l'incertitude pouvait vous rendre fou.

Quoi qu'il en soit, pour l'instant, Lara était bien décidée à mettre ses doutes de côté. Elle allait essayer – par des moyens détournés, se figurait-elle, et sans trop forcer – d'en savoir davantage sur la vie de Gladwyn : le plus avisé serait d'approuver ses choix à lui. C'était ainsi qu'elle parviendrait à le ferrer. L'officialisation de leur relation ou même le mariage n'avaient pas une grande importance pour elle. Elle demandait simplement qu'ils soient ensemble à titre certain et régulier, et qu'ils s'aiment.

Lara pivota complètement sur son siège et se

retrouva une fois encore face à la fenêtre : elle aperçut Laurie dans le jardin. Il brandit en l'air une boîte de six œufs et tapota au carreau pour signaler qu'il entrait.

Irritée, Lara quitta son tabouret et le rejoignit dans la cuisine. Laurie se tenait près du buffet, les bras croisés. Il avait l'air déterminé.

« Je me disais que tu ne devais plus avoir d'œufs, miss Lara. Alors je t'en ai apporté.

— Merci. »

Lara gagna la cuisinière et s'y appuya.

« Je dérange pas ton travail, dis-moi ? demanda Laurie en se récurant une oreille avec son petit doigt.

— Non. Je n'étais pas en train de travailler.

— Je voudrais pas déranger une artiste.

— Tu viens quand même très souvent, non ?

— C'est vrai. Mais si je vois que tu travailles, je repars sans te déranger. »

Lara eut la vision gênante d'un Laurie se cachant dans les buissons et l'espionnant par la fenêtre. Elle pinça les lèvres, contrariée.

« Je peux pas m'empêcher de penser qu'il devrait y avoir quelqu'un pas loin pour garder l'œil sur toi. Une femme toute seule, en pleine campagne… On lit des histoires horribles dans les journaux. En tout cas, tu sais que je serai toujours par là si tu veux bien de moi. Si tu as besoin de moi, je veux dire, rectifia-t-il en rougissant légèrement.

— Je sais. »

Il y eut un long silence. Lara était résolue à ne pas lui proposer une tasse de café.

« Bon, je ferais mieux d'y aller, dit enfin Laurie, sans bouger. Mais tu vas bien, c'est sûr ?

— Je vais très bien, répliqua sèchement Lara.

— C'est juste que je t'ai trouvée un peu pâlichonne la dernière fois. »

Quand était-ce ? Le cœur de Lara se serra.

« J'ai pas voulu entrer parce que j'ai vu que tu recevais. Enfin, un seul visiteur. J'avais des œufs... Mais j'ai pas osé te déranger. Je me suis dit que je repasserais plus tard.

— Merci, Laurie. »

La voix de Lara était tendue par la colère.

« Mais je n'ai jamais besoin d'œufs. S'il te plaît, arrête d'en apporter. Et s'il te plaît arrête de venir fouiner dans les parages. Arrête de m'espionner...

— Fouiner ? T'espionner ? En voilà des mots désagréables. J'essaie juste d'agir en bon voisin, de m'assurer que tu vas bien.

— Je vais bien : est-ce que tu peux te mettre ça dans le crâne ? »

Lara se dirigea vers la porte et l'ouvrit. Laurie attrapa vivement la boîte d'œufs pour la mettre dans la poche de son anorak.

« Très bien, dans ce cas... Désolé si je t'ai offensée. »

Il sortit en claquant la porte derrière lui. Lara, ébranlée, retourna dans son atelier. Elle entreprit de rassembler ses tubes et ses pinceaux. Ses mains tremblaient. Elle ne voulait pas penser à ce que Laurie avait peut-être vu. Elle mourait d'envie d'entendre la voix de Gladwyn, mais savait qu'elle ne pouvait pas lui téléphoner. Il avait dit qu'il la rappellerait, et Lara douta soudain qu'il le fasse.

Gladwyn la rappela pourtant ce soir-là en s'excusant de sa brutalité antérieure. Dans la journée, Lara s'était calmée en réfléchissant aux difficultés d'une relation naissante, lorsque les deux parties essaient, mine de rien, d'élucider les désirs de l'autre. Il valait mieux se fier aux actes qu'aux paroles, et les actes de Gladwyn étaient encourageants. Elle était décidée à ne pas le gronder pour son silence un peu trop long, et voulait croire à ses assurances quant à l'avenir de leur relation. Elle serait patiente, et tout irait bien.

Il projetait de passer la voir ce week-end, dit-il. En déjeunant d'un sandwich au bureau, il avait inventé d'autres détails concernant son « neveu ». Il l'avait prénommé Tom pour ne pas se tromper : il se contenterait d'utiliser son fils comme un neveu imaginaire, fils de sa sœur qui habitait Windsor. Il avait promis d'aller au match de foot de Tom le matin, mais il irait retrouver Lara juste après le déjeuner. Il lui décrirait comme il pourrait l'appartement pas vraiment extraordinaire de Jack, et s'excuserait d'être obligé de la quitter à l'heure du thé pour rentrer à Londres. Il avait promis d'aller voir un film avec son frère... (Il s'attribuait ainsi divers proches dont se servir au cas où.) L'après-midi serait donc écourté et ils n'auraient pas de temps à passer au lit, à moins d'accélérer les préliminaires. Gladwyn avait hâte que l'appartement facilite leurs retrouvailles, malgré les inconvénients que présentait cet arrangement.

Il partit de la maison plus tard que prévu, car le vrai Tom voulait lui montrer un truc intéressant sur son ordinateur. Roulant pied au plancher, sous des cieux hivernaux d'un gris terne, il éprouvait une drôle de sensation : il ne s'arrêterait pas chez sa mère, même en coup de vent. C'était la première fois qu'il faisait la route uniquement pour voir Lara.

Gladwyn s'excusa immédiatement de devoir repartir très vite. Lara accueillit la nouvelle avec un froncement de sourcils à la fois contrarié et déçu. Il s'entendit expliquer que son frère n'était pas en bonne santé, qu'il ne le voyait pas souvent, que cela faisait des semaines qu'il n'avait pas pris de nouvelles. Il parvint à s'interrompre avant d'en rajouter : il avait désormais une image très claire de son frère souffreteux... Lara, non sans effort, déclara qu'elle comprenait parfaitement, même si Gladwyn avait bien vu qu'elle ne s'était pas beaucoup concentrée sur son laïus. Il gagna la porte.

« Je ne vois pas pourquoi tu es venu pour si peu de temps, dit-elle.

— J'avais envie de te voir. Même pas longtemps, c'est mieux que pas du tout. »

Cette déclaration sembla lui faire plaisir.

« Quant à l'appart de Jack... ce n'est pas du *grand luxe**, mais je suis certain que tu feras des merveilles...

— Bien sûr. »

Il voulait filer et il camouflait mal son impatience.

« Tu ferais mieux d'aller voir ton frère. »

Ils s'embrassèrent brièvement, mal à l'aise.

Gladwyn monta en voiture, répétant dans sa barbe : « Mon frère, malade, ma sœur et Tom, mon neveu Tom... » En fait, c'était bien plus commode d'avoir un véritable gamin à décrire. Il apprenait.

Il commençait à faire noir. À un peu plus d'un kilomètre en direction de la grand-route, Gladwyn remarqua devant lui un homme qui marchait. Laurie. Aussitôt reconnaissable, avec sa silhouette voûtée et ses cheveux hirsutes. La route était très étroite. Gladwyn ralentit. Lorsqu'il le dépassa, Laurie cogna à la vitre. Gladwyn coupa le moteur et baissa la glace.

« Laurie ? Vous voulez que je vous dépose quelque part ? »

Laurie passa presque entièrement la tête par la vitre ouverte. Deux yeux pleins de fureur, couleur gravillon, fixaient Gladwyn. L'homme sentait très fort l'alcool. Il avait de la salive aux coins de la bouche. Il s'apprêtait à parler et ses grosses lèvres pâles se tordaient dans tous les sens.

« Je vous serais très obligé, monsieur, commença-t-il enfin, articulant avec peine, de sortir de voiture.

— Et pourquoi ça, mon Dieu ?

— Nous avons une affaire à régler. »

À l'évidence, dans son ivresse, l'homme avait l'esprit confus. Gladwyn décida d'obtempérer et d'écouter de quelle « affaire » il pouvait s'agir, avant de repartir sans réitérer sa proposition de l'emmener.

Les deux hommes faisaient presque la même taille. Ils se tenaient face à face. Gladwyn se sentait ridicule. Contrarié, d'être retenu par une sottise pareille.

« Vous êtes allé voir miss Lara, dit Laurie.

— En effet, mais ça ne vous regarde pas. »

Il aurait dû omettre la deuxième partie de sa phrase, comme il s'en rendit compte après.

« Écoutez, je veux plus vous revoir par ici, fit Laurie d'une voix sifflante. Elle est à moi, vous comprenez. Je m'occupe d'elle depuis des lustres. Elle a besoin de personne d'autre.

— Je crois que... »

Gladwyn baissa le regard et vit les poings osseux de Laurie se fermer, prêts à cogner. Dans une de ses mains, il tenait une assez grosse pierre dotée d'une pointe à l'aspect meurtrier. Gladwyn recula, dos contre la portière. Non, Laurie n'allait sûrement pas le frapper, mais Gladwyn jugea plus prudent de remonter en voiture le plus vite possible.

Laurie le frappa néanmoins, très rapidement, très violemment, avec la main qui tenait la pierre. La pierre lui atteignit le front, manquant l'œil de justesse.

« Mais putain, qu'est-ce que... »

Laurie avait détalé. Pour quelqu'un d'aussi saoul, il courait comme un lapin. Il tourna dans un sentier qui pénétrait dans les bois. Ce n'était pas la peine d'essayer de le poursuivre. D'autant que le sang coulait à flots sur son visage : en cherchant à l'étancher, Gladwyn ne faisait que s'en mettre plein la main. Il redémarra et alla se garer dans une petite courbe où le bas-côté était assez large pour laisser passer les voitures. Il inclina le rétroviseur pour se regarder et fut atterré. Pas de douleur, juste une affreuse plaie sanguinolente autour d'une énorme entaille... Il était confronté à deux problèmes d'envergure : désinfecter sa blessure et l'expliquer à Blithe. Gladwyn tira un petit mouchoir de sa poche de pantalon et s'épongea le visage. En quelques secondes, l'étoffe, complètement imbibée, devint rouge vif, et il remarqua que le sang dégoulinait sur son pull. Il n'avait rien d'autre dans la voiture pour arrêter l'hémorragie sinon un vieux chiffon crasseux destiné à essuyer le pare-brise. Il se le passa sur la figure : à en juger par le reflet dans le petit miroir, il ne réussit qu'à aggraver les choses. Que devait-il faire ? Une sorte de désespoir enfantin s'empara de Gladwyn. Appeler la police, signaler l'agression ? Non, mieux valait s'abstenir. Retourner auprès de Lara, qui nettoierait sa plaie ? Non. Il ne fallait absolument pas qu'elle apprenne la violence dont son admirateur était capable. Presque machinalement, il appela chez lui pour prévenir de son retard. Blithe répondit, toute guillerette.

« Je vais être en retard, dit-il d'un ton prudent.

— Ah bon ?

— Embouteillages. Ça coince de partout. »

Blithe compatissait toujours dans ces cas-là.

« Oh, mon pauvre Glad... Ne t'en fais pas : avec Tom, on a décidé d'aller au cinéma.

— Bonne idée. À dans deux heures, alors. »

Ce projet de ciné l'avait sauvé. Il avait désormais le temps de rentrer, de se débarbouiller et de mettre au point une histoire. Qu'est-ce qu'il allait bien pouvoir trouver ? Gladwyn redémarra, sa main ensanglantée souillant de rouge le cuir du volant. Il avait à peine roulé quelques mètres que sa tête se mit à palpiter. Il n'avait pas de cachets sur lui. Seulement un front méchamment entaillé qui pissait le sang, et le plus grand dilemme qu'il ait jamais eu à résoudre.

« Bordel de merde », fit-il tout haut.

Arrivé devant chez lui, il jeta un coup d'œil alentour : personne dans les parages. Il se faufila par la porte de derrière, tête penchée, puis monta dans la salle de bains. Le sang continuait à goutter : il laissa plusieurs taches sur le tapis qu'il lui faudrait éliminer. Il se demandait bien comment, mais ce n'était pas la question la plus pressante. Il remplit d'eau chaude le lavabo, et entreprit de se nettoyer le visage. La gravité de l'entaille l'effraya : à moitié arraché, un lambeau de peau lui pendait sur la joue. Il se lava la figure à l'aide de plusieurs gants de toilette… pas jojo, mais toujours mieux que rien. Puis il chercha des pansements dans l'armoire à pharmacie. Peu habitué à ces choses-là – c'était toujours Blithe qui soignait les bobos de Tom –, il bâcla la besogne. Après s'être tamponné le visage avec la serviette accrochée à côté du lavabo, il regarda effaré le torchon sanguinolent qu'elle était devenue. Il souffrait à présent d'élancements terribles dans la tête et il avait la nausée.

Se demandant avec lassitude comment se tirer de ce guêpier, Gladwyn avala deux comprimés de paracétamol. Il n'avait pas le courage de nettoyer le tapis de la salle de bains, sans parler des traces écarlates dans l'escalier. Il allait devoir laisser cela à Blithe, qui s'attendrirait en voyant l'ampleur de sa blessure. Témoignages rose vif de l'horrible agression, les gants et la serviette échouèrent dans la poubelle. Soulagé d'avoir au moins réglé ces problèmes-là, Gladwyn se dirigea à pas comptés vers son bureau. Il se sentait hébété et la tête lui tournait : il n'était pas en état d'élaborer le moindre plan de bataille.

C'était dans cette pièce, son refuge, que ses idées les plus ingénieuses avaient toujours surgi. Dans le calme absolu de son bureau, il arrivait en général à réfléchir clairement. Une illumination allait lui venir. Il se sentait en sécurité dans le vieux fauteuil qui avait pris la forme exacte de son corps. Il connaissait chaque centimètre de sa table de travail, l'emplacement exact des photos, du sous-main, du coupe-papier, des stylos plume, de l'encrier… aucun de ces objets n'était jamais déplacé. Il les aimait tels qu'ils étaient : la familiarité, sans doute. C'était facile de se laisser envoûter.

Gladwyn jeta un coup d'œil à sa montre. Encore une heure avant leur retour.

Concentre-toi, s'enjoignit-il, malgré le cercle de

douleur qui lui enserrait désormais tout le crâne. Devait-il aller chez le médecin ? Non.

Le premier scénario ne tarda pas à se profiler. Il raconterait qu'il faisait une petite promenade sur les Downs quand il avait glissé et était tombé sur un rocher en saillie. Peu vraisemblable. Il n'y avait pas de rochers qui dépassaient comme ça de la terre, et pas de pierres assez grandes pour causer de tels dégâts. Et puis Blithe regarderait ses chaussures et devinerait tout de suite qu'elles n'avaient pas été dans la boue. Trouve autre chose.

Essaie peut-être de coller davantage à la vérité. Il s'était arrêté dans un pub sur le chemin du retour. Il s'était disputé au bar avec un poivrot qui l'avait suivi sur le parking. Là, l'homme avait attaqué Gladwyn avec une pierre. Peu vraisemblable. Gladwyn avait horreur des pubs, et ne s'arrêterait jamais de son propre chef pour boire un verre. En plus, ça aurait fait tout un foin dans le pub quand il y serait retourné chercher de l'aide. Trouve autre chose.

Commençant à désespérer, Gladwyn passa une main tremblante sur le dessus de son bureau. Ses doigts glissèrent jusqu'à son bord en laiton richement sculpté : l'ornementation était acérée. Les angles étaient particulièrement dangereux. Ils pouvaient blesser. La solution était là. Gladwyn remercia en silence la généreuse tante qui le lui avait légué : il s'en servait depuis qu'il avait quitté la fac.

Complètement immobile, les deux mains à plat sur le bureau, il peaufina son histoire. Il se sentait encore un peu barbouillé, mais il était rassuré et son mal de tête commençait à se calmer. Une petite lampée de whisky, et son rétablissement serait complet.

Assis à la table de la cuisine, sirotant son pur malt, Gladwyn s'aperçut qu'il ne craignait plus du tout le retour de Blithe et Tom. Son histoire était parfaitement huilée. Il contempla les taches de sang sur le sol de la cuisine et décida de les laisser. Mieux valait qu'on le découvre assis, pâle, l'air hagard, plutôt qu'à quatre pattes en train de nettoyer maladroitement le carrelage sali.

Lorsqu'ils franchirent la porte, un hurlement incrédule retentit. Blithe plaqua une main sur sa bouche.

« Mais qu'est-ce que…

— Papa ! »

Tom courut vers la fenêtre pour se tenir le plus loin possible de son père. Des larmes luisaient dans ses yeux.

Gladwyn sortit de sa fausse torpeur. Il avait préparé son rôle comme un acteur et sa réplique était toute prête :

« Écoutez, dit-il doucement. Ce n'est pas si grave. Il n'y a pas de quoi s'inquiéter.

— Je t'emmène tout de suite chez le médecin ! » fit Blithe d'une voix stridente.

Elle examinait la bouillie de peau déchirée et de sparadrap froissé.

« Il te faut des points de suture, enfin voyons ! Que s'est-il passé ?

— C'est une histoire ridicule. J'ai vraiment honte parce que ça montre que je ne suis plus aussi solide qu'avant sur mes jambes.

— Que s'est-il passé exactement ? s'écria Blithe, à la fois impatiente et apeurée.

— Une histoire ridicule. J'étais dans mon bureau, à trier des trucs. J'ai fait tomber un papier important par terre et je me suis penché un peu trop vite pour le ramasser. (Durant l'élaboration de son mensonge, il avait envisagé de dire "m'en emparer" mais y avait renoncé parce qu'il jugeait le mot trop ronflant pour décrire la scène. Toujours opter pour la simplicité, lui avait conseillé son professeur.) Mais je devais être au bord du fauteuil, parce que j'ai basculé et, en tombant, je me suis cogné la tête contre le coin. »

Il se tut. Son explication sonnait juste, elle semblait convaincante. Il eut un petit rire.

« Tout ça tend à prouver que j'ai des gestes nettement moins sûrs que je ne pensais.

— Ce bureau est traître », dit enfin Blithe.

Elle s'approcha de lui, posa un doigt prudent juste au-dessus de l'entaille.

« Je t'emmène aux urgences.

— Si tu insistes. »

La mauvaise volonté de Gladwyn faisait partie de la comédie. En réalité, il espérait de toutes ses forces qu'on lui recouse la tête, qu'on lui donne des calmants plus puissants et qu'on lui fasse une piqûre antitétanique. Il se leva péniblement de sa chaise et jeta un coup d'œil à Tom : il ne pleurait plus maintenant qu'il voyait que son père n'était pas grièvement blessé. Blithe retira son doigt du front de Gladwyn. Elle l'embrassa doucement sur les lèvres, qui avaient un léger goût de sang.

« Allez, viens », dit-elle.

Blithe : mon Dieu, comme il l'aimait. Sa capacité à prendre les choses en main. Son calme. Sa confiance.

« Je suis désolé… »

Gladwyn n'avait pas répété cette partie de l'histoire et sa voix était hésitante.

« J'ai fait plein de saletés en haut. J'ai mis du sang dans l'escalier, sur les tapis, le sol ici… regarde.

— À peine une tache, dit Blithe. Je m'en occuperai quand on rentrera. »

Gladwyn, affaibli par sa fourberie, prit le bras de sa femme. Tom vint se placer de l'autre côté.

« Pauvre vieux papa », dit-il.

Ils allèrent à l'hôpital. Gladwyn sentit comme une poussée d'adrénaline tant il était soulagé. Il ne restait plus que Lara à convaincre. Or quand il la reverrait la semaine suivante l'entaille aurait sûrement guéri. Mis à part le pansement transparent à peine visible, il aurait plus ou moins retrouvé figure humaine.

Gladwyn eut droit à six points de suture, une piqûre, ainsi que des cachets pour apaiser le mal de tête et la douleur causée par sa balafre.

« Tu vas garder une cicatrice, papa ? demanda Tom sur le chemin du retour.

— Sans doute. Une cicatrice très distinguée qui me rappellera toujours mon bureau. »

Voilà maintenant qu'il mentait à son fils. Il se détestait.

À la maison, le lendemain, Blithe fut aux petits

soins pour lui et il s'en voulait d'être agacé par toutes ses prévenances : elle n'arrêtait pas de lui demander comment il se sentait. Mal Embouché arriva après le déjeuner. Gladwyn l'examina avec attention : visage étroit qu'on aurait pu qualifier d'antipathique, peau pâle et marbrée, dentition irrégulière dont le jeune homme avait manifestement renoncé à s'occuper. Il était difficile d'imaginer qu'une fille puisse être attirée par Mal Embouché. Mal Embouché qu'il fallait désormais appeler David... Par moments, selon l'inclinaison de sa tête, il supposait que le jeune homme pouvait être vaguement séduisant, et encore. Il se demandait comment Blithe le trouvait physiquement. Il faudrait qu'il lui pose la question, même s'il ne voyait pas du tout pourquoi il tenait à connaître l'opinion de sa femme.

David, assis à la table de la cuisine, déballa quelques livres. Blithe préparait du café. Elle tendit un mug à Gladwyn, qui comprit qu'il devait s'éclipser. Il gagna la porte, s'arrêta quelques secondes le temps que Blithe s'assoie : il voulait vérifier à quelle place elle s'installait, et à quelle distance de son élève. Elle choisit la grande chaise au bout de la table, David à sa gauche. Ça devrait aller, songea Gladwyn. Ses craintes étaient peut-être ridicules.

Il monta à l'étage et s'assit à son bureau, caressant le bord coupant en laiton qui lui avait fourni son alibi. Son mal de tête allait mieux, hormis de petits élancements. Il aurait voulu être en train de se promener sur une plage du Norfolk, une brise apaisante soufflant sur la peau abîmée de son visage. Comme il aurait aimé, en sortant de chez lui, pouvoir marcher un peu et retrouver les champs, les collines et le ciel. Peut-être était-ce cette vie de banlieusard qui le rendait irritable, frustré. Mais sa vie ne changerait pas tant que Tom serait scolarisé. Après, il insisterait pour qu'ils emménagent à la campagne.

Gladwyn sortit le portable rouge du tiroir verrouillé. La malice de cet acte était étrangement excitante. Il comprenait soudain pourquoi l'infamie pouvait devenir un réflexe. Pourquoi les voleurs continuaient à voler, les voyous à commettre leurs exactions. Mais téléphoner à Lara n'était pas réellement pervers : c'était de la simple gentillesse envers la jeune femme qu'il pensait aimer, et qui devait être sur des charbons ardents dans l'attente de son coup de fil.

Il lui livra une version abrégée de la mésaventure du bureau et Lara se montra compatissante, sans plus. Alors qu'il lui décrivait l'accident, il se sentait épouvanté d'avoir recours au même mensonge pour sa femme et pour sa maîtresse. Une idée lui vint.

« J'aurai un peu de temps mardi. Tu veux qu'on aille voir l'appart de Jack ? On pourrait dîner ensuite et passer la nuit dans un hôtel un peu plus gai que le dernier… »

Il pouvait découcher une nuit sans que cela pose de problème : Blithe avait l'habitude. Deux nuits, ce serait plus compliqué, mais faisable.

Lara garda le silence un moment. L'incrédulité, peut-être.

« Tu es sûr ? demanda-t-elle enfin. Ce serait merveilleux. »

Gladwyn réfléchit à toute vitesse. Lara méritait bien un petit plaisir.

« Retrouvons-nous pour déjeuner au Café Anjou, dans Kensington High Street. Après, on avisera.

— Déjeuner et dîner ? s'étonna-t-elle.

— Pourquoi pas ? Eh oui, déjeuner et dîner ! »

Ils s'esclaffèrent l'un et l'autre. Ils auraient le temps, entre la visite de l'appartement et le dîner, de tester la chambre d'hôtel. À cette perspective, Gladwyn s'agita dans son fauteuil. Il n'avait pas longtemps à attendre, mais quand il s'agissait de Lara toute attente était désormais une épreuve.

Blithe l'appelait du rez-de-chaussée. Il se dépêcha de ranger le portable dans sa cachette puis il redescendit. Blithe se tenait à la porte de la cuisine. Derrière elle, il apercevait David, toujours assis à la table.

« Navrée de te déranger, mais les Garner nous invitent à aller voir *Jules César* avec eux mardi… »

Gladwyn marqua un temps d'arrêt avant d'afficher une mine déçue.

« Je ne peux pas, je dois parler à un dîner ce soir-là. Un truc sur le changement climatique…

— Dommage. Tant pis.

— Vas-y sans moi. »

Blithe retourna dans la cuisine.

« Peut-être. »

Elle hésita une seconde.

« Oui, après tout, je crois que j'irai.

— Tu as bien raison. »

Gladwyn remonta. Il enchaînait les mensonges avec un talent indéniable. Il se dégoûtait, n'empêche qu'il avait hâte d'être à mardi.

Gladwyn avait choisi le Café Anjou parce qu'il n'y avait jamais croisé quiconque de connaissance, et que la chose ne risquait guère de se produire. C'était loin de son bureau et des restaurants de quartier où ses collègues allaient déjeuner.

Il arriva en avance et il avait à peine lu la première page du *Guardian* que Lara franchit la porte. C'était bien elle, mais elle paraissait différente. Manifestement, elle avait beaucoup réfléchi à sa tenue, à son allure. Son jean et son pull habituels avaient été remplacés par une robe à fleurs délicate et un collier en jade. Elle avait mis du mascara sur ses longs cils épais, et un peu de brillant sur sa bouche si sensuelle. En la voyant, Gladwyn pensa à une bergère sur une gravure ancienne. À chaque rencontre, désormais, elle lui coupait les jambes : il se sentait tout flageolant et était heureux de s'asseoir.

« Tu as l'air en forme, dit-il, contenant son émotion.

— Eh bien, pas toi. Qu'est-ce que tu as fait pour qu'un bureau t'attaque comme ça ? »

Gladwyn sourit et reraconta brièvement l'épisode.

Ils commandèrent des coquilles Saint-Jacques et une salade d'épinards et se tinrent les mains sous la table. De temps en temps, Gladwyn caressait la joue de Lara. Il avait de plus en plus de mal à se retenir de la toucher. Ils riaient pour un rien, et évoquèrent leurs souvenirs d'école. Par chance, Lara ne semblait pas du genre à poser des questions trop sérieuses, même si elle l'interrogea sur sa vie d'étudiant à Oxford.

« Tu avais une petite amie régulière là-bas, ou bien des tas de copines ?

— Je ne dirais pas des tas, mais pas mal.

— Et vraiment aucune que tu aies eu envie d'épouser ?

— Non, aucune. »

Ça, au moins, c'était vrai. Il n'avait pas connu Blithe à Oxford.

« Et ensuite ?

— Londres. Le boulot. Quelques nanas, aucune avec qui je me voyais pour la vie. »

Ça aussi c'était vrai. Pouvoir glisser une vérité par-ci par-là était d'un étrange réconfort.

« J'ai passé quelque temps en Afrique, à tout apprendre sur le sisal. Puis je suis revenu. J'ai pris un bureau près de St Pancras, j'ai monté ma propre boîte, et je t'avouerais que je n'ai pas cessé de bosser depuis. »

Gladwyn consulta sa montre. Il avait sa dose de dérobade. Heureusement, il était l'heure d'aller visiter l'appartement de Jack.

C'était bizarre de faire avec Lara des choses banales – comme prendre un taxi –, qui n'auraient pas été du tout bizarres avec Blithe. Bizarre, également, d'aller voir un appartement destiné à héberger ses amours avec sa maîtresse. Mais, se disait-il, j'ai tellement plongé dans la duplicité que retourner en arrière serait aussi fatigant que d'aller en avant... Très souvent dans sa vie, il avait remarqué que, quand il traversait une crise ou avait une décision à prendre, il se mettait à paraphraser certains vers de Shakespeare appris dans son enfance.

Jack étant déjà en Norvège, il avait demandé à sa mère d'envoyer la clé à Gladwyn à son bureau. Gladwyn ouvrit la porte puis, précédant Lara, il longea un couloir sombre avant de pénétrer dans le salon.

C'était une petite pièce peu lumineuse et mal rangée : des piles de livres plus ou moins savants se dressaient sur le sol, sur le bureau, sur l'appui de fenêtre. Un canapé et deux fauteuils donnaient l'impression d'avoir livré une sorte de bataille et de l'avoir perdue. La moquette était tachée d'encre et il flottait partout une forte odeur de tabac froid.

« Pas vraiment une fée du logis, mon cousin, commenta Gladwyn. Mais, tiens, viens voir un peu ça. »

Lara le rejoignit à la fenêtre : la Tamise scintillait tellement sous le soleil qu'elle fut forcée de cligner les yeux. Elle hocha la tête, le visage crispé par le désarroi. Puis, ne voulant pas paraître ingrate, elle réussit à dire :

« Je mettrai facilement de l'ordre dans tout ça. »

Ils firent le tour de l'appartement : la cuisine défraîchie, la salle de bains avec son carrelage triste et ses sanitaires tachés, la chambre où les draps, entortillés, gisaient comme des cadavres après une explosion.

« Au moins, ça nous fait un toit, déclara Gladwyn.

— Oui, acquiesça Lara. En attendant de trouver mieux...

— Assez perdu de temps ! lança Gladwyn en passant son bras autour des épaules contractées de Lara. Allons à l'hôtel. »

Une fois là-bas, Gladwyn se rendit tout droit dans la salle de bains pour inspecter son visage. Ses pommettes lui faisaient mal. Sous les lumières crues, il constata que l'ecchymose avait viré à un violet soutenu bordé d'une auréole jaunâtre.

« Pas joli joli », fit-il. Lara lui prit la main pour le ramener dans la chambre. Ils s'écroulèrent sur le lit. « Un après-midi de farniente, soupira Gladwyn. Il n'y a rien de mieux. » Il fallait que Lara comprenne qu'il n'était pas dans ses habitudes d'emmener des filles à l'hôtel.

À cinq heures et demie, Lara, dans le plus simple appareil, était endormie près de lui, pelotonnée comme une enfant. Gladwyn réfléchissait : elle vivait seule non loin de cette brute de Laurie et elle était vulnérable. Il fallait qu'il fasse quelque chose. Mais quoi ? Il ne pouvait pas lui avouer ce qui s'était passé. Elle serait atterrée, et voudrait aller voir la police. Non, impossible, il fallait néanmoins lui faire comprendre que Laurie était quelqu'un de potentiellement dangereux, et qu'elle avait intérêt à se montrer plus prudente. Fermer ses portes à clé, par exemple.

Ils étaient en train de dîner au restaurant quand il mit la question sur le tapis.

« Tu sais, ton voisin, je le trouve un peu… Eh bien, il ne m'inspire pas confiance.

— Oh, Laurie n'est pas vraiment méchant, protesta Lara avec un haussement d'épaules. Il est plus collant qu'autre chose.

— Je peux me tromper, mais mon instinct me dit que tu devrais te méfier. J'ai l'impression qu'il pourrait être violent.

— C'est sûr qu'il est plutôt bizarre depuis quelque temps, et je n'ai pas aimé sa réaction quand je lui ai dit qu'une histoire avec lui ne m'intéressait pas. Mais, en effet, je suis la seule nana de moins de cinquante ans à des kilomètres à la ronde. Alors, qu'il ait un peu les crocs… Quand je l'ai rembarré, il a été contrarié, ça oui. Cela dit, je n'ai pas imaginé une seconde qu'il allait me taper dessus. Il ne ferait jamais ça, ajouta-t-elle avec un petit rire strident.

— Tu as sans doute raison, dit Gladwyn avec gravité. Fais attention tout de même.

— D'accord, d'accord. »

Elle n'avait pas l'air convaincue : se prémunir contre les prédateurs n'était pas une priorité.

« Depuis que je l'ai repoussé avec fermeté, il se pointe beaucoup moins.

— Tant mieux. Et promets de m'avertir si jamais il dépasse les bornes. Je viendrai et je… »

Gladwyn ne savait pas trop ce qu'il ferait, et il risquait fort de ne pas pouvoir débarquer sur-le-champ. Mais c'était bien de paraître résolu.

« Promis. »

Lara s'esclaffa. Il se demandait ce qu'elle ressentirait si elle savait la vérité.

Gladwyn dormit très peu cette nuit-là. Mener une double vie pouvait se révéler bien plus compliqué, et plus périlleux, qu'il ne l'avait imaginé. Il y avait tant de choses à prévoir, à éviter, à se rappeler… Il ferait une liste ce week-end. Il devait s'arranger avec sa banque pour que le loyer soit versé directement sur le compte de Jack, ce genre de détails bien pénibles. Il était habitué à ce que Blithe s'occupe des aspects pratiques de leur quotidien. Elle était naturellement efficace, ne se plaignait jamais de la moindre difficulté. Incapable de fermer l'œil, Gladwyn avait dans son esprit fatigué une vision très claire de Blithe, endormie sur le dos comme toujours. Il décida de faire une chose qu'il faisait rarement : il l'appellerait au matin pour lui proposer de venir à Londres. Ils pourraient sortir dîner, aller au cinéma…

Après le petit déjeuner à l'hôtel dans une salle à manger aux allures de boîte de nuit, il emmena Lara à la gare en taxi, puis se rendit à son bureau d'où il téléphona à Blithe. Naturellement, elle fut étonnée.

« Qu'est-ce qui se passe ? Ça ne te ressemble pas du tout de téléphoner à dix heures du matin, et, oui, j'ai appelé l'électricien. »

Gladwyn fut désarçonné. Il avait espéré que ce coup de fil inhabituel lui ferait plaisir.

« Je me demandais si, exceptionnellement, pour une fois, ça te plairait de venir à Londres ce soir. Un dîner, un ciné ? »

Blithe poussa un soupir sonore et impatient.

« Venir à Londres ? Enfin, Glad ! Tu sais que

je ne peux aller nulle part le mercredi : j'ai mon cours de Pilates. Et puis, qu'est-ce qu'on fait de Tom ?

— Non, non. Bien sûr. Je suis bête. C'était seulement une idée… »

Il se tut.

« Bon, je te verrai à l'heure habituelle.

— À l'heure habituelle. Il y a quelqu'un à la porte. Il faut que j'y aille. »

Dans une vie normale et innocente – si tant est qu'il ait passé alors un tel coup de fil –, Gladwyn n'aurait pas été démonté par le rejet de Blithe. Là, il se trouva tout dépité. Elle ne le savait pas, bien sûr, mais cette invitation se voulait un cadeau pour l'épouse qu'il trahissait. Il avait cru que cet élan compenserait sa conduite. Il aurait été rasséréné de ménager à sa femme une soirée agréable. Le refus parfaitement raisonnable de Blithe avait tout fichu en l'air.

La tristesse l'envahit. Le bleu sur sa figure prenait une teinte plus foncée, son mal de tête revenait, et il ne savait pas quoi faire.

Dans le train du retour ce soir-là, le moral de Gladwyn remonta légèrement. Il avait passé des moments merveilleux avec Lara, qui était maintenant bien ancrée dans son cœur et constituait une partie essentielle de sa vie. Il ne voulait pas penser tout de suite aux complications qui l'attendaient, mais il savait qu'il lui faudrait bientôt les affronter. Lara allait commencer à demander à rencontrer ses amis, sa mère : elle risquait même de rendre visite à Eleanor de sa propre initiative, en bonne voisine. Il fallait à tout prix éviter cela. Des calculs à n'en plus finir s'annonçaient. Mais, pour l'instant, il se gargarisait de la facilité incroyable avec laquelle les choses s'étaient déroulées, et de l'habileté qu'il démontrait dans la conduite de sa double vie.

Tout était normal à la maison : Tom sur son ordi, Blithe en train de battre des œufs, s'interrompant le temps de l'embrasser sur la joue. Si le pot aux roses de sa liaison n'était pas découvert, il se demandait combien d'années il continuerait à rentrer chez lui pour retrouver exactement le même tableau... sans avoir à s'en plaindre.

Il monta à l'étage pour déballer sa petite valise et se changer. Il connut un instant de confusion en sortant la chemise propre qu'il avait prévue pour le premier dîner. Après son après-midi au lit, il avait dû s'habiller trop vite, la tête dans les nuages, pour se rappeler qu'il l'avait prise. Si elle tombait dessus, Blithe ne l'interrogerait pas : elle le savait très distrait sur le plan vestimentaire. Malgré tout, par mesure de précaution, il la rangea au bas de la pile dans le tiroir.

Ils passèrent un dîner agréable puis regardèrent les infos de dix heures. Lara lui paraissait tellement loin que Gladwyn se demandait si elle existait bel et bien. Était-elle une personne imaginaire ? Ou bien cette nouvelle venue qui avait provoqué un tsunami dans sa vie ? Il comptait les heures jusqu'à leurs retrouvailles.

Blithe déclara qu'elle était fatiguée et monta se coucher. Cinq minutes plus tard, un cri terrible retentit. Gladwyn, affolé, se précipita à l'étage. Blithe était debout dans la salle de bains : elle tenait à la main le gant de toilette de Gladwyn, qu'elle brandissait comme un drapeau.

« Il est à qui, ce gant ? beugla-t-elle. Ce n'est pas le tien.

— Mais de quoi tu parles ? fit-il, dissimulant sa panique.

— Je te dis que ce gant n'est pas à toi.

— Bien sûr que si. C'est mon gant bleu. Je l'ai depuis...

— Il est peut-être bleu, mais ce n'est pas le tien. J'en suis sûre. »

Son ton était de plus en plus aigu.

« Ne sois pas ridicule, Blithe. À qui pourrait-il être ?

— C'est ce que je te demande. »

Gladwyn lui arracha le gant. En effet, l'éponge avait une texture fine et granuleuse qu'il ne reconnut pas.

« Mon gant bleu, répéta-t-il d'une voix grêle.

— Écoute. »

Blithe était maintenant plus calme, plus ferme.

« Tu me connais, avec les couleurs. J'ai un sens absolu des couleurs. Et ce gant n'est pas ton gant bleu. Celui-ci est d'un bleu plus profond, bleu azur...

— Pour l'amour du ciel ! » s'écria Gladwyn, exaspéré par tant de prétention pour décrire le bleu d'un gant de toilette.

Sa fureur découlait d'une image qui venait de lui apparaître : la salle de bains de l'hôtel... Deux gants de toilette posés sur le bord du lavabo. Tous les deux bleus. Du même bleu pour l'œil non exercé, pas l'œil acéré de Blithe. Il avait dû emporter le mauvais. Lara n'avait rien remarqué.

Blithe récupéra le gant et le porta à ses narines. Puis elle le lui colla sous le nez, lui heurtant la joue au passage.

« Renifle !

— Pour l'amour du ciel ! s'écria-t-il encore en lui repoussant la main. Il sent le savon.

— Pas notre savon. Ce n'est pas une odeur de jasmin.

— Tu es ridicule, à la fin. »

Intérieurement, il faisait tout pour se maîtriser, pour se calmer. Il recula d'un pas, craignant qu'elle ne lui fouette à nouveau le visage avec le gant. Il tâcha de prendre une voix sérieuse empreinte d'un humour affectueux.

« Écoute, ma chérie. Tu déraillles. Tu déraillles complètement. Qu'est-ce qui t'arrive ? Où est-ce que j'aurais trouvé un gant de toilette ? Et puis, d'ailleurs, s'il ne venait pas de chez nous, tu crois que je l'aurais rapporté ? »

Il souriait à présent, essayant de l'amadouer, essayant de camoufler sa terreur. Blithe rendit soudain les armes. Elle eut un petit sourire et ses épaules s'affaissèrent.

« Je me suis sans doute trompée », marmonna-t-elle.

Gladwyn l'embrassa sur le front.

« Pourquoi cet accès de fureur ? demanda-t-il. Je ne t'ai jamais vue dans une rage pareille.

— Je ne sais pas, je ne sais pas.

— Bon… Au lit, maintenant ! »

Alors qu'il prononçait le mot, l'appréhension se joignit aux autres sensations qui s'affrontaient en lui.

Blithe se mit au lit en toute hâte, à l'évidence bouleversée. Elle éteignit sa lampe, et se détourna.

« Je suis désolée si je déraille, dit-elle.

— Ce n'est rien, je t'assure. »

Gladwyn lui posa une main sur les reins, infiniment soulagé qu'elle lui tourne le dos. Il avait persuadé sa femme qu'elle était folle, alors qu'elle s'était contentée d'énoncer la vérité… Un homme ne pouvait guère descendre plus bas. Que devait-il faire ?

Chapitre neuf

Malgré ses deux nuits perturbées, Gladwyn se sentait étonnamment en forme. Il se leva une heure plus tôt que de coutume : un soleil d'hiver illuminait la cuisine. Effort assez rare, il mit la table, se disant que cela ferait plaisir à Blithe. Il aurait fait n'importe quoi en ce moment pour que sa femme soit contente... Il sirota tout doucement son café. Blithe apparut à son heure habituelle. Tenant le gant bleu dans une main, elle se dirigea vers la poubelle. Elle le jeta dedans d'un petit geste plein de hargne.

« Incident du gant bleu terminé », décréta-t-elle.

Elle rejoignit Gladwyn, l'embrassa sur le sommet de la tête. Il lui passa un bras autour de la taille.

« Désolé », dit-il.

La mauvaise conscience lui taraudait les entrailles.

« Ne parlons plus jamais de ça.

— Non. »

Blithe s'assit et prit un toast dans le support que Gladwyn avait garni.

« C'est quoi, tout ça ? Toasts, café... ?

— Je suis descendu de bonne heure. Tant qu'à faire... »

Blithe marqua une toute petite pause avant de déclarer :

« Si j'avais pensé un seul instant que tu étais le genre d'homme à tromper sa femme, j'aurais approfondi l'affaire. »

Elle n'avait donc pas oublié l'épisode. Gladwyn s'esclaffa.

« Je n'en doute pas.

— C'est vraiment triste de se dire que même les couples les plus aimants et les plus fidèles peuvent devenir si soupçonneux. »

Elle se tut.

« Peut-être que je fais une ménopause précoce...

— Quand même pas ? protesta Gladwyn en haussant un sourcil.

— Je pourrais me mettre à dérailler pour de bon dans pas si longtemps que ça... Tu vas devoir te montrer merveilleusement tolérant.

— Ça va de soi. Bon, il faut que j'y aille ou je vais rater le 8 h 40. »

Il se leva.

« Je réfléchissais cette nuit. Peut-être que mon sens des couleurs n'est pas si infaillible que ça, et que je me suis trompée au sujet de ce bleu...

— Sujet proscrit à partir de maintenant, d'accord ? Plus un mot sur le bleu des gants de toilette. »

Gladwyn sourit gentiment, impatient de s'éclipser.

« C'est promis. »

Elle l'embrassa sur sa joue intacte.

« À six heures et demie.

— À six heures et demie. »

Il avait prévu d'inviter Lara à venir boire un verre à Londres, ou peut-être même à dîner de bonne heure. Mais Blithe était devenue sa priorité aujourd'hui. Il laissa tomber cette idée.

Il téléphona à Lara en milieu de matinée, avec le portable rouge, de son bureau à Londres. La nuit semblait avoir accru son enthousiasme envers l'appartement. Elle demanda s'il serait possible de l'égayer un peu, en dégotant par exemple quelques jolis fauteuils.

« Pas question, répondit fermement Gladwyn. Jack finira bien par revenir. Il n'aimerait pas trouver les choses changées.

— Sans doute que non, fit Lara, à nouveau abattue. J'imagine qu'on s'habituera. »

Elle se tut, respira à fond.

« En tout cas, merci pour cette nuit absolument merveilleuse. »

L'emploi de l'adverbe « absolument » avait le don d'irriter Gladwyn, qui y voyait un signe incontestable de paresse. Pourtant il ne broncha pas : il se contenta de pianoter nerveusement sur le dessus de son bureau.

« Mais tu sais ce qu'il y a de drôle ? reprit Lara. Quand je suis rentrée chez moi, je me suis aperçue que j'avais ton gant de toilette ! »

Oh, bon sang ! Pitié, plus d'histoires de gants de toilette…

« Ah bon ?

— J'ai dû prendre le tien par mégarde. Il faut dire qu'ils sont d'un bleu presque identique, non ? Je suis vraiment désolée.

— Ne t'en fais pas. Ça n'a pas une grande importance.

— J'imagine que non.

— Écoute : il faut que je te laisse. On m'appelle.

— À très vite, alors.

— Bien sûr. »

Il mit sa tête dans ses mains. Après une nuit torride et une insomnie, sans compter l'affaire du gant de toilette, il était épuisé. Or c'est quand on est épuisé qu'il faut faire le plus attention, se dit-il. Pas d'erreur possible.

À la grande surprise et au grand soulagement de Gladwyn, les semaines suivantes s'écoulèrent sans catastrophes ni moments périlleux. Lara vint plusieurs fois à Londres et entreprit « d'égayer » l'appartement, prenant soin de ne rien faire qui puisse ennuyer Jack. Gladwyn passa plus de nuits que d'habitude à Londres et remarqua que l'appartement était à présent mieux rangé, plus propre… une autre femme dans sa vie qui se révélait habile et bien organisée. Il se croyait obligé de la remercier et de la féliciter, même si pour lui le bazar de Jack n'était qu'un arrière-plan qui ne le gênait pas du tout.

Un soir, Lara et Gladwyn étaient assis dans les deux seuls fauteuils – l'un edwardien, en velours, inconfortable, l'autre des années 1950 avec des pieds évasés. Par terre, entre eux, il y avait une bouteille de vin blanc et deux verres. Plus tard, ils dîneraient à l'appartement : Gladwyn avait expliqué que dîner au restaurant chaque fois qu'elle venait à Londres était une extravagance qu'il ne pouvait pas réellement se permettre. Lara avait soupiré. Elle avait cru que Gladwyn avait les moyens. Elle avait préféré changer de sujet. Soudain elle leva le regard.

« Laurie est passé l'autre jour, alors que j'étais chez moi, dit-elle.

— Ah ?

— Il a dit qu'il t'avait vu la dernière fois.

— Exact. Il marchait sur la route. »

Gladwyn sentit son cœur s'affoler. Qu'avait-il dit d'autre ?

« C'est vraiment un drôle d'énergumène, reprit Lara. Possessif, soupe au lait. Il est gentil et serviable, et pourtant, quelquefois, il me fait peur. Quand ses yeux me transpercent, pleins de sous-entendus…

— Ah, quand les hommes regardent les femmes de cette façon, leurs intentions laissent peu de doute. Comme celui dans mes yeux quand tu étais à l'hôpital », ajouta-t-il en riant.

Lara agita la tête, servit deux verres de vin.

« De toute façon, il sait pertinemment qu'il ne pourra jamais m'avoir.

— J'espère bien. N'empêche, il faut se méfier. S'il te plaît, fais attention.

— Je fais attention. »

L'espace d'une seconde, elle sembla contrariée par la mise en garde de Gladwyn. Puis le léger plissement de son front disparut et elle lui adressa un de ses fameux sourires.

« Tu sais ce qui me plairait vraiment ? Rencontrer quelques-uns de tes amis. Tu ne m'en as présenté aucun jusqu'ici.

— Non. Il faut dire que les occasions ont été rares, non ? Je verrai ce que je peux faire. »

C'était la requête que redoutait Gladwyn. Il devait trouver une solution, et vite, mais il ne voyait pas un seul ami à lui qui ne soit pas ami avec Blithe. Peut-être pourrait-il en dégoter de nouveaux… Cela ne marcherait pas. Lara poserait des questions et ne tarderait pas à découvrir que c'étaient des amis récents. Elle voudrait savoir pourquoi il ne lui présentait pas les anciens.

« Je vais préparer les spaghettis, annonça-t-elle en se levant. Je suis plutôt bonne cuisinière quand je m'y mets. Si tu veux inviter tes amis…

— Oui.

— Je pourrais aussi en inviter.

— Ce serait formidable.

— On pourrait même en faire venir au cottage un week-end.

— Pourquoi pas ? »

À peine à deux kilomètres de chez sa mère… Trop risqué. Pour ne pas dire impossible.

Dans la cuisine, Lara préparait la sauce tomate au basilic. C'était la première fois qu'elle cuisinait pour Gladwyn. Elle voulait que ce soit bon, même si c'était simple. Il était dans la lune ce soir : laconique, pas vraiment enthousiaste. Elle avait beau l'aimer, il demeurait une énigme. Il était difficile de savoir ce qu'il éprouvait au fond de lui. Certes, la plupart des hommes n'étaient pas très doués pour les déclarations, mais Gladwyn était particulièrement réservé. Elle était fascinée par son mystère. Après une dizaine d'années passées avec lui, elle le comprendrait peut-être un peu mieux. Le processus serait lent, mais elle aimait se dire que de longues années les attendaient, de merveilleuses années de découverte et d'enrichissement.

Elle versa la sauce sur les pâtes. Gladwyn s'empressa de lui assurer que c'était délicieux. En réalité, elles étaient nettement moins bonnes que celles de Blithe.

Le lendemain matin, Gladwyn téléphona du bureau à son ami Rory.

« Je voudrais que tu m'aides pour un truc un peu compliqué. On peut se voir très vite ? »

Au déjeuner, Gladwyn lui expliqua, le plus négligemment possible, comment Lara était entrée dans sa vie. Les traits de Rory étaient impénétrables. Pas moyen de savoir s'il était choqué ou attristé, ou si la liaison de Gladwyn n'était à ses yeux qu'une composante ordinaire de la vie moderne. Arrivé à la fin de son récit, il remplit à nouveau le verre de Rory. Un vin très cher qu'il avait choisi.

« Bon alors, qu'est-ce que tu veux que je fasse ? demanda Rory.

— Elle veut rencontrer quelques-uns de mes amis. Tu es le seul à qui je confie mes petits secrets, et même si je me doute que tu n'as aucune envie de trahir Blithe, tu es le seul qui accepterait peut-être de le faire. Je me trompe ? »

Rory demeura silencieux un long moment.

« Oui, ce serait en effet trahir Blithe, dit-il enfin. D'un autre côté, tu étais mon ami bien avant qu'elle le soit, et somme toute c'est à toi que je dois ma loyauté. Même si je pense que tu as tort.

— Pourquoi ? »

Gladwyn était déconcerté par la réaction de Rory.

« Je crois en la fidélité. Je ne dis pas que c'est facile. Tous, ou presque, nous sommes tentés par un petit écart de temps en temps. Mais c'est destructeur. Les mensonges, la tromperie… ça ronge les bases mêmes du mariage. Et puis, une fois qu'on a franchi le pas, c'est plus facile de recommencer, encore et encore.

— Oh, Seigneur ! fit Gladwyn, enfouissant sa tête dans ses mains. Je sais que tu as raison. Mais c'est trop tard pour arrêter. Je suis fou d'elle, je n'imagine pas ma vie sans elle.

— Et aussi tous ces clichés… Tu l'aimes ? Tu l'aimes réellement ?

— Oui. Oui. C'est troublant, mais je me sens dans le même état que quand j'ai rencontré Blithe. Et d'ailleurs, tu te doutes bien, il n'est pas question que je quitte Blithe. C'est ma femme.

— Je suis heureux de te l'entendre dire, fit Rory d'un ton sévère. OK. Alors, qu'est-ce que tu veux que je fasse ?

— Juste que tu viennes dîner à l'appartement que j'ai loué.

— Tu es fou, ou alors bien plus riche que je ne croyais ?

— Fou, sûrement. Enfin bon, je ne veux surtout pas te forcer à faire quelque chose que tu ne veux pas faire. »

Rory finit son verre de vin. Gladwyn le lui remplit une fois encore.

« Est-ce que je dois venir avec Delia ?

— Évidemment que non ! se récria Gladwyn, d'une voix si forte que plusieurs clients se retournèrent. Delia serait atterrée. Et surtout, ne va pas lui raconter.

— Bon, d'accord. Si c'est une catastrophe, si je n'arrive pas à jouer la comédie, j'arrêterai les frais.

— Entendu.

— Tu te rends bien compte de ce que tu fais, dis-moi ? Tu me fais tremper dans tes salades.

— J'en suis bien conscient. »

Gladwyn se redressa subitement sur sa chaise, le dos très droit, saisi d'un violent accès de honte et de culpabilité. Il n'était pas trop tard pour reculer.

« Écoute, reprit-il. Je me sens vraiment foireux de t'avoir demandé ça. Je vois bien que toutes ces manœuvres te font horreur. Oublie ce rendez-vous, veux-tu ? Oublie tout ce que je t'ai raconté. Je suis désolé. »

Rory plaça ses mains sous son menton et

regarda par la fenêtre. Là non plus, Gladwyn n'arrivait pas à déchiffrer son expression. Soudain il retira ses mains et fit un grand geste en écartant les bras.

« Non, non, dit-il doucement. Tu es dans le pétrin. Je vais te donner un coup de main. Bien sûr. Dis-moi simplement où et quand tu veux que je vienne. »

Là-dessus, pour se calmer, ils se mirent à discuter de l'économie du pays, un sujet inquiétant lui aussi, mais de manière différente. Rory, fait exceptionnel, ne prit pas de dessert. D'habitude, Gladwyn adorait déjeuner avec son vieil ami. Ce jour-là, se dit-il en réglant l'addition, du reste assez salée, il n'y avait pris aucun plaisir.

Lara fut enchantée d'apprendre qu'elle allait faire la connaissance de Rory. (Gladwyn trouverait bien un prétexte pour expliquer l'absence de sa femme...) Chose étonnante, elle ne proposa pas tout de suite une date pour la rencontre promise.

« Je suis pas mal occupée en ce moment, dit-elle. Aménager l'appartement m'a retardée dans mon travail. J'ai des tas de trucs à finir pour différentes ventes. »

Ce délai constituait pour Gladwyn un luxe inespéré. Il alla jusqu'à lui demander s'il pourrait venir admirer ses poteries lors d'une de ces expos, soupçonnant que ce ne serait sans doute pas possible.

« Ne t'embête pas avec ça, dit-elle. Il y en a un peu partout, surtout dans le Nord. Certaines se passent dans des foires agricoles où je partage une petite tente avec une aquarelliste. C'est drôle, mais on vend plutôt bien dans ce genre de foires.

— Alors, quand est-ce que tu attaques cette grande tournée ? »

C'était le milieu de la matinée. Ils étaient encore au lit, fatigués après une nuit où ils n'avaient pas beaucoup dormi.

« La semaine prochaine. Je commence par le Northumberland, et après je ne sais plus. Je n'arrive pas à me rappeler le programme.

— Tu vas me manquer, dit Gladwyn.

— Tu vas me manquer aussi. Je ne sais plus à quoi ressemblait ma vie avant que tu sois là.

— Moi non plus. »

Il regarda sa montre.

« Tu te rends compte que la matinée est presque finie ? J'ai un déjeuner. Je vais être en retard.

— Aucun regret. »

Lara lui adressa un de ses sourires aguicheurs, puis elle sortit du lit, nue comme un ver.

Gladwyn se demanda comment il allait se passer d'elle pendant ces deux ou trois semaines.

Ce qui le surprit, cependant – et lui donna l'étrange impression de la trahir –, ce fut la bouffée de soulagement qu'il éprouva. La période à venir prenait des allures de vacances, après tous ces calculs, tous ces mensonges, cette attente impatiente du rendez-vous suivant. Il pourrait retourner à sa vie normale telle qu'il la connaissait avant, se concentrer sur sa femme et son fils, rendre des visites plus longues à sa mère, discuter affaires domestiques avec Blithe et voir de temps en temps leurs amis. C'était facile. Il était heureux. Sauf quand Lara, à un moment, ne l'appela pas pendant deux jours, et qu'il sentit ressurgir son malaise et son agitation.

Une semaine après le départ de Lara, Blithe lui soumit une requête à laquelle elle était sûre qu'il n'accéderait pas : l'accompagnerait-il à une expo Arts and Crafts dans le West Country ? C'était le genre de manifestations que Gladwyn détestait et auxquelles il ne daignait assister que très rarement.

« Un long trajet », observa-t-il.

Il réfléchissait. Peut-être serait-ce une occasion de compenser son infidélité, au moins à ses propres yeux.

« Je sais. Mais il y aura aussi des milliers de plantes, pas uniquement des poupées en tricot et des cupcakes. On a besoin de plein de trucs pour le jardin.

— Tu as raison », reconnut Gladwyn, qui n'avait aucune idée de ce qui manquait dans leur jardin, même s'il essayait parfois de faire croire à Blithe que ces choses-là l'intéressaient. Bien qu'effaré par cette perspective, il s'entendit répondre qu'il viendrait. L'étonnement de sa femme n'eut d'égal que son ravissement. Alors qu'elle déambulait, l'âme visiblement légère, il se surprit à avoir envie d'elle comme cela ne lui était pas arrivé depuis longtemps. Elle lui prépara du riz au lait pour le dessert ; il lui raconta des histoires drôles au sujet de sa secrétaire au tempérament tellement triste.

Lorsqu'ils furent au lit, Blithe eut une idée : pourquoi ne passeraient-ils pas la nuit dans un petit hôtel près de la foire ?

« On a si rarement du temps pour nous... À la maison, on est toujours à faire des trucs chacun dans son coin.

— Pourquoi pas ? acquiesça Gladwyn. On va trouver un endroit sympa, se faire un dîner sympa, prendre un petit déjeuner sympa, et on rentrera tranquillement le lendemain dans la journée. »

C'était une vieille plaisanterie entre eux. Tous deux professaient une véritable haine de l'adjectif « sympa ». Ils ne l'utilisaient que pour décrire des choses qui ne seraient peut-être pas si « sympas » que ça, mais qui pourraient éventuellement les surprendre. À son grand étonnement, il se réjouissait de cette virée avec Blithe. Il se déplaça dans le lit, prit sa femme dans ses bras, et tout se passa bien. Lara avait disparu de ses pensées.

Il fut convenu que Tom irait chez un ami, de sorte que Blithe et Gladwyn avaient pour eux une journée et demie. Ils prirent la route après un petit déjeuner très matinal et effectuèrent un voyage sans la moindre circulation à écouter la radio. Gladwyn conduisait vite et bien. De temps en temps Blithe se tournait vers lui, regardait le profil de son mari et se disait qu'elle avait une chance folle d'être mariée à un homme pareil. Il y avait entre eux une atmosphère de quiétude sereine. Blithe, ignorant la vérité de leur situation, ne percevait aucun signe qui aurait pu indiquer que Gladwyn n'était pas aussi heureux qu'il en avait l'air. Elle se sentait en sécurité.

Établie dans un champ à deux kilomètres de Dorchester, la foire Arts and Crafts se révéla bien plus importante que ne l'avait supposé Blithe. Elle comptait deux immenses chapiteaux, et une bonne douzaine de pavillons plus petits. Il n'était encore que dix heures du matin, mais il y avait déjà foule. Gladwyn regardait autour de lui avec amusement, se disant que ces manifestations artisanales n'avaient guère changé depuis le temps de Thomas Hardy. Il aimait le côté anglais de tout ça, ces vêtements campagnards dont les couleurs rappelaient celles des arbres, des récoltes, des labours. Il trouvait émouvant de penser à la quantité d'efforts qui avaient été nécessaires pour aboutir à cette profusion de pains et de gâteaux maison, à ces déploiements de fleurs soigneusement disposées. Sa résolution de revenir à une existence rurale, dans un avenir pas trop lointain, s'affermit en lui. Mais marcher sur les talons de Blithe, à évaluer les mérites de la lavande, des clématites ou des roses, ne l'enchantait pas. Pour camoufler son indifférence, il lui prit le bras.

« Par où on commence ? demanda-t-elle, étonnée de cette proximité inhabituelle.

— Écoute, pour tout te dire, je ne crois pas que je vais commencer… »

Gladwyn lui posa la main sur l'épaule.

« Je ne raffole pas de ce genre de prospections. Si ça ne te fait rien, je vais me dégoter une tasse de café et lire le journal dans un coin tranquille. »

Blithe sourit.

« Bien sûr que ça ne me fait rien. C'était déjà très gentil à toi de m'emmener, et j'irai plus vite si tu n'es pas cramponné à ma jupe. »

Gladwyn fut incapable de réprimer un soupir de soulagement.

« Retrouvons-nous à l'entrée à midi et demi. Nous partirons à la recherche d'un pub pour déjeuner.

— Très bien. »

Ils se séparèrent, tous deux ravis de cette matinée singulière. Blithe disparut dans la foule ; Gladwyn acheta un gobelet de café puis alla s'installer sur un banc inoccupé sous un hêtre. Des feuilles toutes neuves commençaient à peine à garnir ses branches : en voyant leur vert tendre, Gladwyn repensa à un foulard en mousseline qu'il avait un jour offert à Blithe.

Il consulta sa montre. Il avait au minimum deux heures à poireauter. Le soleil était voilé, et la brise qui soufflait était insistante mais pas froide. Il laissait errer son regard sur la foule. Il était dix heures et demie, mais les chapiteaux grouillaient déjà de gens du cru qui savaient qu'ils avaient intérêt à arriver de bonne heure. Ils ressortaient chargés de bocaux de miel, de choux géants et de pots de géraniums aux couleurs éclatantes. Gladwyn comprenait le plaisir qu'on pouvait prendre à acheter des produits locaux. À ses yeux, les mornes articles alignés sur les rayonnages des supermarchés étaient vidés de leur charme intrinsèque.

Son esprit vagabonda de la sorte un moment,

avant que ses pensées se portent soudain sur Lara. Qu'était-elle en train de faire à cet instant précis ? Il constata non sans mauvaise conscience qu'il n'avait pas pensé à elle depuis plusieurs heures. La dernière fois qu'ils s'étaient parlé, elle avait dit qu'elle descendait dans le sud, et qu'elle ferait escale à Ludlow : elle serait rentrée la semaine prochaine. Très bientôt, Gladwyn allait donc retrouver cette routine désormais familière qui l'obligeait à tout calculer dans le moindre détail pour parer à la catastrophe.

Las de ses cogitations, il décida d'aller faire un tour, histoire de tuer le temps : il n'était resté assis qu'une demi-heure. Il se leva, s'étira, puis se dirigea vers les tentes. Il commença par jeter un coup d'œil aux plus petites, chacune illustrant un thème. Les produits, présentés avec soin, étaient proposés par des hommes et des femmes entre deux âges qui, malgré leur désir de vendre, n'étaient pas trop pressants. Tous étaient souriants, ridés et bien coiffés, et donnaient une impression de paisible satisfaction. Selon sa vieille habitude consistant à essayer de deviner la vie des inconnus, Gladwyn s'amusait à imaginer les fervents préparatifs menés par chacun de ces courageux : tri des objets, fixation des prix, emballage des marchandises, chargement des voitures ou des camionnettes pour transporter le tout jusqu'au champ de foire. Il aimait penser à la vie de ces gens, qui n'était sans doute pas plus simple que la sienne. Il acheta un pot de miel et une génoise au chocolat pour le goûter de Tom, et fut remercié par un sourire reconnaissant comme on en voit rarement dans les commerces de ville, et encore moins dans les supermarchés. Il se dirigea vers un secteur regroupant une multitude de fleurs ainsi que des lauriers en pot artistiquement sculptés. Il cherchait Blithe des yeux, en vain. Une irritation familière s'insinuait en lui. Il commençait à se dire que c'était une matinée gâchée : il aurait pu la passer à marcher sur les Downs, à lire son thriller, à aider Tom pour son devoir de maths... Mais bon, cette escapade faisait plaisir à Blithe. Un plaisir qu'elle méritait pleinement, même si elle ignorait pourquoi. Il décida de faire un tour rapide de la tente la plus grande, puis de retourner à la voiture pour bouquiner. Peut-être dormir un peu. Le sommeil avait l'art d'accélérer le temps.

Le grand chapiteau était en l'occurrence celui de l'artisanat. Il renfermait tellement de stands de jouets en bois peints à la main, de chapeaux et de pulls tricotés dans des mailles gigantesques, qu'on aurait cru que toute la population du West Country s'était employée à alimenter les lieux. Gladwyn détestait l'artisanat : il n'avait jamais compris le rapport avec l'art... Qui aurait considéré une bougie maison comme un objet d'art ? Il gardait toutefois ses opinions pour lui car Blithe adorait les gens capables de fabriquer des choses. Il dépassa plusieurs stands de tableaux épouvantables – des tableaux d'une telle laideur qu'il fut incapable de les regarder plus de quelques secondes. C'était étrange mais, quand il s'agissait d'art, le grand public manquait totalement de discernement. N'importe quelle croûte était considérée comme de l'art, n'importe quel paysage maladroit surmonté d'un ciel criard trouvait preneur. Bon nombre des tableaux exposés étaient extrêmement chers. Excédé par cette profusion d'horreurs, Gladwyn décida qu'il était temps de regagner la voiture.

Mais alors qu'il rebroussait chemin, il aperçut Blithe au loin. Elle se trouvait à un stand où on vendait, semble-t-il, des poteries. Gladwyn s'immobilisa, terrifié. Dissimulé dans la foule, il avait les yeux rivés sur elle. Elle se dirigeait tout droit vers la table où se tenait la vendeuse. La vendeuse était Lara.

Gladwyn la reconnut à un petit geste familier : la tête penchée sur un bol peint, elle repoussa ses cheveux blonds derrière son oreille. Lara se trouvait à moins d'un mètre de Blithe. Gladwyn, saisi de vertige, se sentit chanceler. Mais il demeura où il était. Prêt à décamper si Blithe se retournait.

Malgré l'affluence à son stand, Lara discuta avec Blithe un bon moment. Elle lui tendit une assiette en souriant. Vue de dos, d'après l'arrondi de ses épaules, Blithe souriait elle aussi. Elle était en train d'ouvrir son sac, sans doute pour y chercher son porte-monnaie.

Ce n'est pas possible, se dit Gladwyn. Il ne pouvait pas supporter de voir une assiette faite par sa maîtresse arriver entre les mains de sa femme… Rebroussant chemin à travers la foule, il se sentit soudain inondé de sueur. Il avait le souffle court et la tête continuait à lui tourner : les nuages semblaient presque toucher le sol, délayant le paysage en une espèce de bouillie brumeuse. Au bord de l'asphyxie, il bousculait les gens sans une once de politesse.

Une fois dehors, il respira à fond et, d'un pas mal assuré, se dépêcha de rejoindre le parking. Personne en vue… Il gémit tout haut, un sourd rugissement qui le soulagea un peu. Le siège conducteur, qu'il connaissait si bien, ne lui apporta pas le réconfort espéré. Ses mains tremblaient, son cœur battait la breloque. Il voyait sa vie s'effondrer : la fin de son mariage, la fin de son idylle avec une jeune femme qu'il aimait profondément. Quel idiot il était ! Quel idiot, et quel menteur ! Et pourtant, si c'était à refaire, il le referait.

Il appliqua une main sur ses yeux, s'attendant à y sentir des larmes, mais non. Il était trop secoué pour réfléchir à un plan d'action : cela viendrait plus tard. Tout ce qu'il voulait pour l'instant c'était dormir, oublier, s'extraire de cette fosse qu'il avait creusée tout seul.

Gladwyn tourna le rétroviseur pour se regarder. Sa balafre était presque entièrement guérie. Seul un mince croissant verdâtre subsistait sous son œil. Il se pouvait bien qu'il garde à vie une petite cicatrice, songea-t-il.

Il s'était mis à pleuvoir. Il observait les gouttelettes, en choisissant une dont il suivait la course saccadée jusqu'à ce qu'elle finisse par s'écraser sur les autres au bas du pare-brise. Cette concentration se révéla apaisante. L'espace de quelques minutes, il cessa presque de penser au désastre imminent. Il alluma la radio : un quatuor de Schubert. Par chance, son préféré. C'était peut-être bon signe. Ses poings serrés reposaient sur ses cuisses ; il les crispait toujours quand il se préparait à faire quelque chose d'important. Là, le défi consistait à paraître normal alors qu'il était en proie à de terribles tourments intérieurs. Il ferma les yeux et s'assoupit brièvement.

Le coffre de la voiture s'ouvrit. Blithe était en train d'y ranger des corbeilles de plantes, des paquets mystérieux, d'énormes sacs en plastique, des boîtes de biscuits. C'était incroyable tout ce qu'elle arrivait à acheter. Gladwyn ne bougea pas. Il en était incapable. Il s'excusa lorsqu'elle monta dans la voiture.

« Tu dormais, dit-elle.

— Je somnolais, c'est tout. »

Elle se tourna vers lui. Ses cheveux pendaient, dégoulinants de pluie. Ses yeux, dans la lumière opalescente, étaient presque incolores, comme des pierres de lune. Plus fascinants, songea-t-il avec un pincement de déloyauté, que des yeux bleus ou bleu-vert. S'il la rencontrait pour la première fois aujourd'hui, il savait qu'il aurait encore envie qu'elle soit sa femme. Oui, oui, bien sûr, il en aurait encore envie.

« J'ai trouvé des tas de merveilles, disait Blithe. En prenant la peine de fureter, on trouve toujours.

— Tant mieux. »

Gladwyn, qui redoutait le déballage des emplettes à l'arrivée, sourit à sa femme.

« Merci d'avoir été aussi patient. »

Gladwyn démarra et fit une marche arrière. Quelque part, à seulement quelques mètres, il y avait Lara. Lara, qui se tenait là, à bavarder, à expliquer, à être. C'était bizarre qu'il ne l'ait pas vue avant de voir Blithe sous le chapiteau. Il pria le ciel pour ne pas la voir maintenant. Il quitta le parking avec une hâte peu commune.

« Fais attention », dit Blithe.

Faire attention. Bien sûr. Il devait faire attention. Une fois sur la route, il ralentit. Soulagé d'avoir miraculeusement échappé à une abominable confrontation.

« Allez, en route ! » lança-t-il, conscient de la faiblesse de sa remarque.

Il avait eu l'intention de dire quelque chose comme quoi il se faisait une vraie fête des heures à venir, mais les mots étaient restés coincés dans sa gorge. Manifestement, Blithe n'avait rien noté d'anormal chez lui. Elle lui facilitait les choses. Il lui suffisait de continuer à sourire.

Au retour de leur week-end campagnard, Blithe entreprit de ranger toutes les bricoles qu'elle avait achetées à la foire : des confitures maison, une écharpe tricotée main pour Tom, une jolie assiette, du miel de trèfle, des herbes aromatiques en pot, un bocal d'encaustique à la cire d'abeille et un tas d'autres babioles. Elle aimait l'idée d'ajouter tous ces articles à son placard à provisions et à ses étagères de cuisine. Gladwyn, à qui elle aurait aimé montrer chacun de ces achats, était monté illico dans son bureau. Il ne trouvait pas, comme elle, que même les choses mineures avaient leur intérêt. Tom, pour sa part, la soutenait avec gentillesse.

« Jamais vu autant de confiture ! s'exclama-t-il. Super. »

De toute évidence, il avait horreur de son écharpe et ne la porterait jamais. Il fit malgré tout un câlin à sa mère et la remercia avec effusion.

Blithe se mit à couper des carottes. Cette fugue d'une nuit s'était révélée une étonnante réussite... Les chambres de l'hôtel étaient confortables et la cuisine était bonne. Après un petit déjeuner consistant – avalé avec appétit après une nuit plus qu'agitée –, ils étaient partis faire une longue promenade. Loin de la maison, Gladwyn était soudain redevenu lui-même. Blithe se sentait euphorique. La déception que lui causait ces derniers temps l'absence de libido de son mari avait disparu. Elle se réjouissait de la longue et paisible année qui ne faisait que commencer.

Lorsque Gladwyn descendit pour dîner, l'air content d'être chez lui, elle ne put résister à la tentation de lui montrer certaines de ses acquisitions. Gladwyn avait prévu le truc, et il savait que si, au lieu d'admirer un objet particulier, il les portait aux nues tous ensemble, il n'aurait pas à faire de commentaires sur l'assiette de Lara. Assiette qui, il le voyait maintenant, était déjà placée au milieu des autres sur le vaisselier.

« Je ne crois pas que Tom aime vraiment son écharpe, dit Blithe sans acrimonie.

— C'est vrai, maman : je l'aime pas beaucoup.

— Je ne l'aime pas, rectifia Gladwyn.

— Je suis navrée, mais il n'y avait pas grand-chose qui t'aurait plu. On pourra la mettre dans le carton pour les bonnes œuvres. »

Blithe se tourna vers Gladwyn.

« J'ai quand même trouvé de belles choses », dit-elle en indiquant les étagères de miel et de confitures.

Son geste englobait l'assiette – presque identique à celle que Gladwyn avait si récemment admirée dans l'atelier de Lara.

« Il y avait cette fille assez jolie, je n'avais pas repéré son stand, qui vendait des poteries absolument ravissantes. J'avoue que j'ai craqué. »

Elle prit l'assiette sur l'étagère, la tendit à Gladwyn.

« Qu'est-ce que tu en penses ? »

Il recula pour attraper la bouteille de vin qu'il avait sortie en arrivant. Assez jolie ? L'euphémisme de Blithe résonnait dans sa tête.

« Je trouve que tu t'es merveilleusement débrouillée », déclara-t-il avec une grande diplomatie, et Blithe remit l'assiette sur le vaisselier.

Il était évident qu'il ne pourrait jamais vivre avec cette assiette qui le lorgnerait avec fureur chaque fois qu'il s'assiérait à cette table. Il allait devoir s'en débarrasser d'une façon ou d'une autre. Encore un sujet de réflexion, mais pas pour ce soir.

Gladwyn découvrait que la culpabilité était un sentiment fluctuant. Après le choc qu'avait été pour lui la rencontre entre Blithe et Lara sous le chapiteau, il avait eu peur que son double jeu ne s'achève en catastrophe. Il ne lui était pas venu à l'esprit que les deux femmes n'ayant aucune idée de qui était l'autre et ignorant la portée de cette coïncidence, la vie pouvait continuer normalement. Il avait uniquement réfléchi aux conséquences pour lui. Peu après leur départ de la foire, il s'était rendu compte qu'aucun cataclysme n'allait se produire dans l'immédiat et qu'il pouvait se détendre. Mais l'ombre de l'imprévisible flottait désormais en permanence. Il était possible que Blithe soit tellement ravie de son assiette qu'elle essaie de retrouver Lara afin de lui en acheter d'autres. Il se pouvait que Laurie l'agresse à nouveau, et là personne n'accepterait de croire qu'il s'était blessé à deux reprises contre un bureau…

En fait, il n'avait pas revu Laurie depuis ce fameux jour, mais il faut dire qu'il n'était pas allé très souvent au cottage : Lara passait beaucoup de temps à Londres. Gladwyn avait néanmoins la sensation obsédante que quelqu'un l'espionnait. Lors de ses deux visites, il avait pris la précaution d'inspecter les alentours et de bien explorer le bouquet d'arbres et de buissons derrière lequel il continuait de se garer. Aucune trace de Laurie ou de sa brouette. Lara avait juste dit qu'il était passé réparer un robinet dont il avait promis de s'occuper.

« Je ne crois pas qu'il ait une passion pour toi, lâcha-t-elle d'un ton léger.

— Ah bon ? Qu'est-ce qu'il a dit ?

— Pas grand-chose. Seulement qu'il trouvait bizarre que j'aie un visiteur régulier, et est-ce que j'étais sûre de ses références ? »

Elle éclata de rire et, rejoignant Gladwyn, elle lui mit les bras autour du cou.

« Est-ce que je suis sûre de tes références ?

— J'espère. Mais je te le répète encore, surtout, fais attention. Je me méfie de Laurie. La jalousie pourrait le rendre fou. La jalousie est parfois meurtrière. Il pourrait décider de nous tuer, toi ou moi.

— Ne sois pas ridicule ! Je t'assure que tout va bien. Je ferme même la porte à clé le soir...

— J'espère bien. »

Gladwyn l'embrassa.

« On n'est jamais assez prudent. »

Gladwyn organisa un déjeuner avec Rory et Lara. Ils venaient l'un et l'autre du Northumberland, et tous deux semblèrent se plaire. Ensuite, Rory téléphona pour dire que Lara était certes une fille assez exceptionnelle, mais qu'elle n'arrivait pas à la cheville de Blithe. Gladwyn trouva ce jugement peu généreux après une rencontre aussi courte, mais ne protesta pas.

Il avait fait en sorte de prendre son après-midi pour passer quelques heures à l'appartement avec Lara. Curieusement, Lara refusa sa proposition. Elle était pressée de rentrer : une histoire de projet d'expo avec une galerie locale. Elle était contrite mais ne paraissait pas excessivement déçue. Gladwyn en profita pour prendre un train de bonne heure lui aussi, et faire la surprise à Blithe. Cela lui procurait un sentiment agréable. Ménager quelques surprises pour sa famille contrastait douillettement avec sa culpabilité d'ensemble.

Blithe était sortie quand Gladwyn rentra à la maison. Elle n'avait pas laissé de mot pour l'informer de ses projets, ce qui ne lui ressemblait pas. Elle avait dû être retenue quelque part. Il n'y avait pas trace de Tom non plus. Gladwyn n'était pas inquiet mais perplexe, légèrement perplexe.

Le silence de la cuisine n'était écorné que par le tic-tac de l'horloge : un bruit un rien menaçant, avait toujours trouvé Gladwyn. Il aurait aimé se faire une tasse de thé, mais il était étrangement nerveux et craignait de ne pas supporter le sifflement de la bouilloire. Il gagna le vaisselier, s'empara de l'assiette de Lara. Son éclat furieux, son reproche incessant commençaient à le hanter. Peut-être était-ce le moment…

Il était de plus en plus décidé. Il savait que pour se débarrasser de l'assiette sans provoquer de soupçons, il allait lui falloir casser d'autres objets en même temps. Prétendre qu'il avait été d'une maladresse insigne et brisé plusieurs pièces à la fois.

Avec délicatesse, il se saisit de l'assiette, l'apporta à la fenêtre. Elle était rehaussée de reflets gris argent, comme des écailles de poisson un peu floues, qui semblaient changer subtilement d'aspect à la lumière. Elle était magnifique. Pas étonnant que Blithe l'ait choisie parmi les jattes et autres cruches, décoratives certes, mais pas magiques. Il la retourna. Aucune signature. Il s'en félicita. Sans nom, Blithe ne pouvait pas rechercher la potière sur Internet. Avec un soupir, il remit l'objet à sa place sur l'étagère du vaisselier.

C'était maintenant ou jamais. Il se rendit à l'autre bout de la cuisine. Puis, conscient de l'absurdité de son geste, il courut maladroitement vers le buffet. Il heurta l'étagère à toute volée. La vaisselle se fracassa sur le sol. Il baissa les yeux. Gisaient là les fragments de deux mugs – dont le préféré de Tom –, d'une cruche ancienne et de l'assiette de Lara.

Gladwyn se baissa pour regarder les débris de plus près. Il n'y avait aucun espoir de réparer quoi que ce soit. Il ramassa quelques tessons de l'assiette. Les écailles gris argent lui faisaient des clins d'œil. C'était l'acte le plus vil qu'il ait jamais commis, se dit-il : Tom allait être triste pour son mug. Mais c'était la seule façon de se débarrasser de l'assiette de Lara, et de la culpabilité qu'elle éveillait en lui tous les jours. Il alla chercher une pelle et une brosse pour balayer les morceaux qu'il laissa dans la pelle pour les montrer à Blithe et Tom, et leur présenter ses excuses.

Ils arrivèrent peu après six heures sans expliquer leur retard. Blithe bondit aussitôt sur la pelle à poussière.

« Qu'est-ce que c'est que tout ça ? » demanda-t-elle.

Gladwyn se leva de sa chaise.

« Je suis vraiment navré. Il y a eu une catastrophe. »

Blithe lui adressa un regard sévère.

« Ah ça oui, s'écria Tom. Mon mug. Mon mug préféré. Pourquoi tu l'as cassé, papa ? »

Gladwyn posa une main sur l'épaule de son fils.

« Je ne l'ai pas fait exprès, tu imagines bien. Je t'achèterai un autre mug, Tom. Tu pourras choisir celui que tu veux. »

Il se tourna vers Blithe.

« Désolé pour ta nouvelle assiette, désolé pour ce vieux pichet.

— Mais qu'est-ce que tu fabriquais ? demanda-t-elle sèchement, mais sans colère.

— J'ai été maladroit, comme d'habitude... j'essayais d'attraper la cruche.

— Mais on ne se sert jamais de cette cruche, fit remarquer Blithe en jetant les morceaux de faïence dans la poubelle.

— Justement. Je voulais la regarder de plus près. Elle appartenait à ma grand-mère... »

Blithe lui coula un regard. Gladwyn savait qu'il avait intérêt à arrêter de se justifier, de peur de devenir moins crédible.

« Qu'est-ce que je peux dire ? Je suis vraiment désolé. »

Blithe haussa les épaules.

« Oh, ça ne fait rien. De la vaisselle cassée, ce n'est pas bien grave. »

Si seulement tu savais comme il est important pour moi que l'assiette de Lara ne soit plus là, songea Gladwyn. Je me sens plus à l'aise dans la cuisine à présent.

Il songea soudain à leur proposer une sortie pour faire diversion.

« Et si on sortait dîner ? demanda-t-il.

— Pizza ! beugla Tom.

— Si tu veux, acquiesça Blithe, sans enthousiasme.

— Parfait. Je monte chercher les clés dans mon bureau, puis on y va. »

Il monta l'escalier quatre à quatre, se disant que cet effort chasserait peut-être le dégoût qu'il avait en lui. Sur son bureau, il reconnut le portable rouge. Comment diable... Quand est-ce que... Il était pourtant certain de l'avoir enfermé dans le tiroir, mais tant de choses lui embrouillaient les idées... Il pria pour que Blithe ne soit pas venue ici dans la journée. Mais non, elle n'entrait presque jamais dans son bureau, qu'elle considérait comme son territoire personnel. Il s'empara du portable : un message de Lara lui demandant de la rappeler.

Gladwyn éteignit l'engin sans l'utiliser, puis l'enferma dans son tiroir habituel. Il avait à peine deux minutes pour se ressaisir avant de rejoindre sa femme et son fils et de partir dîner, plein d'allégresse, dans une pizzeria dénuée de charme.

Chapitre dix

Gladwyn avait remarqué que, depuis qu'il avait loué l'appartement de Jack, l'empressement de Lara à y séjourner avait un peu diminué. À plusieurs occasions, elle était restée à la campagne alors qu'elle aurait pu venir le retrouver à Londres. Il n'était pas inquiet, simplement intrigué. Leur attirance mutuelle, de toute évidence, n'avait pas diminué, mais il arrivait que Lara préfère rester dans la maison qu'elle habitait et qu'elle aimait plutôt que de se rendre dans une ville où elle n'avait pas ses marques.

Ce que Lara avait caché à Gladwyn, c'était que Laurie ne passait plus très souvent, en effet, mais qu'il se comportait chaque fois de façon de plus en plus étrange. Ce n'était pas tant ses propos qui l'effrayaient que son attitude. Un jour, il était revenu avec une boîte de six œufs. Il l'avait posée sur la table de la cuisine, l'avait ouverte et avait fait remarquer que c'était là de bien beaux œufs bruns. Puis il avait caressé chaque œuf avec un doigt, comme s'il dessinait sur sa coquille un motif délicat. Lara l'avait remercié, sans engager la conversation comme elle l'aurait fait auparavant. Elle espérait qu'il reparte au plus vite, mais il aurait été discourtois de lui montrer la porte alors qu'il n'avait rien fait de mal.

Laurie ne s'était pas éternisé. Il avait refermé la boîte d'œufs d'un coup sec et s'était levé de sa chaise, si brutalement qu'il l'avait renversée. Le vacarme qu'elle avait fait sur le sol en pierre avait semblé l'amuser. Il l'avait redressée, puis repoussée sous la table.

Il avait déclaré, lentement : « Je me régalerai à penser à toi, miss Lara, en dégustant mes beaux œufs bruns... » Puis il était sorti.

Après son départ, Lara avait essayé de comprendre en quoi cette visite s'était révélée angoissante. Elle n'aurait su définir son malaise, mais son cœur battait anormalement vite. Lorsqu'il avait reparu, de bonne heure un matin – elle venait tout juste de commencer son petit déjeuner –, elle avait senti la colère monter en elle comme le mercure sous les tropiques. Elle n'avait pas envie de le voir : elle voulait se mettre au travail, sans être dérangée.

« Qu'est-ce qu'il y a encore, Laurie ?

— Inutile d'être comme ça, miss Lara, fit-il d'un ton aimable. C'est juste que je m'en vais au marché fermier et je me demandais si tu voulais que je te rapporte quelque chose.

— Non merci. Je n'ai besoin de rien.

— Tu sais que tu peux toujours compter sur moi…

— Je sais, je sais. Maintenant il faut que je m'y mette.

— Très bien. »

Laurie lui avait décoché un de ces regards qu'elle avait tenté de décrire à Gladwyn. Elle aurait préféré ne pas être en robe de chambre. Mais il n'avait pas tardé à filer. Si elle avait été contrariée de le voir débarquer si tôt, elle ne pouvait pas réellement l'accuser d'avoir eu une conduite déplacée. Elle ne parla pas à Gladwyn de ces deux visites de Laurie : il n'y avait rien à raconter, au fond. Ensuite elle ne l'avait pas revu pendant presque quinze jours. Elle était allée à Londres plusieurs fois et, à son retour, elle s'était surprise à chercher des indices. L'idée l'avait traversée qu'il la surveillait peut-être, qu'il essayait de découvrir ce qu'elle fabriquait. Une fois, elle avait repéré une grande empreinte de pied dans la terre non loin de la porte d'entrée. Elle avait imaginé que c'était Laurie, tâchant d'ouvrir la porte. Elle s'était aussitôt obligée à chasser cette pensée : il pouvait très bien s'agir de l'empreinte du facteur.

Sa visite suivante, par contre, la perturba. C'était en début de soirée : il y avait eu du vent toute la journée. Lara avait mal travaillé, et décidé de renoncer à améliorer une grande jatte sur laquelle elle s'escrimait depuis un moment : elle savait qu'elle n'était pas réussie. Elle l'avait jetée, et aurait aimé que Gladwyn apparaisse soudain à la porte. Il avait promis de venir la voir avant de passer chez sa mère le lendemain. Elle aurait voulu déjà y être.

Il faisait froid pour la saison. Elle alluma le feu dans le salon et s'assit au coin de la cheminée. Elle comptait lire un moment la correspondance de Jane Austen, puis faire des rangements dans le cottage. Gladwyn aimait que les choses soient bien en ordre, même s'il prétendait comprendre qu'on se laisse un peu aller lorsqu'on vivait seul. La vie en solitaire, elle s'en rendait compte, nécessitait un certain talent. Il fallait toujours prévoir ses petits plaisirs à l'avance, ne serait-ce qu'une chose aussi dérisoire que l'achat d'un livre, et il ne fallait jamais rester sans projets plusieurs jours d'affilée. Pour Lara, être seule signifiait pouvoir observer les choses en toute tranquillité. Dans une vie animée remplie de gens et d'activités, la contemplation était moins facile. Elle s'expliquait mal pourquoi tant de gens redoutaient l'idée de la solitude.

Savourant ces pensées inoffensives, Lara décida de se servir un verre de rosé qu'elle ferait durer toute la soirée. Elle alla dans la cuisine. Laurie était assis à la table. Elle ne l'avait pas entendu entrer. De jeunes roses étaient fichées à la diable dans un vase et, d'un doigt, il en caressait les pétales, exactement comme il avait caressé les œufs.

« Laurie ! s'écria Lara, furieuse et alarmée. Je ne t'ai pas ent…

— Non. C'est que… le vent fait du bruit. »

Lara se sentait étranglée par un mélange de colère et d'impuissance. Elle prit place à l'autre extrémité de la table. Laurie lui jeta un coup d'œil.

Un regard indifférent. Le blanc de ses yeux était d'un jaune vaguement moutarde. Lara fut saisie d'un haut-le-cœur. Elle déglutit avec difficulté.

« Quel sale temps, disait Laurie d'un ton paisible. Je me demande parfois comment tu fais, toute seule comme ça. Je me suis arrêté prendre une pinte ou deux au Jack and Axe...

— C'est à huit kilomètres.

— J'aime pédaler contre le vent. »

Lara rassembla ses forces, ne sachant trop comment formuler la chose.

« Écoute, Laurie. Je ne veux pas être grossière ou désagréable, mais il n'est pas question que tu débarques comme ça sans prévenir.

— Ton snobinard de copain, lui, ça te gêne pas qu'il entre comme ça, hein ? Il me semble que pour une nana qui veut pas être dérangée, tu as droit à ses visites drôlement souvent. »

Sa voix était devenue sarcastique.

« Je ne vois pas ce que tu veux dire. »

Lara pestait de ne pas avoir l'esprit de repartie.

« Je crois que tu le sais très bien. Je l'ai croisé une fois sur la petite route.

— Tu me l'as déjà dit.

— Un vrai gentleman. Belle voiture.

— Laurie. J'ai comme l'impression que tu m'espionnes. »

Elle essaya de prendre un ton plus léger, s'esclaffa gaiement. Laurie s'esclaffa aussi, d'un rire plus sombre.

« Moi, t'espionner ? Pourquoi je t'espionnerais ? Tu plaisantes, sans doute.

— Mais non, je ne plaisante pas. Je te dis ça très sérieusement : si tu ne cesses pas de venir ici, je serai obligée de déposer une main courante à la police. Demander une protection. »

Laurie pouffa à nouveau.

« Bonne chance à toi, miss Lara. Tu crois que la maréchaussée a le temps de surveiller une timbrée de blonde qui vit toute seule sous prétexte qu'un voisin, qu'elle connaît depuis des années, passe parfois bavarder gentiment avec elle ? Tu as une drôle de notion des priorités de la police, on dirait. »

Laurie se pencha en avant. Les deux bras sur la table, il joignit ses mains en un affreux simulacre de prière. Il s'éclaircit la gorge, imprima à sa bouche un sourire qui ressemblait davantage à une grimace, et regarda Lara dans les yeux.

« Écoute bien, miss Lara, commença-t-il doucement. Tout ce que je veux pour toi, c'est que tu aies une vie tranquille et heureuse. J'aime me dire que je t'ai rendu des services. Tu as fait appel à moi je ne sais combien de fois pour te dépanner, faire des petits travaux, vérifier tes pneus, couper ton bois… On a bu je ne sais combien de tasses de thé ensemble, pas vrai ? Tu as toujours été reconnaissante pour les œufs, les pommes et tout le reste. T'as jamais eu de reproches à me faire. On s'est jamais disputés. Certains diraient qu'on s'entend bien. »

Il marqua une pause, serra les doigts si fort qu'ils devinrent d'un bleu terne.

« Mais c'était avant que ce type s'immisce dans

ta vie. Je sais pas ce qu'il est pour toi, ou ce que tu es pour lui, mais vous avez l'air de beaucoup vous voir. Et ça me plaît pas, miss Lara. Ça me plaît pas du tout. »

Lara respira profondément dans l'espoir de juguler sa colère.

« Qui je vois et ce que je fais, ça ne te regarde pas.

— Bien sûr que si. C'est justement là que tu te trompes. »

Il abattit son poing sur la table.

« Tu vois donc pas ? Je croyais que tu avais de l'instruction. Je croyais que tu connaissais un peu les hommes et les femmes. »

Sachant qu'elle ne trouverait pas les mots qu'il fallait, Lara choisit de rester silencieuse.

« C'est bien ma veine, reprit Laurie, parce que, c'est clair, tu comprends rien. Tu vois même pas qu'un homme dans la force de l'âge, qui habite à côté d'une beauté comme toi, qui connaît chaque centimètre carré de ta maison, de ton jardin, éprouve forcément des sentiments très forts. Malheureusement, je me suis rendu compte tout récemment à quel point mes sentiments étaient forts. »

Il desserra les poings et appliqua une main contre son cœur.

« Trop tard, il semblerait. Ce type de Londres, ou de je ne sais où, tu l'avais déjà dans la peau. Je l'ai bien vu. Y avait pas trente-six solutions : je pouvais soit me battre, soit renoncer. Et, crois-moi, je suis pas du genre à renoncer. C'est pour tenter ma chance que je suis venu aujourd'hui, pour voir si je pouvais espérer quelque chose. »

Il s'exprimait de manière si pompeuse que Lara ne put s'empêcher de sourire. Il prit ce sourire pour un encouragement et avala bruyamment sa salive.

« Moi, je joue cartes sur table. Je veux m'occuper de toi... pour la vie. T'aider, te protéger, veiller à ta sécurité. Le fait est, miss Lara, que j'ai jamais ressenti ça avant, pour personne. »

Sa pomme d'Adam tressautait.

« Tu comprends ce que je veux dire ? Que... voyons voir... qu'on est habitués l'un à l'autre. On pourrait tout bêtement continuer. Je pourrais m'installer ici, ou non, comme tu préfères. Du moment que je serais ton homme, je serais heureux. Et toi tu serais heureuse parce que tu serais dorlotée comme une princesse. Alors je te demande de bien réfléchir à tout ça. Réfléchis à ton chicos de mec. Est-ce qu'il a fait ses preuves ? Est-ce que tu le connais assez ? Est-ce que c'est bien l'homme qu'il te faut ? »

Ses yeux étaient tout brillants.

« Est-ce qu'il pourrait s'occuper de toi aussi bien que moi ? J'ai des doutes. Quoi qu'il en soit... »

À ce moment précis, Lara s'esquiva précipitamment, la main sur la bouche, pour aller vomir dans les toilettes du rez-de-chaussée. Des spasmes violents, qui lui mirent les larmes aux yeux. Elle prit son temps pour retourner dans la cuisine. Laurie n'avait pas bougé ; il avait à nouveau les mains jointes.

« Alors ? fit-il.

— Sors d'ici, dit-elle, d'un ton calme. Va-t'en

tout de suite, et ne reviens pas. Je ne veux jamais te revoir. Tu me fais peur, Laurie, à m'espionner comme ça... »

Elle tremblait. Laurie se leva enfin. Il gagna la porte et s'immobilisa : il s'appuya un instant au chambranle comme s'il avait besoin de soutien. Il haussa les épaules, eut un pâle sourire.

« Si je comprends bien, tu as fait ton choix. Même si je te fais de l'effet, c'est sûr... regarde-toi, tu trembles comme un agneau qui va à l'abattoir. Mais ne crois pas que je vais abandonner, miss Lara. C'est pas souvent qu'un homme a des sentiments aussi profonds. Tu t'en souviendras quand tu te pavaneras avec ton connard de bourge. »

Il leva les deux mains comme pour repousser une attaque. Ses joues creuses étaient piquées de taches rouges.

« J'y vais, t'en fais pas. J'y vais. »

Il partit. Lara contempla son dos voûté tandis qu'il remontait le sentier. Elle avait besoin de quelque chose de plus fort que le rosé et se servit un verre de brandy d'une main mal assurée, puis retourna à son fauteuil au coin du feu. Il fallait remettre des bûches. Sans doute les dernières que Laurie lui débiterait jamais, songea-t-elle en les jetant dans les flammes.

Elle avait froid, et la chaleur serait longue à revenir. Elle avait encore un goût de vomi dans la bouche, mais au moins elle n'avait plus la nausée. Assise dans le fauteuil, elle ferma les yeux et repensa au regard terrifiant que lui avait lancé Laurie en quittant la cuisine. Tellement bizarre, cet emportement soudain. Elle s'était toujours représenté Laurie comme un homme doux. Agaçant, mais gentil. Elle ne l'aurait jamais soupçonné de nourrir des sentiments profonds et inquiétants à son endroit. Sa pseudo-déclaration d'amour, des mois plus tôt, l'avait à peine touchée. Et aujourd'hui c'était pitoyable. Ridicule. Elle espérait qu'il avait enfin compris. Mais son souci principal était que Gladwyn n'apprenne jamais ce qui s'était passé aujourd'hui. Il voudrait à coup sûr appeler la police, insisterait pour qu'elle soit protégée, irait peut-être même jusqu'à affronter Laurie. Rien de tout cela ne devait jamais arriver. Il n'y avait pas la moindre ambiguïté là-dessus.

Le lendemain, Gladwyn trouva Lara la mine pâlichonne, les traits fatigués.

« Mauvaise nuit ? » demanda-t-il.

Lara acquiesça de la tête. Gladwyn la tenait dans ses bras. À la chaleur de son corps, elle sentit son moral revenir.

« Pas brillante, répondit-elle. Tu me manquais.

— Toi aussi tu me manquais. »

Gladwyn regarda sa montre dans le dos de Lara.

« Mais je ne peux malheureusement pas rester longtemps. Ma mère m'attend, j'ai promis de la conduire chez des amis… près de Reading. »

Il perçut le soupir de Lara.

« Et si on allait faire une balade ? La campagne est détrempée, mais le grand air nous fera du bien. »

Lara hocha la tête, peu enthousiaste.

« Tu préfères faire autre chose ? »

Lara se dégagea de son étreinte.

« J'aimerais faire le point, dit-elle.

— Le point sur quoi ? »

Un frisson d'inquiétude familière parcourut Gladwyn.

« Enfin, tu sais bien. Nous. Je trouve que nous devrions mettre de l'ordre dans nos vies, savoir où nous allons. Jusqu'ici on s'est… laissé porter, c'est tout.

— Je suis désolé. »

Malgré lui, Gladwyn se renfrogna.

« Non, non… Tu n'as pas à être désolé. C'est juste que je ne sais pas trop où j'en suis. Nous nous voyons souvent mais nous ne vivons pas ensemble et tu sembles avoir beaucoup de priorités…

— Mon travail, protesta Gladwyn.

— Oui, ton travail. Mais au fond je ne sais pas grand-chose de toi. Tout ce que je sais, c'est que je t'aime.

— C'est le plus important, non ?

— Bien sûr. Mais quand on aime quelqu'un, on veut être avec ce quelqu'un le plus souvent possible. Avoir une vie bien ordonnée. Savoir où on en est. En fait… »

Elle haussa les épaules.

« La plupart du temps je ne sais pas où tu es, ni ce que tu fais. Nous avons notre appartement, c'est vrai. Mais on ne sort pas beaucoup, on ne voit pas tes amis…

— On a déjeuné avec Rory !

— Oui. En effet. Mais c'est le seul. Tu en as forcément d'autres. Pourquoi je ne les connais pas ? »

Gladwyn haussa les épaules. Cette harangue le fatiguait.

« Chaque chose en son temps... Le malheur de la vie moderne, c'est qu'on est tellement occupé qu'on voit à peine ses amis. »

Lara fit la moue.

« C'est absurde, dit-elle.

— Possible, mais c'est un fait. Viens là. »

Il l'attira à lui, l'embrassa.

« Tu ne veux vraiment pas aller faire un tour ?

— Je ne veux vraiment pas aller faire un tour, non. Je veux... »

Elle se dirigea vers l'escalier.

« Très bien, dit Gladwyn. Mais je n'ai pas beaucoup de temps. »

Gravissant les marches derrière elle, il regarda sa montre une fois encore.

« C'est le genre de chose qu'il va falloir mettre au clair, déclara-t-elle dans la chambre. C'est le genre de chose qui est difficile... le fait que tu doives toujours t'en aller. »

Elle se tourna vers lui en ôtant vivement son chemisier. Un instant, ses seins furent tachetés par la lumière grise venant de la petite fenêtre.

« On arrangera ça, dit Gladwyn. Je te le promets. »

Il avait l'occasion d'aller marcher et il était décidé à en profiter : il avait terriblement besoin de respirer, de voir le ciel, de sentir le battement rythmique de ses pieds sur le sol mouillé. Lors des moments de crise dans sa vie, il avait toujours constaté que le meilleur moyen de les gérer était de prendre l'air. Espérer qu'une solution tombe du ciel. Cela arrivait de temps en temps. Il entama sa promenade, empruntant un sentier qu'il connaissait bien.

En voulant « faire le point », Lara l'avait déconcerté. Jusqu'à présent, si elle lâchait des allusions à son désir d'une existence plus stable, elle semblait s'accommoder de la situation. Modifier ce schéma serait difficile pour lui, pour ne pas dire impossible. Il n'avait d'autre choix que de persuader Lara de continuer comme maintenant. Gladwyn devait se montrer ferme, et espérer que Lara accepterait les restrictions qu'imposait son mode de vie, même si, bien sûr, il ne pouvait pas lui en révéler la nature exacte. Il essaierait peut-être de la voir davantage. Il l'emmènerait dans certains de ses déplacements à l'étranger, la présenterait à des relations professionnelles qui ne savaient pas qu'il était marié. Il était incontestable que cette tromperie permanente, et cette peur de laisser des indices qui risquaient de démolir sa belle stratégie, commençait à faire des ravages. Il dormait mal. Tandis qu'il atteignait le sommet de la colline la plus haute, il s'aperçut qu'il était à bout de souffle.

Contemplant les ondulations des Downs, ce paysage qu'il aimait depuis toujours, il regretta, comme chaque fois, de ne pas habiter là. Blithe n'accepterait jamais de s'y installer. Lara, au contraire... Mais c'était une solution inenvisageable. « Oh, mon Dieu », fit-il tout haut, regardant une dernière fois ces collines : des seins pointés vers un ciel pâle que ne pommelait aucun nuage. Dans quelques semaines, le début de l'été parerait le paysage de ses verts éclatants : pour l'heure, les arbres étaient encore noirs, et les grands champs à flanc de coteau n'offraient que d'infimes indices de la renaissance prochaine. Gladwyn avait toujours trouvé miraculeux qu'un paysage aimé puisse si bien apaiser une âme tourmentée.

Soulagé de constater qu'il avait retrouvé son calme, il retourna à sa voiture. Il était en retard pour passer prendre sa mère, et allait se faire remonter les bretelles. Ce n'était pas grave. Cette ascension solitaire lui avait été indispensable.

« Tu devais venir à trois heures », lui dit-elle.

Elle attendait à la porte avec sa valise.

« Qu'est-ce que tu as fabriqué ?

— Excuse-moi. J'avais besoin de marcher. »

C'était agréable de ne pas avoir à mentir, au moins pour ce détail-là.

« Tu aurais pu me téléphoner.

— J'ai oublié mon portable. »

Il tapota sa poche. Une alarme intérieure retentit dans sa tête. Il avait cru emporter le rouge de manière à pouvoir appeler Lara... Dans la voiture, Eleanor critiqua l'état de ses chaussures.

« Regarde-moi cette boue, Gladwyn.

— J'ai oublié mes bottes.

— Ça fait beaucoup d'oublis, tu ne trouves pas ?

Ça ne te ressemble pas. Tu travailles trop. Tu as mauvaise mine.

— Ne dis pas de bêtises. »

Un silence tendu régna entre eux pendant le trajet. S'il y avait une chose qui mettait Eleanor en rage, c'était le manque de ponctualité. Son fils aurait dû le savoir. Lorsqu'il la décevait, comme aujourd'hui, sa contrariété mettait un certain temps à se dissiper. À peine arrivé, Gladwyn insista pour qu'elle monte voir Tom dans sa chambre. Le gamin saurait la remettre de bonne humeur.

Ce fut au tour de Blithe de reprocher à Gladwyn ses chaussures pleines de boue.

« Franchement, Glad. J'ai lavé par terre ce matin. Pourquoi diable es-tu allé marcher sans tes bottes ? Regarde ce que tu as fait ! Ressors donc m'enlever ces chaussures. Et tout de suite. »

Il ressortit sur la pointe des pieds, s'arrêtant sur le pas de la porte. Ses mains tremblaient et retirer ses chaussures crottées ne fut pas évident. Il ne pensait qu'à partir à la recherche de son portable rouge : il n'arrivait pas à se rappeler où il l'avait fourré. À la pensée de l'avoir laissé traîner, il sentit ses joues s'enflammer et son ventre se nouer.

De retour dans la cuisine, il se mit à déambuler en chaussettes.

« Qu'est-ce qui t'arrive ? » demanda Blithe, visiblement agacée.

Elle rejoignit le buffet où elle récupéra le portable rouge derrière une assiette.

« C'est ça que tu cherches ? »

Elle le lui tendit.

« Quelle extravagance, décidément ! Tu as acheté un nouveau portable alors que tu ne savais déjà pas te servir du premier ?

— N'importe quoi ! » répliqua Gladwyn d'un ton sec.

Il glissa le portable rouge – avec une seconde d'hésitation – dans sa poche droite. À son grand étonnement, malgré son émoi, il eut une inspiration subite. Il sourit : il allait tourner ça à la plaisanterie.

« Crois-le ou non, j'ai décidé de collectionner les portables. Le rouge pour le boulot, le bleu pour la famille, les amis et la maison. J'envisage aussi d'en prendre un juste pour la voiture… et un autre, peut-être, pour la chambre. »

Il se tut, car son élan d'inspiration, auquel manquait l'humour recherché, commençait à sonner faux.

« Franchement… » soupira Blithe avec indifférence.

Il était évident qu'elle n'avait pas allumé le portable de son mari. Une fois de plus, Gladwyn fut submergé par le soulagement. Il se jura de ne plus jamais se montrer aussi négligent.

Eleanor était venue passer la nuit chez eux. Lorsqu'elle redescendit de la chambre de Tom – qui l'avait enchantée par une démonstration spectaculaire sur son ordinateur –, Gladwyn alla lui chercher un verre de vin. Un joyeux dîner s'annonçait qui, espérait-il, lui ferait oublier ses multiples inquiétudes. Il ramènerait sa mère le lendemain après le petit déjeuner et pourrait repasser chez Lara ensuite. Pourtant, sans trop s'expliquer pourquoi, il changea d'avis : il rentrerait directement, et verrait Lara à Londres dans la semaine.

« Tu peux couper le poulet, Glad ? disait Blithe. S'il te plaît, concentre-toi. »

Gladwyn avait devant lui un poulet magnifiquement rôti.

« Super, maman ! s'écria Tom, avant de se tourner vers sa grand-mère. Maman est la championne du poulet rôti-pommes de terre ! »

Gladwyn brandit le couteau à découper. Cette douce vie de famille... cette douce vie de famille n'avait décidément rien à voir avec un pauvre gourbi en location, des visites en coup de vent et tous les tracas de l'adultère. Seulement voilà, il aimait Lara. Il l'aimait.

Gladwyn n'avait pas pour habitude de boire beaucoup, mais ce soir-là il ingurgita trois verres du bon vin qu'il avait sorti pour sa mère. Ça l'avait aidé. Il avait beau les connaître par cœur, il avait ri des anecdotes qu'Eleanor avait racontées sur son enfance, et avait passé une excellente soirée. Quand ils étaient tous allés se coucher à minuit, il était non seulement détendu mais il avait sommeil. Il profita de ce que Blithe était dans la salle de bains pour se faufiler dans son bureau et vérifier le portable rouge. Pas de nouveau message. Tant mieux.

Il passa néanmoins une mauvaise nuit, et il était comme une pile électrique au petit déjeuner, exhortant Eleanor à se dépêcher. Il la raccompagna chez elle sous une pluie battante. Il fut tenté de passer chez Lara ensuite, mais renonça finalement à cette visite surprise.

Blithe était partie pour Londres lorsque Gladwyn revint. Il retrouva avec bonheur la cuisine familiale, les miettes sur la table et le ronron du lave-vaisselle. Il se prépara une tasse de café qu'il monta dans son bureau. Là, il s'installa à sa table de travail, pas vraiment pressé d'ouvrir le tiroir et d'en sortir son portable. Il essaya de comprendre la raison de ce manque d'empressement frisant la léthargie. Peut-être était-ce tout simple : il n'avait pas envie d'entendre Lara lui réclamer un rendez-vous ou lui demander une fois de plus de lui présenter ses amis. De telles requêtes n'avaient rien d'excessif, étant donné l'amour qu'il lui portait. Mais il n'avait pas envie de s'en encombrer ce matin.

Il remarqua que la pluie avait cessé. Une lumière vaporeuse entrait par la fenêtre, donnant un aspect nouveau à tous les objets posés sur son bureau. Il se demanda vaguement ce que feraient les humains s'il n'y avait pas de saisons ; si les choses de tous les jours n'étaient pas constamment modifiées par le climat, par les couleurs changeantes de la nature. La vie serait effroyablement monotone, se dit-il, en déverrouillant le tiroir.

Il y avait à présent quatre messages sur le portable rouge, tous de Lara et tous disant *rappelle-moi, s'il te plaît*. Il rappela. Lara répondit sur-le-champ. Elle avait une voix haletante.

« Dieu merci, je te tiens. J'avais besoin de te parler…

— Désolé. Je n'ai pas eu l'occasion…

— Pas l'occasion ? »

Elle émit un petit grognement furieux.

« Eh bien… est-ce que là, tu as un moment ? Pour écouter ?

— Bien sûr, bien sûr.

— Je ne sais pas pourquoi je ne t'ai rien dit hier, mais Laurie était d'une humeur de chien quand il est passé il y a deux jours. Je lui avais demandé de ne jamais revenir, mais apparemment il a oublié. De toute évidence, il a ruminé à ton sujet. Et, de toute évidence, il est fou de jalousie. J'ai le sale pressentiment qu'il pourrait devenir violent. S'attaquer à toi. Peut-être même te tuer… »

Gladwyn avait décelé une certaine fébrilité dans sa voix. Il était touché par son angoisse et, en même temps, il imaginait ce qui aurait pu se passer la veille s'il avait croisé Laurie. N'empêche, il trouvait que Lara était à la limite de l'hystérie.

« Allons, écoute, calme-toi, s'entendit-il dire de très loin. Laurie n'est qu'une ignoble brute, et je suis bien convaincu qu'il me voit comme un ennemi. Mais il n'aura pas l'occasion de s'en prendre à moi, et je vais faire en sorte que tu sois protégée d'une façon ou d'une autre. La prochaine fois que je viendrai j'apporterai un bouclier et un flingue. »

Sa pitoyable plaisanterie tomba à plat.

« Écoute, je ne permettrai pas qu'on te persécute, qu'on te fasse peur. »

Il perçut un sanglot. Le silence mit un moment à revenir.

Il réfléchit à toute vitesse.

« Voilà ce que je te propose, dit-il. J'ai une réunion demain matin et un déjeuner. Mais je te rejoindrai après à l'appartement. On aura tout l'après-midi et la soirée pour réfléchir sérieusement au moyen de te débarrasser de l'abominable Laurie.

— Ce serait merveilleux. »

Lara avait un ton plus ferme à présent.

« Il y a autre chose que je n'ai pas réussi à te dire hier. »

Elle se tut. Gladwyn était maintenant pressé de raccrocher.

« Et c'est quoi ?

— Je suis enceinte. »

Chapitre onze

Comme Gladwyn l'avait découvert lors de sa « chute », les bordures de laiton qui ornaient le plateau de son bureau étaient étonnamment acérées. Il promena ses doigts dessus : il leur serait éternellement reconnaissant. Il oscillait entre sensation de ridicule et extrême gravité. Si, quelques secondes plus tôt, il était totalement affolé, il savait maintenant qu'il devait rester assis là, sans bouger, à réfléchir, espérer et prier, aussi bien pour Lara que pour l'enfant à naître. Ensuite il lui faudrait agir. Lara devait être aux cent coups. Il avait promis de la rappeler.

Le mieux à faire était de se fier à son instinct. Mais dans des circonstances aussi difficiles, que lui dictait son instinct ? D'aller retrouver Lara le plus vite possible, de partager sa joie et de réfléchir aux dispositions à prendre. Encore des dispositions à prendre... Il devait lui affirmer qu'il rêvait d'un enfant. Faire de plus gros mensonges, lui qui s'était accoutumé à en faire de médiocres, et surtout ne pas se couper pour que sa duplicité ne soit pas mise au jour.

Mais, après dix minutes sans bouger, les doigts toujours posés sur le laiton béni, un instinct différent se manifesta en lui : il fut saisi d'un vif malaise qui confinait à la colère. Comment Lara avait-elle pu être aussi stupide ? Quand une femme ne voulait pas tomber enceinte, elle prenait un contraceptif. Peut-être qu'elle l'avait voulu, cet enfant. Peut-être que cela faisait partie de son plan. Dans ce cas... Que ressentait-elle en ce moment ? Était-elle excitée, inquiète, paniquée ? Avait-elle la moindre idée des complications que cela allait engendrer dans leurs vies ? (Non. À l'évidence, non. Aux yeux de Lara, Gladwyn était un célibataire libre comme l'air que la paternité allait simplement obliger à dénicher un appartement plus grand.) Pour elle, tout cela était d'une facilité prodigieuse. Des images de l'avenir commencèrent à l'assiéger : il se voyait au parc avec une poussette. Il était déjà passé par là et n'avait aucune envie de recommencer. Les week-ends chez Lara, le coffre bourré d'affaires de bébé le vendredi soir... Et puis quels nouveaux mensonges en béton pourraient donc camoufler pareilles obligations ? Gladwyn n'en avait aucune idée. Sur la bordure en laiton, ses doigts tremblaient à présent. Il aurait aimé être transporté par magie dans une contrée lointaine, et ne jamais avoir à braver toutes ces complications.

Mais il n'était pas un lâche : si effroyable que soit la situation, il savait qu'il devait y faire face.

Il savait aussi qu'il lui fallait devenir encore meilleur acteur pour réussir à dissimuler au monde ce maelström intérieur.

« Papa ? Maman demande qu'est-ce que tu fabriques ? Le dîner est prêt depuis une éternité. »

La voix de Tom lui parvenait du bas de l'escalier. Blithe pouvait légitimement se demander ce qu'il fabriquait. Oui, qu'est-ce qui avait bien pu l'empêcher d'avoir les pieds sous la table à huit heures cinq précises ? Rien... Il avait simplement réfléchi, sans parvenir à la moindre conclusion.

Il se leva, promenant ses doigts pour la dernière fois sur le rebord du bureau. Par la fenêtre, il aperçut sur la pelouse deux pigeons qui se livraient à leur danse des amours : à intervalles réguliers, le mâle s'inclinait très bas devant la femelle. Ah, la simplicité de leurs vies ! Il aurait aimé être un pigeon. Il avait besoin d'un très grand verre de whisky, et vite.

« J'arrive ! » cria-t-il.

Plus le temps de rappeler Lara. Il glissa le portable rouge dans sa poche. Le dîner lui laissait une heure de plus pour réfléchir à ce qu'il lui dirait. « Tom, sers-moi un whisky, tu veux ? » Tom adorait qu'on lui confie des tâches de grande personne. Ce soir, Gladwyn ne demandait qu'à faire plaisir à son « premier enfant ». Mon Dieu ! Son premier enfant... Le prochain serait-il un autre fils ? Il ne détestait pas l'idée d'avoir une fille.

Il rejoignit la cuisine à la hâte. Blithe redressa la tête tandis qu'elle déposait des noix de beurre sur un plat de carottes. Il vit une expression inquiète lui contracter les traits.

« Qu'est-ce qui t'arrive ? demanda-t-elle. Tu as une mine de déterré.

— Ah bon ? »

Gladwyn eut un sourire forcé, et un petit bruit étranglé émana de sa gorge.

« Un peu de fatigue, sans doute. »

Ça, au moins, c'était la vérité.

Il s'assit devant une assiette plus qu'appétissante. Soudain il eut une faim de loup. Quelques bouchées du hachis parmentier de Blithe, songea-t-il, et il pourrait se lancer dans un de ses boniments.

« C'est drôle, non ? commença-t-il. L'âge mûr approche sans qu'on s'en aperçoive, et on n'a pas le temps de dire ouf qu'on est presque un vieillard. C'est là que des choses horribles se mettent à arriver. »

Tom rigola. Il avait l'habitude des élucubrations de son père.

« Tes yeux te trahissent, tes épaules te font mal, tu t'essouffles dès que tu marches un peu vite. Mais le pire, c'est cette fichue fatigue. On ne change rien à ses habitudes, on se lève tôt, on se couche tard, on voyage, on roule sur des kilomètres et des kilomètres... et puis un jour on se surprend à être tellement fatigué qu'on a du mal à ne pas s'allonger par terre pour piquer un somme où qu'on soit. »

Tom pouffa.

« C'est un jour comme ça ? demanda-t-il.

— Il faut croire, répondit Gladwyn avec un sourire ironique. Je me sens tout bonnement vanné, même si le whisky commence à produire son effet. »

Il aurait pu continuer à dégoiser dans cette veine, mais son baratin s'épuisait. En outre, Blithe lui lançait des regards interrogateurs.

« Fantastique, ce hachis, ma chérie », dit-il.

Voilà qu'il l'appelait de nouveau « ma chérie » !

« Et qu'est-ce qui t'a causé cette immense fatigue aujourd'hui ? »

La voix de Blithe lui parvenait de très loin : elle avait une intonation légèrement tendue, mais pas inquiète.

« Oh, je ne sais pas. Des dossiers assommants en retard. Et demain... »

Et oui, il lui fallait une histoire pour demain.

« Demain, j'ai cette grosse réunion à Exeter ! »

C'était vrai. Une réunion était prévue à Exeter après le déjeuner. Il allait devoir la décaler.

« Et un dîner que je ne peux vraiment pas annuler. »

Blithe le scrutait. Il s'attendait à ce qu'elle lui demande des explications. Mais elle dit simplement :

« Pauvre vieux.

— Je ne rentrerai pas. Pas le courage de faire la route si tard.

— Mais tu as une vie, papa, fit soudain remarquer Tom avec pertinence. À quoi ça rime, si t'es tout le temps fatigué, et que t'en profites pas un peu ? »

Gladwyn soupira. Tom posait souvent des questions judicieuses.

« Ça rime à nous assurer un confort de vie. Et puis j'aime certains aspects de mon travail. Je ne pourrais pas vivre en banlieue sans un travail qui me permette d'en sortir. »

Il regretta aussitôt sa raillerie. Blithe pinça les lèvres.

« Ça me paraît dingue, dit Tom. Être fatigué, ça doit être la barbe !

— Tu as raison, acquiesça Gladwyn en souriant à son fils. Heureusement, ce n'est pas tout le temps non plus. Je m'accorde encore quelques plaisirs en ville. »

Blithe, qui tournait le dos à la table et avait la tête à moitié dans le four pour attraper le gâteau, n'entendit pas. Il arrivait que même les traîtres avaient la chance de leur côté, songea Gladwyn.

Après le dîner, il annonça qu'il sortait se promener. Qu'il avait besoin d'air pour s'éclaircir les idées.

« Comment ça, "besoin d'air pour t'éclaircir les idées" ? s'écria Blithe en imitant la voix de son mari. Enfin, voyons, tu ne sors jamais te promener après le dîner…

— Tu veux que je vienne avec toi, papa ? »

Gladwyn hésita. Il aurait bien aimé que Tom l'accompagne, mais alors il n'aurait pas pu appeler Lara.

« C'est l'heure du bain, lança Blithe, décidément revêche ce soir.

— Désolé, mon vieux. Une autre fois. »

Gladwyn se dépêcha de filer.

Il attendit d'avoir atteint le parc pour sortir le portable rouge de sa poche. Il s'assit sur un banc sous un sycomore. À quelques mètres de là un autre pigeon paradait. Gladwyn trouvait ses roucoulements enjôleurs assez charmants, même si une expérience désagréable survenue dans son enfance l'empêchait d'aimer ces volatiles. Un cri retentit dans l'écouteur :

« Gladwyn !

— Lara !

— Pourquoi tu as mis si longtemps à rappeler ? Je devenais folle.

— Je suis désolé.

— C'est pourtant la nouvelle la plus merveilleuse du monde, non ? »

Il y eut un silence. Un silence palpable, selon Gladwyn. Il transformait souvent des choses abstraites en objets concrets. Le silence devint ainsi une petite balle compacte. Si elle avait été réelle, il l'aurait lancée dans les buissons.

« Si, répondit-il, après une pause bien trop longue.

— Oh, Glad. (C'était le surnom que lui donnait Blithe. Cette similitude ne lui plaisait pas trop.) Je suis tellement excitée que je suis incapable de penser ou de trouver mes mots... Pas toi ?

— Si. Pareil. »

Gladwyn réagit plus vite cette fois-ci, donnant même un ton de gravité à sa brève approbation.

« C'est sensationnel. »

Et ça l'était, d'une certaine façon.

« Il y a tant de décisions à prendre.

— En effet. Appelle-moi quand tu arrives. On aura l'après-midi ensemble et je t'emmènerai dîner quelque part au bord de la Tamise. Pour fêter ça, ajouta-t-il après coup.

— OK. Super. »

Elle se tut.

« Glad. Où est-ce que tu es ? »

Il s'était préparé à la question.

« En fait, je suis dans un parc, assis sur un banc sous un arbre à regarder les pigeons. J'ai passé la journée enfermé, et j'avais besoin de prendre l'air. »

C'était fou comme la vérité venait facilement, en toute légèreté.

« Tu es vraiment bizarre, parfois.

— Il paraît. »

Ils s'esclaffèrent tous les deux.

« Mais je suis sûre que tu feras un père fabuleux.

— Je l'espère. »

Gladwyn, après un coup d'œil à sa montre, se leva. Il était temps de rentrer, d'embrasser Tom avant qu'il s'endorme, de se coucher à côté de Blithe. Il devait essayer de délivrer son esprit de tous ces soucis. Essayer de dormir.

Le lendemain après-midi, Gladwyn et Lara se retrouvèrent à l'appartement. Gladwyn avait apporté de chez lui une bouteille de son presque meilleur champagne. Comme Jack ne donnait pas vraiment dans les coupes à champagne, ils le burent dans des verres droits. Gladwyn était assis dans le fauteuil inconfortable en skaï qui couinait chaque fois qu'il bougeait. Lara était pelotonnée dans l'autre, affaissé et recouvert d'un chintz abominable. Dans son excitation elle n'arrêtait pas de gigoter, rentrant la tête dans les épaules puis se redressant, plaçant sa main autour de sa gorge. Elle toucha son ventre impeccablement plat.

« Tu te rends compte... Bientôt. »

Gladwyn hocha la tête, eut un léger sourire. Lara se laissa aller contre le dossier du fauteuil, fermant les yeux dans une attitude de félicité suprême. Puis elle les rouvrit et regarda Gladwyn bien en face.

« Et maintenant, dit-elle, nous pouvons nous marier. Je peux être ta femme. »

Gladwyn savait que ça lui pendait au nez. Durant le trajet jusqu'à Londres il avait tenté, en vain, de concocter une réponse. Avec sa femme et son fils d'un côté, et sa maîtresse et son bébé de l'autre, il craignait fort que toutes ses manœuvres et tous ses mensonges ne tiennent plus la distance. Il allait devoir prendre une décision majeure. Mais ce n'était pas le moment. Il n'avait pas le cœur de décevoir Lara dans son état de bonheur absolu. Sans lui répondre par un oui catégorique, il ne détruirait pas ses espoirs pour le moment.

« Rends-toi compte, répéta-t-elle. Mariés ! Si j'avais cru ! En même temps, j'ai toujours pensé que c'était mieux pour un enfant.

— Tu as raison. »

Il abonda dans son sens, et suggéra de migrer vers la chambre. À moins qu'elle n'ait plus envie ?

« Au contraire. »

Elle souriait, secouait la tête et riait. Trois manifestations de joie merveilleusement entrelacées.

« Je suis content que tu croies au mariage, déclara Gladwyn, qui regretta aussitôt sa sottise.

— Alors on pourrait se marier très vite, non ?

— Oui, enfin, il y a plein de choses à régler.

— Quelles choses ? »

Gladwyn ne sut trop que répondre, mais il se souvint du conseil que Rory lui avait donné un jour. Pour empêcher une femme de vous poser des questions embarrassantes, il suffit de l'embrasser. Gladwyn se pencha vers Lara, prit son visage entre ses mains et l'embrassa plus longuement et plus intensément qu'il n'avait jamais embrassé une femme. Elle dut interpréter ce baiser comme un consentement, car elle continua à se tortiller de plaisir. Un plaisir extrême qui, allié au chaud soleil baignant le vieux tapis de Jack, ne tarda pas à les dépouiller de leurs vêtements… Ils ne se relevèrent que lorsque le soleil fut descendu au-dessous de la fenêtre et qu'il fut l'heure de sortir dîner.

Lara, qui découpait ses pétoncles en tout petits carrés, déclara :

« Je trouve qu'Ephegenia est un nom merveilleux pour une fille. Ou Euphemia, ou peut-être Estella ou Eugenie ou Scarlett ou Delilah. Qu'est-ce que tu en dis ? »

Gladwyn s'efforça de réprimer un soupir. Il n'aurait pas pensé que la question des prénoms se poserait aussi rapidement.

« Tout est envisageable. Mais je crois que tu devrais continuer à réfléchir.

— Toi aussi. Et si c'est un garçon, que penses-tu d'Horatio ou d'Erskine ou...

— On a le temps », répliqua Gladwyn, essayant de cacher son agacement.

Ils buvaient des verres d'un champagne qui valait trois fois le prix de celui qu'il avait apporté de sa cave. (Ça lui apprendrait à être mesquin, songea Gladwyn.) C'était le moins qu'il pouvait faire pour prétendre fêter l'événement. Et puis, il lui fallait bien trouver le moyen d'enrayer la kyrielle de projets de Lara, sans quoi tous ses plans sur la comète allaient le rendre fou. Elle était pompette : un autre verre et elle n'aurait plus les idées claires, tant sur les prénoms que sur mille autres exigences.

« Même pas sept mois à tenir, dit-elle. On peut rester ici encore un moment mais bientôt il nous faudra deux chambres. Mais commençons par le mariage. Où ? Quand ? Quelle date ? »

Gladwyn tapota doucement la nappe du poing.

« Écoute, ça fait beaucoup de choses à encaisser d'un coup. J'ai besoin de temps pour réfléchir à tout ça, m'habituer à l'idée.

— Oh, pour l'amour du ciel ! s'écria Lara, qui, malgré sa bienveillance générale, cédait parfois à des accès d'impatience. Pardon, Glad, mais voilà... tu mets souvent un temps fou à te décider. »

Elle recouvrit sa main libre avec la sienne.

« Même si, je te le concède, quand tu t'es décidé, tes décisions sont en général très sages.

— Merci. »

Gladwyn retira sa main pour saisir son verre. Lara, ces derniers temps, s'était mise à le gronder pour sa lenteur – lenteur dont il n'avait d'ailleurs pas conscience –, alors que Blithe lui avait toujours reproché de prendre les décisions trop vite, sans leur accorder ce qu'elle appelait une mûre réflexion. Les deux femmes seraient sacrément étonnées si elles savaient à quelles mûres réflexions il se livrait à l'heure actuelle.

« Je me demandais si, demain matin, tu voulais faire un tour à la Tate avant de repartir... »

D'habitude, Lara adorait parler des peintres. Mais ce soir il vit une ombre d'agacement balayer ses traits exaltés. Elle voulait continuer à discuter bébés, projets et mariage. Lui n'en avait aucune intention.

« Très bien, dit-elle enfin. C'est bizarre, non, la façon dont deux personnes assises l'une en face de l'autre peuvent avoir des préoccupations complètement différentes ?

— Pas si bizarre que ça. »

Gladwyn se crut alors autorisé à exposer ses théories sur Monet. Il disserta ainsi sur le peintre – assez brillamment, selon lui – jusqu'à ce qu'on leur apporte les desserts, partie du repas que Lara préférait. Lorsqu'ils quittèrent le restaurant, très tard, Gladwyn se rendit compte que, pour lui, la solution la plus facile serait de traverser la rue pour aller se jeter dans la Tamise du haut de l'Albert Bridge.

Lara arriva chez elle le lendemain en début d'après-midi. Elle avait apprécié les Monet à la Tate, malgré la cohue. Gladwyn avait eu raison d'insister pour qu'ils y aillent. Elle n'allait pas le revoir avant plusieurs jours. Il partait en déplacement. Elle ne se rappelait plus où il allait, ni ce qu'il devait faire, mais en vérité ça ne l'intéressait pas beaucoup.

Laurie était posté devant sa porte. Il avait à la main la sempiternelle boîte d'œufs. Il lui sourit dès qu'elle sortit de voiture. Le sourire persista alors que Lara remontait le sentier.

« Oh, Laurie, gémit-elle en se renfrognant.

— Je t'attendais. »

Il avait un ton pitoyable.

Lara savait qu'elle devait se décider sans tarder. Peut-être était-elle trop dure avec Laurie. Son obsession pour elle devenait ridicule et exaspérante, mais il restait serviable, bien que de façon un peu angoissante. Il n'évoqua pas la débâcle de sa dernière visite. Elle allait lui proposer d'entrer boire une tasse de thé en vitesse : elle lui ferait comprendre qu'elle avait mis de côté sa propre colère, mais qu'elle était pressée.

Laurie choisit de s'asseoir en face de Lara à l'autre bout de la table. Il fixait son mug avec insistance, évitant son regard. Il y eut un long silence.

« Alors ? lâcha enfin Lara. Quoi de neuf ?

— Tu as été à Londres, je vois.

— Qu'est-ce que tu veux dire, tu vois ?

— Tu vas en voiture à la gare. Tu prends le train quand tu vas à Londres.

— Comment tu sais ça ? »

Une frayeur familière noua les entrailles de Lara.

« J'ai un vélo, non ? Je vais jusqu'à la gare, je vérifie le parking.

— Franchement, Laurie…

— Y a pas de mal à ça, si ? On vit dans un pays libre.

— C'est quand même un peu dingue. »

Lara essayait de prendre un ton enjoué.

« À quoi ça te sert, de savoir que je suis allée à Londres ?

— Ça me plaît. J'aime avoir les gens à l'œil. »

Il se tut. Sa bouche grimaça et il se mordit la lèvre inférieure.

« Disons que c'est plus facile pour moi.

— Qu'est-ce qui est plus facile ?

— De savoir que toi et lui vous êtes à Londres. Ça me plaît pas quand vous vous envoyez en l'air ici au premier étage. C'est mon territoire. »

Il leva les yeux vers le plafond avant de croiser, enfin, le regard de Lara. Elle inspira plusieurs fois à fond, s'escrimant à garder son calme, s'efforçant de réprimer son aversion grandissante pour son voisin et son horrible manie de l'espionnage.

« J'aimerais que tu t'en ailles, Laurie, s'il te plaît. »

Elle voulait sembler virulente, mais ne parut qu'emphatique.

« Et cette fois ne reviens pas. Je suis sérieuse. »

Laurie posa ses deux avant-bras sur la table. Il prenait ses aises, prêt à s'incruster, bien décidé à aller au bout de ce qu'il avait à lui dire.

« Je te l'ai déjà dit… tu ne devrais pas mettre tes espoirs en cet homme. Il ne te mènera nulle part. Il te décevra. Il ne veillera pas sur toi. Il courra après d'autres femmes. Ça m'étonnerait pas qu'il mène plusieurs histoires de front en ce moment même. »

Il se tut, ramassa un petit couteau sur la table et en caressa la lame.

« Alors que moi, miss Lara, je sacrifierais ma vie pour toi…

— Laurie ! hurla Lara. Va-t'en ! Va-t'en immédiatement ! Je refuse d'entendre toutes ces bêtises. Tu ne sais rien de Gladwyn !

— Qui donc ?

— Gladwyn.

— Alors il s'appelle Gladwyn. »

Laurie éclata d'un gros rire sarcastique.

« Ça alors. C'est le pompon. Je le connais pas, bien sûr, mais je l'ai vu, le lascar. Je l'ai plus que vu, en fait.

— Qu'est-ce que tu veux dire ?

— On pourrait dire qu'on a croisé le fer.

— Je ne te crois pas.

— Tu veux rien croire à propos de ton crâneur de mec. Mais je t'assure, miss Lara chérie : ton Gladwyn est une crapule. Il est pourri jusqu'au trognon. Et s'il te met en cloque, t'as vraiment intérêt à faire gaffe parce qu'il te laissera tomber. Réfléchis bien à ça. Seule avec un môme qui braille dans un cottage à des kilomètres de tout… Formidable ! »

Lara croisa les bras sur la table et baissa la tête. Elle pleurait à présent, sans bruit. Elle aurait pu répondre un millier de choses aux divagations de Laurie, mais elle n'avait pas le courage d'argumenter. Elle entendit le grincement de sa chaise, sentit sa main lui tapoter le crâne.

« Maintenant, va-t'en, lâcha-t-elle dans un sanglot qu'elle ne parvint pas tout à fait à retenir.

— D'accord, d'accord, je m'en vais. »

Pour un illuminé pareil, il quitta la cuisine tranquillement, même s'il claqua la porte derrière lui. Lara, apeurée, ne bougea pas. Ses fantasmes maternels, qui l'avaient tant remplie de joie, s'évaporèrent. Elle avait besoin de Gladwyn, mais le savait en route pour Paris. À moins que ce ne soit Berlin ou Exeter ? Elle n'arrivait pas à se rappeler. Elle savait simplement qu'elle avait besoin de lui et qu'il n'était pas là.

Blithe aussi avait besoin de son mari ce soir-là. Mal Embouché, qu'elle appelait David encore si récemment, avait changé. Son humeur, sa personnalité, son attitude avaient changé. Depuis quelques semaines, le plaisir qu'elle prenait à lui donner des cours s'était érodé, à mesure qu'il devenait difficile, ergoteur, maussade. C'était sans doute un problème dans sa vie privée : une dispute avec ses parents ou sa petite amie, s'il en avait une. Sa passion pour Coleridge s'était brusquement évanouie. Il jugeait désormais ce poète « trop chichiteux, trop pittoresque, trop affecté ». Il ne voulait rien entendre aux protestations de Blithe, qui n'avait pas insisté, dans l'espoir qu'il change à nouveau d'avis. Mais non. Coleridge n'était pas le seul poète à essuyer ses railleries. Wordsworth, qu'il avait prétendu adorer, devint tout à coup « guimauve à gerber ». Blithe avait tout essayé pour le ramener à de meilleurs sentiments, sans le moindre résultat. Au bout du compte, elle se résigna à l'interroger sur la cause de ce revirement aussi radical que décevant.

« Pas envie d'en parler.

— D'accord. »

Blithe se tut, réfléchissant à cent à l'heure. Elle n'avait pas envie de perdre son élève le plus intéressant, mais elle ne pouvait pas continuer à se battre contre son entêtement.

« Peut-être devrions-nous en rester là. Vous devriez trouver un autre professeur.

— Ce serait bien, confirma-t-il.

— Pourquoi ?

— On est devenus trop proches. J'aime pas ça. »

Blithe ne put réprimer un hoquet de surprise. Que diable voulait-il dire ? Proches physiquement ? Ou bien l'accusait-il d'avoir une espèce de... penchant pour lui ?

« Je ne comprends pas, dit-elle enfin.

— Ne soyez pas bête. Vous êtes une femme

intelligente. Trop intelligente pour moi. Vous me faites venir ici pour des cours...

— Je vous ai demandé au départ si vous vouliez venir ici, ou si vous préfériez que je me déplace.

— Vous me faites venir ici dans votre cuisine, vous me préparez du café, vous me proposez des foutus biscuits. Vous vous mettez près de moi pour qu'on regarde la même page, vous me collez tellement que je peux sentir ce parfum que vous portez qui empeste le foutu muguet, et vous me persuadez de comprendre Coleridge et toute cette foutue bande, mais c'est pas mon truc... »

Il interrompit sa diatribe. Il était écarlate. Un filet de sueur coulait sur son front.

« Je crois que vous avez mal interprété mon soutien, protesta Blithe. Vous vous trompez complètement et je suis atterrée que vous puissiez penser une chose pareille.

— Et puis je connais très bien les femmes de votre âge, reprit-il. Qui ne demandent que ça. Qui sont à l'affût de ça. Je le sais parce que ma mère a jamais pu se passer d'un homme dans son lit. Eh bien, je serai pas cet homme, madame Purser. Jamais. Alors il est temps pour moi de dire au revoir, merci pour les cours, et puis surtout n'oubliez pas ça quand rappliquera le prochain élève un peu curieux qui voudra découvrir vos foutus poètes. Non mais enfin, la poésie, à quoi ça peut bien servir, dans la vraie vie ? »

Il ramassa son sac de livres et sortit de la pièce d'un pas lourd et bruyant.

Blithe, hébétée, demeura sans bouger à la table.

Elle sentait encore son odeur. La chaise qu'il avait quittée était restée en biais, trahissant sa fureur. Un stylo-bille bon marché gisait à côté du mug de café qu'il n'avait pas touché.

Blithe soupira. Elle ne savait que penser. Quel dommage ! Peut-être avait-elle triomphé de façon prématurée quand Mal Embouché-David était soudain passé de l'indifférence à l'exaltation. Elle avait été enchantée de cette métamorphose, et Gladwyn avait été content pour elle. Mais alors… quoi ? S'était-elle montrée trop présomptueuse ? Ses accusations absurdes étaient-elles une sorte de vengeance ? Sentait-il que les cours qu'elle lui donnait l'arrachaient à son milieu et le libéraient de cette hostilité qui l'avait éloigné de ses amis ? S'il était impossible d'y répondre, ces questions n'en infligeaient pas moins à Blithe un profond sentiment d'échec. Elle avait raté quelque chose, mais n'aurait su dire quoi exactement. Tout ce qu'elle pouvait espérer, c'était que David finisse par se raviser, et revienne. En se levant pour aller poser son mug vide dans l'évier, elle vit qu'il avait laissé son recueil de Coleridge sur la paillasse. Signe qu'il n'y avait pas d'espoir.

Blithe décida de ne pas raconter à Gladwyn les détails de son après-midi. Elle avait appris au fil des années qu'il n'est pas raisonnable d'attendre qu'un conjoint s'intéresse aux menus événements de la journée de l'autre. Elle n'aurait qu'à afficher une façade normale, impassible, sereine… Au moment où Gladwyn rentra, le choc commençait d'ailleurs à s'estomper. Elle n'eut pas trop de mal, pendant le dîner, à annoncer en passant à Gladwyn que David avait laissé tomber ses cours particuliers.

« Il en avait soupé de la poésie, se borna-t-elle à dire, avec un léger sourire.

— Je suis vraiment désolé », dit Gladwyn en se servant un grand verre de whisky.

Chapitre douze

Quand Laurie fut parti, et qu'elle eut retrouvé un semblant de calme – ses mains ne tremblaient plus, mais ses entrailles étaient encore vrillées –, Lara prit deux décisions importantes. Dorénavant elle fermerait toujours à clé les deux portes du cottage. Elle avait été négligente à cet égard, en dépit de ses intentions récentes. Elle craignait que Laurie ne soit capable de pénétrer chez elle, à l'improviste, n'importe quand. Elle avait compris que ce n'était pas sur elle qu'il avait besoin de décharger sa fureur jalouse, mais sur Gladwyn. Elle imaginait très bien qu'il puisse un jour l'agresser physiquement.

Sa seconde décision consistait à ne plus exprimer, pendant quelque temps, son excitation à propos du bébé. Elle avait constaté que Gladwyn était plus doué qu'elle pour intérioriser sa joie. Les hommes étaient drôles de ce point de vue-là. Ils arrivaient à cloisonner beaucoup mieux que les femmes. Gladwyn était capable de partir travailler tous les jours et de se concentrer entièrement sur ses histoires de cordages : il ne pensait pas du tout à l'enfant qu'elle portait. Lara, de son côté, s'obligeait à s'asseoir à son tour de potier et à honorer ses commandes, sans oublier un instant ce qui se passait à l'intérieur de son corps. Elle avait beau réfléchir intensément aux motifs colorés d'une nouvelle cruche, son esprit était avant tout accaparé par une minuscule frimousse de nouveau-né : la couleur des murs de la chambre, les habits de bébé, le prénom…

Elle comptait garder le silence pendant six semaines. Si c'était Gladwyn qui le brisait, en lui demandant si ses réflexions au sujet du mariage ou d'un plus grand appartement avaient avancé, elle lui exposerait évidemment toutes ses idées, et cesserait aussitôt de réprimer son excitation. Il était sans doute normal que les hommes qui atteignaient la quarantaine sans s'être jamais mariés appréhendent un changement de vie aussi énorme. Mais elle saurait l'apaiser, et lui assurer que tout irait bien mieux que tout ce qu'il avait pu connaître dans sa vie jusque-là. Elle y veillerait.

Au cours des deux jours suivants, Gladwyn lui téléphona plusieurs fois, commençant toujours par la brève question classique sur sa santé, et semblant ne jamais vouloir entendre une autre réponse que « bien ». Puis, paraissant exceptionnellement moins pressé que d'habitude, il annonça qu'il devait aller à Aix pour un congrès la semaine suivante, et est-ce qu'elle aimerait l'accompagner ?

Ils pourraient ensuite passer quelques jours à Saint-Rémy, et se promener à pied dans le pays de Van Gogh. Lara accepta l'invitation avec une joie sans bornes, qui ne sembla pas le contrarier. Elle avait compris sa stratégie : il voulait offrir du bon temps à la future maman avant qu'elle ne devienne trop grosse et ne puisse plus se traîner. Ils pourraient discuter des dispositions à prendre à la fin de l'année. Gladwyn était génial. C'était fou ce qu'elle l'aimait.

Dans le TGV à destination d'Aix-en-Provence, Lara se mit à parler de Van Gogh : ses tableaux avaient eu une profonde influence sur elle quand elle était enfant, et encore aujourd'hui Van Gogh parvenait à l'émouvoir plus que tout autre peintre. Gladwyn paraissait curieux de ce qu'elle lui racontait.

« Tout cela est nouveau pour moi, mais je vois ce que tu veux dire. »

Le sujet avait l'air de l'intéresser et Lara était contente de ne pas avoir à éviter délibérément de parler du bébé. Elle remarqua que Gladwyn avait certaines attentions pour elle. Le marchepied étant un peu haut, il l'aida à descendre du train, et lui prit le bras pour traverser une rue. Tout irait bien, se dit-elle. Elle n'en doutait pas, Gladwyn ferait un bon père, et un bon mari.

Après son séminaire, ils passèrent une nuit à Aix, puis continuèrent vers Saint-Rémy. Leur petit hôtel, à quelques kilomètres de la ville, donnait sur une chaîne de collines boisées dont Lara déclara qu'elle les reconnaissait : elles figuraient sur quantité de tableaux de Van Gogh. Lara en profita pour parler de la couleur chez le peintre, et de son noir si éclatant. Loin de leur cadre habituel, il était bien plus facile d'éviter les sujets qu'elle avait décidé de ne pas aborder. Et même si Gladwyn ne faisait aucune allusion à leur mariage ou à la naissance du bébé, son humeur générale traduisait le bonheur.

En fait, ils reconnurent tous les deux, à la fin de la semaine, que c'étaient les meilleurs moments qu'ils aient jamais passés ensemble. Ils dînèrent chaque soir à la terrasse d'auberges, goûtèrent les délices du marché de Saint-Rémy, se régalèrent des vins de la région et des merveilleuses spécialités locales. Ils admirèrent les couchers de soleil sur les collines de Van Gogh : au grand amusement de Gladwyn, Lara les jugea « bien plus roses que chez nous ». Il riait plus souvent qu'il ne riait en Angleterre, et était globalement d'excellente humeur. Mais l'avant-dernier soir, au restaurant, après avoir longuement étudié la carte, Lara se tourna vers lui et lui demanda s'il s'ennuyait.

« Si je m'ennuie ? »

Il était surpris.

« Comment pourrais-je m'ennuyer ? À Saint-Rémy ? Avec toi ?

— Je me disais que peut-être... Après tout, on n'a jamais de grandes conversations un peu stimulantes. »

Gladwyn essayait de choisir entre les *coquilles** et les *ris de veau**. Il espérait que Lara n'allait pas se lancer dans ce qu'elle appelait une grande conversation. Après un silence prolongé, elle déclara :

« Tu sais, je crois que je ne me suis jamais ennuyée.

— Même enfant ?

— Même enfant. J'étais souvent seule. Mon père était médecin généraliste. Nous habitions dans les Dales et il était toujours par monts et par vaux, en consultation. Ma mère donnait ses cours de piano, quand elle n'était pas occupée à plancher sur une affaire ou une autre au conseil municipal. J'allais à l'école du coin, où j'avais quelques amis. Mais j'aimais bien quand j'étais simplement à la maison, sans personne. Je ne devais pas être très rigolote, comme gamine.

— Et tu n'as jamais trouvé le temps long ?

— Non. C'est seulement à l'adolescence, en entendant mes camarades se plaindre de s'ennuyer à mourir, que j'ai appris par eux que ça existait. Quand je leur suggérais de lire, de se mettre à la peinture, d'aller se promener ou de regarder autour d'eux – de prendre plaisir à observer –, ils rigolaient. Ils se moquaient de moi. Ils me prenaient pour une tache. »

Gladwyn posa sa main sur celle de Lara.

« Ils étaient idiots », dit-il.

Un petit pli songeur ridait le front de Lara.

« S'il y a une chose que je tiens à enseigner à notre enfant, c'est savoir rester seul, et ne pas s'ennuyer. »

Gladwyn hocha la tête, pas vraiment réceptif.

« Tu es d'accord ? insista Lara.

— Bien sûr que oui. »

Il pensa à Blithe, et à son habileté avec leur fils, que la solitude ne dérangeait pas du tout, même si, plus jeune, il se plaignait souvent de s'ennuyer. Les points communs entre Blithe et Lara étaient décidément troublants. Gladwyn prit une gorgée de vin et signifia son approbation au serveur, qui lui permit à son insu de changer de conversation.

« Tu ne m'as jamais parlé de tes parents ?

— Ils sont morts dans un accident il y a quatre ans.

— Je suis désolé.

— Les tiens ?

— Ma mère, comme tu sais, habite pas loin de chez toi. Mon père est mort il y a longtemps. »

Il pria pour que cette réponse sincère, qui lui était venue trop vite, n'incite pas Lara à réclamer une rencontre avec Eleanor. Il n'aurait pas la force. Il pensa à sa femme et à son fils, à ce qu'ils pouvaient être en train de faire, et se mit à examiner la carte des desserts.

Lara, le voyant distrait, présuma qu'il avait des soucis de boulot. Déconnecter totalement s'avérait pour lui mission impossible. Plusieurs fois par jour, il avait des appels, pas très longs. Un soir, son portable sonna alors qu'ils étaient en plein dîner. Gladwyn décrocha avec un froncement de sourcils. Il ne répondait que par oui ou par non.

« Je serai là lundi, à l'heure habituelle. »

Il espérait qu'aux oreilles de Lara cette « heure habituelle » signifiait celle de son retour au bureau... Coupant brusquement son téléphone, il pinça les lèvres, ce qui était chez lui signe de nervosité.

« Qui est assez cruel pour t'appeler le soir quand tu es en vacances ? demanda Lara.

— Le boulot, bien sûr. »

Gladwyn paraissait contrarié.

« Pas moyen de m'en libérer. Je ne vois qu'une solution : prendre une retraite anticipée.

— Tu pourrais être plus souvent à la maison ! »

Elle regretta aussitôt cet aveu, mais Gladwyn ne parut pas s'en offusquer. Il était si changeant qu'elle avait parfois du mal à le suivre.

« Mais oui », dit-il, finissant d'un trait son verre de vin.

Quand ils rentrèrent en Angleterre, Lara retourna directement chez elle. Elle se sentait heureuse, le cœur léger, confiante, et contente d'avoir réussi à ne pas trop faire allusion au bébé ou à de quelconques projets. Gladwyn, c'était évident, était en train de s'habituer à l'idée. Il ne tarderait pas à prendre l'initiative, et alors viendrait le temps des décisions.

Lara avait laissé sa voiture à la gare. Elle la récupéra et, une fois chez elle, elle sortit sa valise du coffre et remonta lentement le sentier. À mi-chemin, elle vit qu'il y avait un message griffonné sur la peinture blanche de la porte d'entrée. On l'aurait dit écrit au rouge à lèvres. « Bienvenue », put-elle lire.

Elle eut envie de vomir. Sa félicité, devenue la norme cette dernière semaine, s'évanouit d'un coup pour être remplacée par un sentiment d'angoisse accrue. Laurie n'y allait plus par quatre chemins.

À l'intérieur, elle remarqua des changements presque imperceptibles. Les assiettes qu'elle avait posées sur l'égouttoir avaient réintégré le vaisselier. Les chaises autour de la table étaient impeccablement rangées. Il y avait une petite cruche de crocus sur l'appui de fenêtre, à moitié cachée, comme pour lui faire une surprise lorsqu'elle tirerait les rideaux. La maison dégageait une atmosphère différente pour la simple raison que, du point de vue de Lara, elle avait été vandalisée. Elle avait toujours trouvé que les lieux familiers pouvaient devenir méconnaissables et un peu effrayants lorsqu'un événement quelconque venait en modifier l'apparence coutumière. L'inscription sur la porte d'entrée avait ébranlé la solidité des murs et fait trembler les étagères en bois. Ils finiraient par retrouver leur stabilité ordinaire, mais cela prendrait du temps. Armée d'un chiffon humide, elle alla effacer le message sur la porte. Puis elle rentra dans la maison, s'y enfermant à double tour sans ouvrir les fenêtres. Le bonheur du séjour en France s'était évaporé. Elle était à cran, remplie d'épouvante. Elle mourait d'envie de téléphoner à Gladwyn et, bien sûr, elle ne pouvait pas. Il ne fallait pas qu'il s'inquiète. Elle allait penser à lui en lui confectionnant un mug bien personnel, avant de s'atteler à toutes les commandes qu'elle avait en attente. Elle peindrait dessus les collines de Van Gogh, en guise de souvenir. Dernièrement, elle avait négligé son travail. À présent, sûre de Gladwyn et de leur avenir, elle était bien résolue à s'y remettre.

Blithe et Tom parurent contents de voir rentrer Gladwyn ce soir-là. Excessivement contents, se dit-il. Se pouvait-il que Blithe possède un genre de sixième sens ? Tous deux observèrent qu'il avait pris des couleurs, et avait meilleure mine qu'avant son départ.

« Comment as-tu bronzé comme ça en étant enfermé toute la journée en réunion ? » s'étonna Blithe.

Gladwyn eut un petit rire.

« Oh, je n'étais pas enfermé toute la journée, expliqua-t-il. On n'allait pas se priver d'une virée à Saint-Rémy, de lézarder au soleil, traîner au marché... Je vous ai rapporté quelques bricoles. »

Il leur tendit un sac en plastique rempli de diverses spécialités qu'il avait achetées et glissées dans sa valise en catimini.

« Génial, fit Blithe, ravie. Quelle chance tu as... j'adore Saint-Rémy. J'y suis allée du temps où j'étais étudiante, j'avais une passion pour Van Gogh à l'époque. »

Elle ne lui en avait jamais parlé, autant qu'il s'en souvienne. Cette découverte le secoua. Encore un lien entre sa femme et Lara... Van Gogh. C'était troublant.

« À vrai dire... »

Une idée commençait à germer dans sa tête.

« Je dois retourner en France dans deux mois. À Biarritz. »

Il se tut un instant.

« Ça te plairait de venir ? »

Il n'avait jamais proposé à Blithe de l'accompagner dans ses déplacements et, avec un peu de chance, elle allait refuser. Mais au moins il aurait demandé.

« Pourquoi pas ? fit Blithe. On verra quand la date approchera. »

La soirée se déroula aussi normalement qu'il était possible, vu la culpabilité qui lui rongeait toujours les entrailles. Curieusement, là-bas en France, loin de chez lui, celle-ci l'avait laissé tranquille. Il aurait aimé que cette brève période de sérénité se prolonge.

« Bon, il est temps d'aller éplucher le courrier et affronter les factures », annonça-t-il.

Il se leva, ébouriffa les cheveux de Tom.

« Ça me fait plaisir d'être rentré. »

Plaisir aussi de retrouver son bureau. Porte fermée. Tranquillité absolue… Il repoussa la pile d'enveloppes peu engageantes et prit un bloc et un stylo. Il voulait tenter de résoudre son inextricable situation en couchant un plan sur le papier. Écrire l'y aiderait peut-être.

Blithe ou Lara ? inscrivit-il. *À laquelle avouer ?*

Blithe = fin du mariage, perte de Tom et ainsi de suite. Conséquences abominables. Blithe, toujours angélique, pourrait pardonner, mais ce ne serait plus jamais pareil. Si j'opte pour Lara, il vaudra mieux divorcer. Une perspective atroce.

Lara = personnalité autrement délicate à manier, et jeune... Serait sûrement effondrée d'apprendre l'existence d'une épouse et d'un fils. Impuissante, car se doutant qu'il me serait impossible de quitter Blithe. Voudrait se charger d'élever l'enfant. Ne les verrais que très peu, lui comme elle. Possibilité exclue. Et si Blithe et moi divorcions et que j'épousais Lara ? Je l'aime, après tout, non ? Et si oui, pourquoi, exactement ? Ne me suis jamais posé la question. Devrais me le demander. Sans doute en partie parce que, chaque fois que je pense à elle, tout, même les choses qui n'ont absolument rien à voir avec elle, tout s'intensifie. Mais je ne crois pas l'aimer aussi profondément que Blithe, et pourtant, même si je m'en veux d'écrire ça, notre relation a quelque chose de plus excitant. (De plus difficile aussi, et souvent plus agaçant.) Pas réellement envie d'épouser Lara... si ? Ferais mieux de me poser aussi cette question-là. Penser au cataclysme. Je n'avance pas d'un pouce...

D'un geste impatient, Gladwyn froissa la feuille de papier et la jeta dans la corbeille. Un instant plus tard, il la récupéra, trouva une allumette puis il y mit le feu, se penchant par la fenêtre pour que les flocons carbonisés tombent dans le jardin. Il s'autorisa un sourire : il était devenu tellement expert en tromperie qu'il s'assurait toujours doublement de ne laisser aucun indice compromettant. Blithe n'irait jamais fouiller dans sa corbeille, mais mieux valait avoir la certitude totale qu'il n'y avait rien à découvrir.

Établir cet inventaire des pour et des contre

n'avait servi à rien. Très rares étaient les problèmes que Gladwyn n'arrivait pas à résoudre, mais le choix entre sa femme et Lara s'avérait d'une difficulté insurmontable. Il ne lui restait qu'à prier pour qu'une idée lui vienne, au plus vite, et qu'il ait la force de la mener à terme.

Blithe, sans s'expliquer pourquoi, était angoissée. Elle était souvent assaillie par une anxiété diffuse qu'elle ne réussissait pas à désamorcer. Ce matin elle était en train de garnir le support à œufs avec de gros œufs parfaits de la couleur d'une plage anglaise, venus de la boutique de produits fermiers. Elle pouvait déceler parmi eux ceux qui étaient déprimés, et ceux qui étaient d'humeur enjouée. Elle plaça les œufs heureux au fond, et les moins joyeux devant, espérant que cet avant-poste pourrait les ragaillardir. Ces derniers temps elle s'efforçait de réprimer cette manie loufoque qu'elle avait d'animer les choses inanimées : c'était excentrique, et cela ne l'aidait en rien. Mais lorsqu'elle avait l'esprit perturbé, ce tic avait au moins le mérite de dissiper son trouble.

Tous les œufs une fois disposés – et redisposés plusieurs fois –, Blithe s'assit à la table. Elle se sentait désemparée. Aucun nouvel élève n'était venu remplacer Mal Embouché, et ses provocations lui manquaient. Quant à Tom, depuis peu, il était devenu agressif, ombrageux, distrait. Il passait trop de temps sur son ordinateur, mais à part en le lui confisquant, elle ne voyait pas vraiment comment l'en détourner. Et ce n'était que le début : l'adolescence approchait. Quant à Gladwyn, c'était troublant. Sa gentillesse, ses attentions, son intérêt... avaient quelque chose de creux. Comme s'il jouait le rôle du bon époux sans l'être réellement.

La chose la plus précieuse qu'elle ait apprise de son père, selon elle, c'était l'art d'observer. Officier dans l'armée, il répétait constamment que savoir observer permettait de profiter deux fois mieux de la vie. Ses yeux pâles étaient sans cesse en mouvement.

« Regarde, regarde, regarde ! disait-il toujours – quand il ne le criait pas. Si tu sais regarder, tu ne t'ennuieras jamais. Tu pourras faire le voyage de Londres jusqu'en Écosse sans un livre ni un journal, et apprendre des tas de choses. » (Blithe ne savait pas si lui-même avait déjà tenté l'expérience, mais se plaisait à le croire.) Pour lui faire plaisir, elle effectuait de courts trajets en bus ou en train en s'abstenant de lire, et constatait en effet que se concentrer sur les autres passagers, ou les paysages par la fenêtre, pouvait se révéler fascinant. Sa mère, lassée par des années d'injonction à « regarder », se donnait un mal fou pour ne surtout pas remarquer quoi que ce soit, ce qui faisait le désespoir de son mari.

« Pense à tout ce que tu rates, disait-il.

— Je réfléchis, tu permets ? répliquait-elle sèchement.

— Pourquoi ne pas associer les deux ? Regarder et réfléchir forment une combinaison proche de la perfection, ripostait le colonel. Pourquoi ne pas faire les deux à la fois ? »

Blithe avait dû écouter ainsi des ribambelles de maximes, que son père jugeait nécessaire de répéter à sa femme. Et son père avait dû être un bon exemple car Blithe, qui s'appliquait à suivre son conseil, se trouvait souvent récompensée par le divertissement que ses observations semblaient procurer. Elle avait érigé en art ses talents d'observatrice, et professait une grande passion pour différents peintres. Elle regrettait parfois de ne pas peindre elle-même. Elle avait essayé, mais elle n'était pas douée.

« Mieux vaut reconnaître ce qu'on n'est pas capable de faire, estimait le colonel. Si plus de gens avaient cette lucidité, il y aurait moins de mauvaises œuvres d'art. En réalité, les individus qui ne savent pas regarder n'ont aucun jugement. Ils sont infichus de voir qu'un tableau est dépourvu de vie, dépourvu de sens. Pour quiconque s'y connaît un tant soit peu en art, un tableau exécuté sans talent constitue un spectacle extrêmement pénible. Un jour, j'étais dans un restaurant en France, dont les murs étaient décorés d'une foule de croûtes. Je suis parti après l'entrée. Le plus drôle, c'est que les gens sont toujours persuadés d'avoir du talent. Je ne sais pas pourquoi ils trouvent si important d'être doué pour quelque chose. Être heureux est quand même une aspiration plus importante ! J'ai connu des tas de gens qui ne savaient pas cuisiner, ni peindre, ni jouer au tennis, ni jouer du piano, des gens qui n'avaient pas le moindre talent identifiable mais qui avaient le don de rendre les autres heureux, ce qui les rendait heureux à leur tour. »

Son père avait prononcé ce bref discours peu avant de mourir. La respiration sifflante et le souffle court, il était trop faible pour développer sa théorie et elle ne l'avait pas relancé, mais elle se souvenait de ses paroles.

Les leçons d'observation qu'elle avait reçues de son père avaient donc été un grand atout dans la vie de Blithe. Ses proches étaient évidemment les personnes qu'elle scrutait avec le plus de minutie. Elle s'efforçait de modérer ses critiques en ce qui concernait Tom, et avait appris à se montrer très prudente lorsqu'il s'agissait d'en faire à Glad. Glad... pensa-t-elle. Est-ce mon imagination, ou bien y a-t-il quelque chose dans sa vie qu'il me cache ? Un problème qu'il a jugé préférable de ne pas me confier ? Elle s'en voulait de ne pas s'intéresser au travail de son mari. Non, décidément, le commerce de la corde ne la captivait pas, et elle imaginait d'ici sa réaction si un soir au dîner elle lui demandait soudain de lui expliquer en quoi consistait le négoce du sisal... Il s'esclafferait.

Lorsqu'il était rentré après sa semaine en France, Blithe avait été particulièrement contente de le voir. Il lui manquait toujours quand il s'absentait, même pour peu de temps. La semaine entière lui avait semblé très longue. Il avait téléphoné plusieurs fois, comme promis, mais avait toujours l'air occupé, pressé. Il avait eu le temps de s'offrir une pause à Saint-Rémy avec des collègues, mais pas celui d'avoir une longue conversation avec sa femme…

En le voyant franchir la porte de la cuisine, bronzé par le soleil qui avait trouvé le moyen de s'infiltrer dans les salles de réunion, Blithe avait éprouvé une sorte de calme intérieur, un bonheur profond mâtiné de soulagement. Ils s'étaient couchés tôt, et elle mourait d'envie que son mari lui fasse l'amour. Mais Glad s'était excusé. Il s'était dit fatigué par une semaine de travail intense, sans compter la chaleur et le voyage. Il était inquiet au sujet d'une réunion importante qui se tenait à Londres le lendemain. Un gros contrat… il devait être à la hauteur.

Blithe avait compris, tout comme il comprenait quand il lui arrivait à elle de ne pas être d'humeur. « Pas ce soir » était devenu une plaisanterie au fil des années, une sorte de gag qui les faisait rire tous les deux. Même si le soir du retour de Glad, ni l'un ni l'autre ne semblaient avoir la force de rire.

Les œufs enfin rangés à sa convenance, la pendule de la cuisine ne retardant que de quelques minutes, Blithe sentit revenir sa quiétude coutumière. C'était fou comme, seule dans leur maison, elle pouvait être quelquefois pétrie de doutes et d'angoisses et, l'instant d'après, se sentir possédée d'un calme inébranlable. « "Si haut que nous nous soyons élevés dans la joie, énonça-t-elle à haute voix, aussi bas dans l'abattement nous plongeons." » Mal Embouché avait fait son miel de cet adage : il voyait très bien ce que Wordsworth voulait dire, avait-il affirmé. À présent, Blithe ne trônait pas plus au sommet de la joie qu'elle ne se débattait dans les abîmes de la tristesse. Elle flottait dans cet espace intermédiaire où les choses ne sont ni déroutantes ni exaltantes. Ce moyen terme constituait à ses yeux une bienheureuse normalité, l'état le plus courant de la conjugalité épanouie. Alors qu'elle se servait un verre de vin, elle se rappela que Tom devait dormir le samedi chez un ami. Gladwyn et elle n'avaient pas de projets particuliers. Ils auraient le week-end pour eux.

Gladwyn resta la plus grande partie du week-end dans son bureau à regarder par la fenêtre en attendant l'inspiration. Rien ne vint. L'affaire qu'il devait trancher était tellement imparfaite qu'aucune décision ne pourrait la régler. Résolu à ne pas s'affoler, il était convaincu que « quelque chose » lui viendrait si on ne le dérangeait pas.

Mais la paix et le silence s'avéraient difficiles à obtenir car Blithe, manifestement ravie de se retrouver seule avec lui, avait envie de discuter. Elle avait mis les petits plats dans les grands aussi bien au déjeuner qu'au dîner, et s'était livrée à de longs monologues sur Tom, l'éducation en général, et les changements qu'elle prévoyait pour le jardin. Gladwyn, qui rêvait de silence, faisait son possible pour acquiescer : manifester son désaccord aurait engendré encore plus de bla-bla, aussi la laissait-il dégoiser sans la contredire. Il s'aperçut qu'elle déployait des efforts particuliers pour le charmer. Des efforts superflus, se garda-t-il de lui préciser. Elle n'avait pas besoin de se décarcasser comme ça. Il l'aimait. Il l'aimerait toujours. Mais ce n'était pas le moment de lui faire une telle déclaration.

Au lit, les deux nuits, elle se montra très entreprenante. En s'abstenant de toute pensée, en ne se concentrant que sur la vitalité de sa femme, Gladwyn constata qu'il n'était pas compliqué de réagir. Ils firent la grasse matinée. Déstabilisé par ce bouleversement de leurs habitudes – petit déjeuner en robe de chambre, journaux partout sur la table –, Gladwyn se réfugia dans son bureau dès qu'il le put.

Et puis soudain, en fin de matinée le dimanche, la solution lui apparut. C'était bizarre, les idées, se dit-il ; elles ne s'insinuaient pas dans votre tête comme un serpent vigoureux qui se tortille et qui frétille. Elles étaient plutôt comme une giboulée miniature, tombant subitement des cieux, emplissant votre esprit, y déversant la certitude. Épuisantes ou excitantes, elles jouaient souvent un rôle de catalyseur. Gladwyn, tellement soulagé de tenir enfin sa réponse, s'entendit qui haletait : son cœur se mit à palpiter. Ce qu'il devait faire maintenant, au plus vite, c'était aller voir Lara. Il se demandait pourquoi il avait tant tardé à comprendre que l'essentiel était de se jeter à l'eau. Prendre son courage à deux mains. Choisir ses mots avec soin. Cesser d'atermoyer. Se forcer à annoncer cette nouvelle difficile. Allez, saute dans la voiture. Vas-y.

L'euphorie de Lara après le séjour en France était vite retombée, mais elle avait la certitude que tout, désormais, allait bien se passer : il s'agissait simplement d'être patiente. Elle aurait quand même bien aimé que Gladwyn prenne davantage de nouvelles. Elle ne lui avait parlé qu'une fois depuis leur retour. Il avait proposé qu'ils se retrouvent « bientôt » à l'appartement, sans préciser de date. Elle aurait aimé qu'il montre plus d'empressement. Mais il travaillait beaucoup et, pour l'instant, elle ne constituait qu'une partie de sa vie.

Un samedi matin, alors qu'ils étaient rentrés depuis quinze jours et qu'ils ne s'étaient toujours pas revus, Lara remonta dans sa chambre et se posta à la fenêtre. Le soleil dansait à travers les feuilles du pommier. La pelouse avait besoin d'être tondue. Deux pigeons s'asticotaient, chacun essayant de faire céder l'autre puis s'éloignant d'un pas excédé avant de repartir à l'assaut. Lara adorait les oiseaux de son jardin : beaucoup y venaient régulièrement. Elle se représentait un bébé dans son landau, subjugué par leur manège…

Le jardin n'était pas grand et était séparé du champ au bout par une haie. Le champ appartenait à un fermier des environs. Laurie travaillait de temps en temps pour lui, tout comme il travaillait pour plusieurs autres fermiers du voisinage.

À demi caché par les branches du pommier, un homme, dans le champ, semblait faire de la gymnastique. Il se penchait en avant, mains jointes, avant de s'étirer aussi haut qu'il pouvait. Il répéta ce drôle de mouvement plusieurs fois, puis donna soudain un violent coup de pied dans les airs, avant de faire la même chose avec l'autre jambe. Il se pencha ensuite d'un côté, puis de l'autre. Lara s'aperçut alors que l'homme était Laurie. Elle recula, de peur qu'il ne lève les yeux et ne la voie à la fenêtre. Elle se dit que c'était peut-être un moyen bizarre d'attirer son attention. Ouf, les portes du bas étaient fermées à clé.

Du calme, s'enjoignit Lara. Tu n'as qu'à rester calme, c'est tout. Laurie était devenu franchement excentrique, inquiétant et très horripilant. Elle était sûre de ne courir elle-même aucun danger, mais craignait qu'il n'en aille autrement pour Gladwyn. Dans son obsession, Laurie le tenait en effet pour son rival.

Lara descendit au rez-de-chaussée et gagna son atelier. Elle s'y sentait à l'abri. Elle s'empara du mug qu'elle avait peint pour Gladwyn plus tôt dans la semaine. Un paysage à la Van Gogh : des collines dans le lointain et des arbres noirs tourmentés, le tout sous un ciel parsemé de nuages poussés par le mistral. Elle l'avait fait en souvenir de leur semaine ensemble, et espérait qu'il l'aimerait. Quand pourrait-elle le lui donner ? Dans un élan d'impatience, elle composa son numéro de portable. Pas de réponse, mais il saurait qu'elle avait tenté de le joindre, et ne manquerait pas de la rappeler très vite. Parfois, elle avait du mal à le cerner. Parfois elle regrettait que les choses entre eux ne soient pas plus simples.

Chapitre treize

Depuis son retour de France, non seulement Lara s'inquiétait de la baisse des attentions de Gladwyn à son égard, mais elle se sentait anxieuse en permanence. Ils s'étaient laissé des messages, mais elle ne lui avait parlé qu'une fois. Il s'absentait à nouveau pour le week-end. Il ne précisa pas où il allait, et la prudence lui dicta de ne pas demander. La voix de Gladwyn avait une note d'impatience inédite qui l'alarma. Elle s'enjoignit de ne pas céder à de sottes conjectures : Gladwyn la plaquant pour une fille plus jolie, plus intelligente, plus amusante… Pour passer le temps durant ce long week-end de silence (où était-il ?), elle acheta plusieurs pots de peinture et testa des échantillons sur un mur blanc de son atelier. Elle aurait aimé avoir son avis sur laquelle irait le mieux dans la chambre du bébé. Mais non, c'était une question qu'aurait posée une épouse, pas une petite amie ou une maîtresse. Elle choisirait toute seule.

Quand vint le mardi matin, elle était hantée par des images sinistres de ce qui avait pu se passer.

Mais en regardant par la fenêtre de la cuisine, elle vit Gladwyn qui remontait le sentier, apparemment exempt de toutes les angoisses dont elle souffrait elle-même. Elle ouvrit la porte à la volée et se jeta dans ses bras. C'était une chose qu'elle avait souvent eu envie de faire, sans jamais oser. Elle estima que le moment était venu d'oublier ce genre d'inhibitions.

Gladwyn laissa Lara le serrer contre elle jusqu'à ce qu'elle n'ait plus de forces et finisse par le relâcher. Elle ne dit pas un mot, mais, à la puissance frénétique de son étreinte, il avait senti qu'elle n'était pas dans son état normal. Il était bien décidé à ne pas montrer que lui non plus.

Dans la cuisine, elle resta debout à lui sourire tandis qu'elle remplissait la bouilloire puis la branchait, accomplissant chacun de ces actes moins à la vue qu'au toucher, telle une aveugle qui connaîtrait par cœur le moindre objet de sa cuisine.

« Te voilà, dit-elle enfin, et sa résolution de ne pas révéler l'ampleur de son inquiétude s'effondra. Je n'arrivais pas à imaginer ce que...

— Je suis désolé », dit Gladwyn.

Il se tut pour se laisser le temps de choisir son explication.

« Ça fait un moment... »

Lara hocha la tête. Elle se montrait aussi compréhensive que Blithe pour ce qui concernait ses problèmes professionnels.

« Enfin bon, maintenant tu es là.

— Et toi ? Comment ça va ?

— Bien. Je crois qu'il y a eu un coup de pied ou deux. Mais c'était peut-être dans ma tête... »

Elle se toucha brièvement le ventre puis se dirigea vers le vaisselier pour y prendre le mug Van Gogh.

« Tiens. C'est pour toi... »

Gladwyn rit, soulagé de constater qu'il arrivait à rire. Il se saisit du mug et l'examina avec attention. Il était peint avec une certaine malice, et un don de la caricature qui l'épata. L'objet l'aiderait assurément à se souvenir, si besoin était.

Mais ce n'était pas le meilleur préambule à sa déclaration... Lara, debout derrière la chaise où il était assis, les bras autour de son cou, lui embrassait le sommet du crâne.

« C'est incroyable de se dire qu'à cette époque l'année dernière on se connaissait à peine, murmurait-elle.

— Incroyable. »

Gladwyn promenait son doigt sur les branches torturées des arbres noirs. Il tournait le mug dans ses mains, tout doucement et avec un soin infini, comme si c'était un objet mille fois plus précieux qu'un simple article de vaisselle.

« Et je suis juste... tellement heureuse. Bon sang, tellement heureuse ! Toi. Notre bébé. Des années devant nous dont il nous faudra... dont il nous faudra discuter un de ces jours, n'est-ce pas ? »

Gladwyn acquiesça de la tête. Il continuait à faire tourner le mug dans ses mains. Comment, en cet instant de bonheur si intense pour Lara, pouvait-il se résigner à annoncer qu'il était marié, qu'il avait déjà une femme et un fils qu'il aimait, et n'avait aucune intention de quitter ? C'était impossible. Les mots qu'il avait préparés s'étaient envolés. Il n'était pas en mesure de les retrouver. Il allait devoir recommencer à zéro, mettre au point un autre discours qui ne soit ni trop dur ni trop piteux. Le mug – une création foncièrement originale – avait eu raison de sa détermination. Pourtant, quoique touché par le mal que Lara s'était donné, il éprouvait une pointe de contrariété.

Percevant son malaise, Lara essaya de le distraire. Elle lui proposa une promenade sur les Downs. Gladwyn avait semble-t-il une meilleure idée : Lara le suivit à l'étage.

Il trouvait perturbant de se trouver dans la chambre de Lara en plein milieu de la matinée. Le lit n'était pas encore fait, les draps étaient froids et chiffonnés. Tout cela était à l'image même de son plan qui avait capoté et l'avait laissé dans un état de panique qu'il lui fallait camoufler. Blottie contre lui, Lara l'embrassa avec une ferveur inhabituelle et lui déclara son amour d'une petite voix qu'il trouva étrangement agaçante.

« Et je t'aime aussi », lâcha-t-il à la longue.

Au lieu de la calmer, cet aveu la poussa à des déclarations plus farouches. Quand elle fut finalement allongée sous lui, les yeux fermés, Gladwyn jeta un coup d'œil à sa montre. Il était pressé de se réfugier dans un endroit tranquille où il aurait le loisir d'élaborer une nouvelle stratégie de confession.

Lorsqu'ils redescendirent et que Lara entreprit de faire réchauffer de la soupe de carotte, il sentit un certain calme l'envahir... à moins que ce ne soit l'épuisement consécutif à leurs acrobaties ? Il n'avait plus envie de s'esquiver. Il avait eu une inspiration soudaine. Les déclarations enfiévrées de Lara l'avaient empêché de lui faire l'annonce redoutée, mais dans la chaleur de la cuisine, un bol de soupe devant lui, il se sentait capable d'essayer à nouveau. Son idée consistait à atteindre son objectif par un chemin détourné.

« J'étais dans le Norfolk le week-end dernier, commença-t-il. Mon oncle, chez qui j'ai passé beaucoup de temps dans mon enfance, est en phase terminale d'un cancer. Je pense y retourner le week-end prochain. »

Il se tut.

« Tu voudrais venir avec moi ? »

Un froncement de sourcils indiqua la surprise de Lara. Un week-end Gladwyn ne dit pas où il va, ni pourquoi. Le suivant il propose de l'emmener voir un oncle à l'agonie. Ce n'était pas la plus alléchante des invitations, mais de toute évidence il avait besoin de soutien. Bien sûr qu'elle irait. Elle irait n'importe où, elle ferait n'importe quoi pour Gladwyn.

« Bien sûr, répondit-elle.

— Rien que deux nuits. Nous logerons dans son cottage près des marais. Il est dans une maison médicalisée. »

Gladwyn eut un petit sourire.

« Tu n'auras pas à aller le voir, précisa-t-il. Juste

à être là quand je rentrerai le soir, et nous préparer du poisson pour le dîner. C'était sinistre, le week-end dernier, de retrouver ce cottage vide, et de devoir m'ouvrir une boîte de conserve. Ta présence me serait d'un grand réconfort. »

Maintenant qu'il était un menteur chevronné, cette description poignante du week-end précédent, passé tranquillement chez lui, ne le gênait en rien.

« Je serai là. Je ne connais pas le Norfolk.

— Tu verras, c'est un endroit extraordinaire. J'adorais quand j'étais petit : la voile, la pêche à la crevette ou aux coques, les longues promenades sur la plage déserte de Stiffkey pour voir l'énorme rassemblement de phoques. Je sautais dans l'eau et il y en avait toujours un ou deux pour me suivre : ils nageaient tellement près que je pouvais voir les gouttes d'eau sur leurs moustaches. »

Il sourit.

« Je n'aurai pas le temps de te montrer grand-chose, mais tu auras un aperçu. Je passerai te prendre après déjeuner vendredi. »

Lara, voyant qu'il était sur le point de partir, enveloppa le mug dans du papier de soie avant de le glisser dans un sac en plastique. Elle l'accompagna à la voiture et posa le sac sur la banquette arrière. Une fois encore elle l'embrassa abondamment, mais moins avidement qu'à son arrivée.

Gladwyn ne voulait pas avoir l'air pressé de filer. Une fois dans la voiture, il roula lentement, l'esprit accaparé par l'illumination qu'il avait eue. Il avait besoin de temps pour peaufiner les détails, mais il avait la conviction que dans le Norfolk, où tout s'était toujours déroulé pour lui sans la moindre anicroche, les choses se trouveraient simplifiées. Il emmènerait Lara faire un tour sur la plage, le samedi en fin de journée. Sous l'immense voûte du ciel, qu'il connaissait par cœur quel que soit le motif que formaient les nuages, il lui serait, non pas facile, mais possible, d'expliquer à Lara sa situation et ce qu'il projetait. Elle pourrait toujours s'enfuir en courant si elle était trop horrifiée. Mais Gladwyn était persuadé qu'elle n'en ferait rien. Elle reviendrait au cottage avec lui : le lendemain ils retourneraient dans le Wiltshire et s'accommoderaient, d'une façon ou d'une autre, de ces circonstances nouvelles, si compliquées soient-elles.

En rentrant, il trouva Blithe dans tous ses états. Sa voiture refusait de démarrer et elle avait besoin d'aller quelque part chercher Tom.

« J'y vais », proposa aussitôt Gladwyn.

C'était drôle comme la mauvaise conscience pouvait vous rendre généreux.

« Non. Tu ne connais pas le chemin. Tu vas te perdre et tu seras en retard. »

Blithe lui arracha ses clés de voiture et sortit en toute hâte. Quelques instants après, Gladwyn poussa un cri.

« Merde ! »

Le mug était resté sur la banquette arrière. Comment avait-il pu l'oublier ? Il n'avait plus qu'à prier pour que Blithe ne le voie pas. Et se dépêcher d'inventer quelque chose.

Une demi-heure plus tard, Blithe et Tom surgirent en se disputant pour une histoire de week-end. Blithe avait le sac du mug à la main. Tom adressa un signe de tête à son père et quitta la pièce.

« C'est quoi ça ? »

Blithe brandissait le mug emballé qu'elle avait sorti du sac. Elle avait ce ton curieusement ironique des personnages de soap opera. Gladwyn sourit.

« C'est un très beau mug, répondit-il. J'ai oublié de te le donner avec les autres bricoles rapportées de France. Désolé.

— Comment ça, un mug ? »

Cette fois c'était la voix de quelqu'un qui soupçonne la présence d'une bombe. Arrachant le papier de soie, elle examina lentement la tasse. Gladwyn crut voir une certaine admiration dans ses yeux, mais il pouvait se tromper.

« Comme je te l'ai dit, très beau… »

Gladwyn sourit. Blithe le regarda, pourtant pas d'un air accusateur.

« Un souvenir de Saint-Rémy ?

— Exactement.

— C'est nouveau, ce goût pour le shopping.

— Je défie quiconque de résister au marché de Saint-Rémy. »

Blithe retourna le mug. Elle n'y vit aucune inscription.

« Il a l'air plus qu'artisanal, mais le clin d'œil à Van Gogh est assez inspiré.

— C'est ce qu'il m'a semblé. »

Tous deux sourirent. Le soulagement submergea Gladwyn. Sauvé, une fois de plus.

« Bon alooors… fit lentement Blithe, comme si elle réfléchissait. On va le poser sur le vaisselier. »

Elle le plaça à l'endroit où était auparavant rangée l'assiette de Lara. Gladwyn eut un rire nerveux. Bientôt, si ça se trouve, ils auraient toute une étagère des mugs et des assiettes de Lara, et ni Blithe ni Lara ne sauraient jamais la vérité qui se cachait derrière. Par chance, déjà occupée à autre chose, Blithe ne lui demanda pas ce qui le faisait rire.

Durant le trajet pour aller dans le Norfolk, Gladwyn et Lara ne parlèrent presque pas. Ils avaient mis Radio Three. Lara aurait préféré une musique plus entraînante mais n'osa pas réclamer. Gladwyn était heureux d'écouter les quatuors de Schubert : ils lui évitaient de penser à la lugubre visite qu'il allait rendre à son oncle, et à la nouvelle explosive qu'il allait annoncer à Lara. Chacun pensait l'autre préoccupé.

La nuit tombait lorsqu'ils arrivèrent au cottage à l'orée du marais, et Lara n'eut pas l'occasion de contempler les dunes au loin et la ligne d'horizon. Dans la maison, les lampes semblaient toutes avoir des ampoules de faible puissance. Ce n'était pas plus mal, se dit Lara, car, sous un éclairage plus vif, le désordre de la cuisine et du salon aurait été déprimant. De toute évidence, à en juger par la couche de poussière, on avait quitté les lieux à la hâte de longues semaines auparavant. Et de toute évidence, le week-end dernier, Gladwyn n'avait pas eu le temps ni le cœur de faire le ménage.

Il avait demandé à Lara de prévoir quelque chose pour le dîner et le petit déjeuner : il n'y avait que de vieilles boîtes de spaghettis dans les placards. Elle sortit de son sac un risotto en sachet, se mit en quête de casseroles et entreprit de mettre en route la vieille cuisinière. Tout cela aurait dû être la quintessence du romantisme, se disait-elle en tentant de récurer la graisse ancestrale au fond d'une casserole. Mais, bizarrement, non. Lara regrettait d'avoir décidé de ne pas boire d'alcool pendant sa grossesse. Elle aurait aimé un verre de vin. Gladwyn monta l'escalier étroit et raide avec les deux valises. Lara entendait clairement ses pas au-dessus de sa tête. Il y avait de drôles d'interruptions. Lara sourit toute seule. Gladwyn était parfois une énigme.

Ils dînèrent à la vieille table de cuisine tout abîmée. Lara avait déniché une unique bougie, qu'elle avait plantée sur une soucoupe fêlée : sa flamme éclairait la pièce morose, avec ses murs couleur de vieilles dents et ses poutres en chêne foncé. Gladwyn se servit un verre de whisky. Il expliqua à Lara que son oncle habitait autrefois une grange féerique un peu plus loin sur le sentier des marais. Mais qu'après la mort de sa femme il avait préféré quelque chose de plus petit, et emménagé ici dans ce cottage. Il avait eu l'intention de le rénover de fond en comble et d'y finir ses jours. Et puis le cancer lui était tombé dessus et, très rapidement, il avait été trop malade pour s'atteler à un chantier d'une telle envergure.

« Il adorait cet endroit, dit Gladwyn. C'est dommage qu'il en ait si peu profité. »

Il se tut.

« Le week-end dernier… il m'a dit qu'il me laissait le cottage. Il n'a pas eu d'enfants. J'ai réfléchi à ce legs. J'adorerais, bien sûr. Mais est-ce que j'aurais les moyens et le temps de l'entretenir ? »

Lara avait l'impression qu'il se parlait à lui-même.

« Tu pourrais le louer pendant les vacances, suggéra-t-elle.

— Le sens pratique que tu as, fit Gladwyn, admiratif. Tu as raison. Je n'y avais pas pensé. Ce serait un peu le binz. Mais possible, j'imagine.

— Je pourrais m'en occuper, si tu veux », proposa Lara.

Gladwyn la regarda d'un œil vide.

« C'est très gentil à toi. »

Il lui pressa la main, puis sembla se perdre à nouveau dans ses réflexions. Il se demandait ce que Blithe penserait de l'idée de garder cette maison. Elle n'avait jamais raffolé de la mer, et elle avait répété bien souvent qu'elle était insensible au charme du Norfolk. Tom adorerait, bien sûr : il était venu à la grange plusieurs fois quand il était plus petit. Quant à Lara, aimerait-elle ? De toute façon, cela n'aurait pas d'importance parce qu'on ne le lui proposerait pas… Gladwyn se passa brusquement la main sur le front, comme pour en chasser une toile d'araignée.

« J'aimerais prendre un peu l'air avant d'aller au lit, dit-il, se secouant tout à coup. Juste dans le jardin. Tu viens ? »

Ils déambulèrent à pas lents dans le jardin envahi par la végétation, qu'éclairait à peine une lune anémique. À un bout se dressait une superbe remise comme on n'en faisait plus, à l'évidence fabriquée par un fier charpentier.

« Ah, cette remise... » murmura Gladwyn en poussant la lourde porte.

La resserre ne contenait qu'un tas de bûches.

« On pourrait rentrer quelques bûches, allumer un feu, qu'en dis-tu ?

— Il est tard », répondit Lara.

Elle avait froid. Elle avait hâte de retourner dans la cuisine qui, malgré toutes ses imperfections, était bien chaude.

Ils s'assirent dans deux fauteuils défraîchis de chaque côté de la cheminée éteinte. Gladwyn sirotait son troisième whisky. Lara tortillait une mèche de cheveux autour d'un doigt. Elle était désormais très fatiguée, et rêvait d'aller se coucher.

« Cette remise, commença Gladwyn, se trouvait dans le jardin de mon grand-père. Mon oncle y tenait tellement qu'il l'a apportée ici. Elle a été le décor d'une des expériences les plus désagréables de mon enfance. »

Il se tut, jeta un coup d'œil vers le carré de nuit noire qui emplissait la fenêtre.

« Je devais avoir dans les six ou sept ans quand j'ai osé y entrer pour la première fois.

» Dans la pénombre, j'arrivais tout juste à distinguer une caisse, au fond. Elle avait l'air remplie de cadavres de pigeons. Mon grand-père rôdait toujours avec un fusil... Nous étions sans arrêt obligés de nous taper de la tourte au pigeon... Berk. Les pigeons dans la caisse attendaient sans doute d'être plumés.

» Je me suis rapproché à pas de loup. J'étais curieux mais nerveux. Les plumes des oiseaux faisaient un patchwork de gris. Sous la brise qui s'infiltrait par la porte entrouverte, on aurait dit une couverture froissée. J'ai essayé de me convaincre que c'était bel et bien une couverture, mais cela ne m'a pas vraiment rassuré. Je me suis forcé à m'approcher un peu plus. Et là j'ai trébuché sur quelque chose par terre et j'ai valsé la tête la première dans la caisse de pigeons morts. »

Gladwyn s'interrompit, respira à fond.

« On aurait pu penser que leurs corps seraient tout doux. À ma grande horreur, je me suis aperçu que c'était loin d'être le cas. Des griffes crochues me rentraient dans la peau. Des becs me piquaient. Même les plumes, collées par le sang, étaient affûtées comme des pointes. Le pire, c'étaient les yeux : certains étaient grands ouverts, d'autres avaient leurs paupières grises à moitié baissées. Des dizaines de ces yeux voilés, sclérosés par la vie au grand air. Ça, je l'ai compris des années plus tard, mais bien sûr pas sur le moment. Des yeux qui semblaient me condamner. Je me suis débattu pour m'extraire de la caisse : je devais hurler et gémir à la fois. Quand j'ai appuyé ma main pour me redresser, j'ai senti la masse pulpeuse de leurs corps. Alors que ma main bougeait, pour chercher à tâtons le fond solide de la caisse, il me semblait que c'étaient eux, les pigeons morts, qui bougeaient. Pas ma main. C'était horrible. Tant bien que mal, j'ai réussi à m'arracher à ce coussin immonde, à m'extirper de la caisse et à partir en courant. Il y avait du sang sur mes mains et sur ma chemise. J'ai la phobie des pigeons depuis...

— Quelle horrible... » commença Lara.

Ne sachant que dire, elle se tut.

« Et le plus curieux c'est que... »

Là, Gladwyn regarda enfin Lara.

« Je n'ai jamais raconté cette histoire à personne. »

À personne à part Blithe : il se rappelait la lui avoir racontée pendant leur voyage de noces. Ils étaient sur une plage en Italie, où le soleil rendait son récit moins pénible. Sa voix, à présent, avait un ton plus enlevé, comme s'il avait revécu le douloureux épisode des pigeons, et que celui-ci appartenait à nouveau au passé.

« Ce n'est pas le genre d'histoire qu'on a envie de raconter trop souvent, dit Lara. Les gens sont plutôt déconcertés quand on leur raconte une expérience qu'on trouve effrayante, mais dans laquelle eux-mêmes ne voient rien d'horrible.

— Tu as raison », dit Gladwyn en la regardant.

De temps en temps Lara faisait preuve d'une sagesse qui s'avérait réconfortante. Une sorte de bon sens inné. Gladwyn termina son whisky.

« Si on montait ? »

La chambre manquait d'intimité et ils étaient tous les deux épuisés. Alors qu'elle sombrait dans le sommeil, Lara éprouvait une légère anxiété à propos du lendemain. Une sorte d'instinct lui disait qu'elle aurait peut-être droit à une mauvaise surprise. Gladwyn, un bras mou autour d'elle, s'obligeait à réfléchir encore aux mots exacts qu'il emploierait pour lui annoncer la délicate nouvelle. Il s'endormit plus vite qu'il ne l'aurait cru possible.

Pour la formulation de son délicat aveu, il savait qu'il y avait au moins une amorce à éviter : « J'ai quelque chose à te dire... » Il avait toujours jugé ce préambule maladroit ; il alertait inutilement l'intéressé. Mais lorsqu'il se réveilla le lendemain matin il n'avait toujours pas résolu le problème. Par la fenêtre ouverte, il observa les canards qui volaient en guirlandes au-dessus des marécages. Le spectacle lui offrit une consolation éphémère. En l'occurrence, une question posée par son oncle mourant lui procura la solution.

Gladwyn passa la journée à son chevet dans une chambre aseptisée, où quelques rares effets personnels témoignaient de l'homme qu'il était autrefois. Ils parlèrent marées et bateaux, et se remémorèrent certaines anecdotes de l'enfance de Gladwyn. Il reviendrait bientôt, promit ce dernier, mais son oncle secoua la tête.

« Ne prends pas cette peine. Tu as fait plus que ta part. Je vais bientôt m'en aller, j'espère dans mon sommeil, histoire de n'embêter personne. Comment ça se passe au cottage ? Désolé, il aurait besoin d'un bon coup de chiffon. »

Il s'étrangla un peu, les yeux gorgés de larmes. Gladwyn se pencha pour embrasser son front de vieillard.

« Tu as fait le bonheur de mon enfance, dit-il. Merci… »

Il fit un petit salut, imitant le geste que lui avait appris le vieil homme du temps où il était gamin, et se dépêcha de s'en aller.

Lara descendit dans la cuisine sinistre après le départ de Gladwyn. Elle n'avait pas de projet pour la journée. Si être seul chez soi pouvait être un luxe, la solitude chez quelqu'un d'autre était moins délectable. Elle se lança dans un grand ménage. À l'heure du déjeuner, l'intérieur avait bien meilleure allure : elle se demanda si Gladwyn le remarquerait. Puis elle alla se promener sur la plage, ne cessant de regarder le ciel et de s'émerveiller de son immensité. Il était émaillé de nuages, et un soleil pâle caressait, hésitant, la surface de la mer. Résolue à voir le Norfolk comme Gladwyn le voyait, elle jeta à peine un coup d'œil aux ondulations du sable sous ses pieds, ou aux enfants et aux chiens en train de jouer au loin.

En rentrant, elle alla chercher un panier de bûches dans la remise et fut parcourue d'un frisson en pensant à la caisse de pigeons morts. Elle alluma un feu dans la cuisine, déboucha une bouteille de vin, et s'assit pour attendre le retour de Gladwyn.

Lorsqu'il revint, Gladwyn avait réussi à mettre de côté sa tristesse et se sentait empli de soulagement. Le vieil homme lui avait inspiré un plan d'action.

« Allons marcher sur la plage avant de dîner », suggéra-t-il.

Lara se serait bien passée d'une deuxième promenade. Celle de l'après-midi lui avait déjà fait aimer le Norfolk presque autant que Gladwyn, mais elle accepta pour lui faire plaisir.

Ils marchaient sans parler, bercés par le doux jappement de la marée descendante qui reculait tranquillement vers l'horizon.

« Il allait comment, aujourd'hui, ton oncle ? »

La sourde anxiété de Lara avait disparu, mais elle se sentait encore méfiante.

« À peu près pareil. Il semble savoir que sa fin est proche, et se montre plutôt philosophe. »

Gladwyn se tut, regarda vers le large.

« Il m'a demandé si j'étais venu seul. J'ai répondu que non. Je lui ai dit que j'étais venu avec toi. »

Gladwyn lui prit le bras.

« Et tu m'as décrite comment ? s'enquit Lara, avec un intérêt amusé.

— Je lui ai expliqué que tu étais ma petite amie, et il m'a demandé comment Blithe prenait la chose...

— Comment qui prenait quoi ? »

Gladwyn s'éclaircit la gorge. Devait-il s'arrêter et faire mine de contempler la mer ? Non, mieux valait continuer à marcher.

« Blithe est ma femme. Je voulais te le dire… Trouver un moyen de t'en parler. »

Il sentit Lara faire un brusque écart pour s'éloigner de lui. Ou pour se rapprocher. Il ne savait plus trop.

« Ta femme ? »

Les deux mots sortirent de façon étranglée, incrédule.

« Ma femme depuis pas mal d'années. »

Lara se pétrifia.

« Tu es… marié ? fit-elle d'un ton très calme. Marié. Ça… ça explique beaucoup de choses.

— Je suis vraiment désolé, Lara. Cela fait une éternité que je veux t'en parler. T'avouer toute la vérité. Ce n'est pas facile…

— Je m'en doute. »

Gladwyn la tenait par le bras mais elle se dégagea soudain très brutalement de son étreinte.

« Tu sais quoi ? reprit-elle. Je veux fiche le camp de cette satanée plage. »

Elle criait presque.

« Ce n'est pas parce que tu aimes le Norfolk que je suis obligée de l'aimer ! Je veux rentrer chez moi. Ramène-moi chez moi. »

Elle pivota sur ses talons et se mit à courir. Quand Gladwyn fit demi-tour pour la suivre, elle était déjà vingt mètres devant lui. Il poussa un long soupir tremblant. Il avait certes trouvé son amorce, mais il était à nouveau désemparé. Que faire à présent ?

En entrant dans le cottage, il entendit des pas

furieux à l'étage. Lara descendit pesamment l'escalier avec sa valise.

« Tu n'as pas besoin de me raccompagner, dit-elle. Dépose-moi simplement à la gare. Je vais prendre un train pour Londres, puis un autre...

— Ne sois pas ridicule. »

Gladwyn alla vers elle, lui posa les mains sur les épaules. Elle le repoussa.

« Bien sûr que je vais te ramener. J'essaierai de t'expliquer.

— Ne t'embête pas, je t'assure. Je comprends. Tu fais partie de ces hommes qui trouvent normal de baiser une nana, de la mettre enceinte et d'oublier de préciser qu'ils sont déjà mariés. Il y en a plein des comme ça. Le problème, et je reconnais que tu as été très doué pour m'embobiner, c'est qu'on a maintenant un marmot sur les bras. Pas des plus pratique pour toi. Je suis désolée. Ce n'était pas calculé. »

Elle tira une chaise, s'assit à la table, posa sa tête sur ses bras croisés et se mit à sangloter.

« Lara... Lara. »

Gladwyn se pencha vers elle, ne sachant que faire. Elle le frappa. Son poing alla lui heurter l'œil.

« Rien, rien de ce que tu diras n'arrangera les choses. Je croyais tellement en toi, j'avais tellement d'espoirs... tu ne comprends donc pas ? L'amour, Gladwyn. L'amour... Je croyais qu'il s'agissait de ça entre nous. Qu'on aurait un endroit à nous, qu'on se marierait...

— J'ai toujours dit que je n'avais aucune intention de me marier, non ? »

Lara s'esclaffa d'un rire affreux.

« En effet ! J'aurais dû deviner. Te percer à jour et ne pas me laisser duper. »

Elle se tamponna les yeux. Les larmes essuyées brillaient sur ses joues rouges. Il voyait qu'elle faisait un effort pour se calmer.

« Tu comptes annoncer la nouvelle à ta femme ? Ou est-ce qu'elle est déjà au courant ?

— Non, elle n'est pas au courant. Et non, je ne vais pas le lui dire. »

Son œil se mit à palpiter. Il sentit en lui une détermination subite.

« En fait, je ne crois pas que ça te regarde, ce que je dis ou non à ma femme.

— Tu as sans doute raison. Tu n'as pas de comptes à me rendre. Je ne suis qu'une nana que tu as ramassée sur un chemin de campagne. Mais ta femme, elle, mérite mieux que ça. »

Lara se leva.

« Allez. On y va. »

Elle sortit d'un pas lourd en direction de la voiture.

Gladwyn fourra à la va-vite ses quelques affaires dans sa valise et but une lampée de whisky à même la bouteille. Le voyage n'allait pas être une partie de plaisir.

Lara ne protesta pas lorsque Gladwyn ne l'emmena pas à la gare. Ils roulèrent pendant près de deux cents kilomètres sans prononcer un mot. Puis Gladwyn déclara qu'il était désolé. Lara répondit que ses excuses ne l'intéressaient pas. Elle voulait juste savoir ce qu'ils allaient faire pour le bébé, pour l'appartement de Londres, pour l'argent. Gladwyn ne répondit pas : il n'avait pas de réponse. Ils sombrèrent à nouveau dans le silence. Ils arrivèrent devant chez Lara. Il était presque minuit.

Gladwyn était face à un autre dilemme à présent. Blithe ne l'attendait que le lendemain soir et il était peu probable que Lara lui offre un lit pour la nuit. Il était totalement exténué, vidé. Le châtiment de sa cruauté, sans doute. Vivement le jour où son adultère se trouverait réduit à une péripétie sans grande importance. Une terrible erreur, mais dont la douleur se serait estompée.

Il ouvrit la portière à Lara, qu'il suivit jusqu'au cottage. Elle ne disait toujours rien.

« Je t'appelle. »

Il ne fit pas mine de l'embrasser.

« J'imagine qu'il va nous falloir discuter de certains détails.

— Ah ça, c'est sûr, dit Lara. Au moins, les choses seront plus faciles pour toi maintenant que tu n'auras plus qu'une seule femme à tromper, et pas deux. »

Elle lui claqua la porte au nez. Gladwyn retourna à la voiture. Un homme se tenait à côté : il devait être caché dans les buissons lorsqu'ils étaient arrivés. Malgré le faible clair de lune, il reconnut Laurie, avec son éternelle boîte d'œufs.

« Bonsoir, monsieur, dit-il en se touchant le front d'un geste de respect ironique.

— Qu'est-ce que vous faites ici à une heure pareille ?

— J'apporte des œufs. Comme je le fais toujours.

— Un peu tard pour une livraison, non ?

— J'aime m'assurer que miss Lara est bien rentrée. Je vais juste poser ces œufs près de sa porte. Elle saura.

— Pour ça oui. »

Gladwyn monta dans sa voiture. Il fut saisi d'un frisson : rien à voir avec l'émotion qui l'avait agité ces dernières heures, mais il était tout de même inquiet. Il voulait éloigner Laurie du cottage.

« Vous allez où ? demanda-t-il.

— Au village. Je dors chez ma sœur le temps qu'on répare les canalisations chez moi. »

Gladwyn ne le crut pas, mais proposa de l'emmener. Laurie s'installa sur le siège passager avec la célérité du coupable et une odeur âcre s'éleva aussitôt dans l'habitacle : une odeur d'alcool et de vêtements pas lavés.

« Vous êtes allés quelque part de sympa, c'est ça ?

— En effet. »

Gladwyn n'avait aucune intention de faire la conversation, mais mieux valait rester poli.

« Vous avez du bol. Je me dis souvent qu'un break me ferait pas de mal. »

Laurie renifla, puis s'essuya le nez du revers de la main. Le nuage qui cachait la lune s'échappa. Sa pâle lueur brilla à travers le pare-brise. Jetant un coup d'œil à son passager, Gladwyn vit un visage altéré par l'amertume : les traits de Laurie étaient sillonnés de rides profondes, et sa dent noire dépassait sur sa lèvre inférieure. Il haïssait cet homme de vivre si près de Lara. Laurie sembla lire ses pensées.

« Je me fais beaucoup de souci pour elle, dit-il, reniflant à nouveau. Miss Lara... Une belle jeune femme toute seule dans ce coin isolé. J'aime bien garder l'œil sur elle. Je passe de temps en temps, vérifier comment elle va. Je fais des petits travaux pour elle.

— Je sais.

— Mais il me semble que vous venez vous-même assez souvent, non, monsieur ? Vous gardez l'œil sur elle vous aussi.

— Je ne viens pas si souvent que ça.

— J'ai remarqué », dit Laurie.

Gladwyn, poussé par une colère sourde, décida de prendre un risque.

« En fait, Laurie, je ne pense pas qu'il soit nécessaire de venir trop souvent. Ça dérange Lara dans son travail. Elle aime qu'on la laisse tranquille. »

Il y eut un long silence.

« Je sais ce qu'elle aime, dit Laurie. Si je sentais que je forçais la note, j'arrêterais de venir. »

Il ne mentait pas très bien. Conscient d'avoir raté son coup, Gladwyn pesta intérieurement. Il mourait d'envie d'être au lit, couché à côté de Blithe.

« Elle a de la chance, au fond, insista Laurie. Elle nous a tous les deux. Vous et moi. »

Ils étaient arrivés dans l'unique rue du village. Gladwyn s'arrêta, coupa le moteur. Laurie pivota sur son siège.

« En fait, monsieur, dit-il, parant à nouveau

son “monsieur” d’une ironie perfide, j’attendais l’occasion de m’excuser auprès de vous. Pour ce gnon que je vous ai collé il y a quelque temps, je sais pas ce qui m’a pris. Parfois la moutarde me monte au nez et il faut que je cogne : je peux pas m’en empêcher.

— Je vois », dit Gladwyn, qui voulait simplement que cet être sournois sorte de sa voiture et s’en aille. Qu’il s’en aille.

« Il faut que je file, annonça-t-il en remettant le contact. Il est tard et je dois me lever de bonne heure.

— Je vois, dit Laurie en imitant Gladwyn. Eh bien, ne vous gênez pas pour moi. Il faut que je file moi aussi. Surtout, ne vous en faites pas pour miss Lara. »

Pendant le trajet, entre autres cogitations pressantes, Gladwyn se demandait ce qu’il raconterait à Blithe pour expliquer son retour prématuré. Souvent, lorsqu’il était contraint de lui mentir, il se contentait d’éluder. Demain matin il lui dirait que, dévasté par sa visite à son oncle, il n’avait eu qu’une envie : rentrer à la maison. Il ne voulait pas dormir là-bas. Le plus bizarre, c’est que c’était vrai.

Tout en roulant, il se demandait si Lara avait cessé de pleurer.

Chapitre quatorze

Au cours des dernières semaines, Gladwyn, très préoccupé, était devenu passablement imprudent avec ses téléphones portables. Plusieurs fois il avait retrouvé le rouge sur le vaisselier : il avait oublié de l'enfermer dans le tiroir. Et puis, un jour, il n'était pas arrivé à mettre la main sur le bleu, qui n'était pas dans sa poche. Il reposait à côté du rouge dans le tiroir. Comment avait-il pu être aussi négligent ? Il se jura de se montrer plus vigilant.

Lorsqu'il était rentré de chez Lara à deux heures du matin à la fin de cette journée si bouleversante, il avait vu le portable rouge sur le vaisselier. Il l'avait ramassé d'une main tremblante. Quand l'avait-il laissé là ? Avant de partir ? Il ne s'en souvenait pas. Pris de panique, il avait commencé à délirer : peut-être Blithe l'avait-elle découvert sur son bureau, avait-elle écouté les messages de Lara et avait-elle descendu l'appareil dans la cuisine pour exiger des explications. Gladwyn avait glissé le mobile dans sa poche. Trop épuisé pour réfléchir convenablement, il était monté se coucher et s'était étendu auprès de Blithe. La chaleur de son corps avait imprégné les draps. C'était agréable, mais il avait pris garde à ne pas la réveiller.

Malgré toutes ses inquiétudes, il avait dû dormir comme un loir. Quand il émergea, à dix heures, il trouva Blithe dans la cuisine. Elle souriait. Elle *souriait*. Cela faisait sûrement partie de son plan.

« Alors ? » demanda-t-elle.

Gladwyn se passa la main dans les cheveux, et ils restèrent dressés. Son père avait eu la même manie. Parfois la chose faisait rire Blithe. Ce matin elle ne rit pas.

« Une drôle de journée », répondit-il, s'asseyant à sa place habituelle.

Blithe lui tendit un mug de café noir.

« Ce n'est plus qu'une question de jours, il le sait. Il fait preuve d'un sacré courage.

— Tu vas y retourner ?

— Seulement pour l'enterrement. »

Où avait-elle trouvé le portable rouge ?

« Je croyais que tu restais dormir dans le Norfolk.

— C'était prévu, mais je n'ai pas eu la force. Hier soir… Bref, il n'y avait rien à manger dans le cottage. J'avais envie de rentrer. Je suis allé faire une balade sur la plage. »

Il ne mentait pas complètement, c'était quand même moins méprisable.

« Et puis j'ai avalé un truc au pub, j'ai pris de l'essence et je suis rentré tranquillement… Le long voyage est plus facile de nuit. »

Blithe le regardait avec insistance.

« Tu t'es fait quelque chose à l'œil ?
— À l'œil ? Lequel ? »

Gladwyn promena son doigt sur ses deux yeux. Autant qu'il sache, il n'y avait pas de bleu, mais il ne s'était pas regardé dans la glace ce matin. En fait, il avait complètement oublié le coup de poing de Lara.

« On dirait que tu t'es écorché. »

Blithe lui souleva le menton.

« Oui, c'est bien une écorchure. Comment tu t'es débrouillé ? »

Lara avec son ongle, sans doute...

« Aucune idée. »

Il se détourna, agacé.

« Enfin bon, ça n'a pas l'air trop grave.
— Non. »

Bien sûr que si. Le message d'adieu de Lara.

« Méfie-toi. Le bureau qui t'attaque. Maintenant ça. Qu'est-ce qui va suivre ?
— Je ferai plus attention. Promis. »

Sa voix était tellement creuse et monocorde que Blithe lui redressa la tête une fois encore pour l'embrasser sur les tempes. Elle se dirigea vers la porte.

« J'ai un tas de choses ennuyeuses à faire. Je n'en ai pas pour trop longtemps. »

Elle se tut. Un silence terrifiant : elle avait jeté un regard vers le buffet...

« Au fait, ton portable rouge était sur le buffet hier. Tu l'as récupéré ? »

Gladwyn acquiesça.

« Je me demande bien à quoi il te sert.

— Tu as raison ! »

Gladwyn ne pouvait rien faire d'autre que glousser.

« Ça m'amusait d'en avoir de toutes les couleurs, mais je m'y perds ! Je me demande si je ne vais pas tous les bazarder…

— Comme tu voudras. »

Blithe se moquait complètement de ses histoires de téléphones mobiles.

« Pas trop de messages compromettants sur le rouge ? »

La question était risquée, mais il fallait la tenter. Il gloussa de nouveau, un petit rire bête.

« Comment le saurais-je ? Je ne suis pas du genre à écouter les messages sur le portable de mon mari…

— Bien sûr que non. »

Gladwyn, éperdu de soulagement, mais aussi d'amour et de gratitude, termina son café. Il reprenait des forces. Plus tard, il irait voir Lara.

Blithe serait absente quelques heures. Elle ne lui demanda pas s'il comptait sortir ni ce qu'il projetait de faire. Elle ne saurait jamais à quel point il lui était reconnaissant. Il se mit en route, plein d'effroi, imaginant que ce serait peut-être la dernière scène entre Lara et lui, la fin de leur histoire… Des détails pratiques à régler, l'appartement de Londres à remettre dans l'état de chaos où ils l'avaient trouvé… Il ne voulait pas que cette histoire se termine.

Contrairement à sa recommandation, Lara ne s'était pas enfermée à clé : lorsqu'il poussa la porte d'entrée, elle était en train de descendre l'escalier. Elle était non seulement très pâle, mais enceinte. Son ventre... il le voyait pour la première fois. Gladwyn s'empressa de la rejoindre, la prit dans ses bras.

« Je t'aime », dit-il, sans savoir comment enchaîner.

Une foule de lumières clignotaient dans sa tête, sans lui donner aucune indication. Lara se contorsionna pour se dégager. Il la lâcha.

« Ah vraiment ? » fit-elle, d'un ton tellement morne qu'il l'entendit à peine.

Elle se dirigea vers la cuisine. Gladwyn la suivit. Elle prit sa chaise habituelle. Gladwyn s'assit ailleurs qu'à l'ordinaire, à l'autre bout de la table. Il avait besoin de café : on ne lui en proposa pas.

« Comment espères-tu que je te croie ? »

Elle ne le regardait pas : elle avait le visage tourné vers la fenêtre.

« Je n'espère rien. Mais c'est la vérité. »

Lara soupira. Gladwyn eut peur. Elle était si différente ; elle paraissait si fragile.

« Tu m'as trompée depuis le début. Tu n'as jamais répondu avec franchise à la moindre question. Tu m'as toujours laissée penser que tout allait bien, que ce n'était qu'une question de temps.

— Ça aurait pu. Je regrette.

— Qu'est-ce que tu veux dire, "ça aurait pu" ? Tu aurais quitté ta femme ? »

Gladwyn secoua la tête. Ce n'était pas le moment de mentir.

« Sans doute que non.

— Bon, alors, la tromperie aurait continué ad vitam aeternam, sauf grain de sable imprévu… Ce n'est pas l'idée que je me fais de l'amour.

— Non. Tu as raison, bien sûr. »

Il toucha sa pommette où Blithe avait remarqué l'égratignure.

« Je ne savais pas quoi faire.

— Tu aurais pu me résister. Éviter ce désastre.

— Je n'avais pas envie de te résister. J'ai essayé, pourtant. »

Lara soupira. Enfin elle le regarda. La rencontre de leurs yeux leur causa une secousse à tous les deux. Lara se leva soudain et alla à la cuisinière préparer deux mugs de café. Gladwyn y vit un bon présage. Un fragment de normalité. Elle regagna son siège, se rassit. Le silence entre eux n'était entamé que par le cliquetis des mugs sur le bois de la table, les derniers glouglous de l'eau dans la bouilloire.

« J'ai essayé aussi », dit-elle finalement.

Gladwyn se demanda s'il se faisait des idées, ou si elle avait un ton plus léger.

« Je sais que nous devons discuter de détails pratiques, reprit-elle, mais voilà, est-ce que, par hasard, tu pourrais avoir l'obligeance de m'expliquer ce qui s'est passé ? »

Ce langage guindé était tellement insolite chez elle qu'il crut avoir mal entendu.

« Avoir l'obligeance… répéta-t-il en marmonnant. Je vais essayer. Bon. Tu sais comment ça a commencé.

— Tu as été gentil, tu m'as aidée, tu m'as conduite à…

— Et je ne saurais pas te dire, exactement, quand a eu lieu le coup de foudre. Peut-être quand tu étais allongée dans ce lit d'hôpital, avec ces rideaux bleus : je sais qu'en te laissant à la gare, le lendemain de cette nuit ratée dans cet hôtel ridicule, j'étais complètement ébranlé, bouleversé, anéanti… Je savais que j'étais amoureux de toi et que je voulais te revoir, mais je savais que je ne devais pas. J'ai vraiment essayé de ne plus penser à toi. Impossible. Et, après notre deuxième rencontre, je me suis dit que tu…

— Oui. Oh, oui. Je ne le nie pas. Je ressentais la même chose. »

Elle déglutit.

« Mais tu aimais… tu aimes quand même ta femme ?

— Oui. Et mon fils.

— Et tu ne t'es jamais dit que tu pourrais les quitter, renoncer à eux pour moi ?

— Je l'ai envisagé, oui.

— Mais ?

— Mais je savais sûrement que je ne le ferais jamais. Que je ne pourrais jamais.

— Dans ce cas, tu imaginais qu'il allait se passer quoi ?

— J'essayais de ne pas trop réfléchir aux complications. J'imaginais sans doute que nous pourrions… continuer comme ça, tout simplement. Ça semblait fonctionner plutôt bien.

— Je vois. Tu veux dire "continuer comme ça" pendant des années et des années ?

— Ça s'est déjà vu. »

Lara ricana.

« Vivre dans la terreur constante d'être découvert ? Devoir faire jurer aux amis de garder le secret ? Tu parles d'une vie. J'étais intriguée que tu ne m'aies jamais présenté aucun de tes amis à part Rory, mais je n'y réfléchissais pas trop parce que j'aimais t'avoir rien qu'à moi. »

Elle se tut.

« Seulement, maintenant, il y a le bébé. Ça a un peu fichu en l'air ton joli scénario, non ?

— Je serai là, affirma Gladwyn.

— Merci beaucoup », répliqua-t-elle d'un ton cinglant.

Blessé, Gladwyn tâcha de ne pas tressaillir.

« Je serai là pour toi. Promis. J'organiserai tout. »

Lara se mit à rire, un rire de plus en plus aigu qui se transforma en grincement.

« Mais bien sûr ! Je vois d'ici le tableau. Tu débarqueras à l'hôpital avec un bouquet de fleurs. Tu me ramèneras chez moi. Tu m'aideras à installer notre enfant dans son lit. Tu gazouilleras au-dessus de son berceau. Et puis après ? Quand est-ce que tu reviendras ? Comment est-ce que tu feras pour échapper suffisamment à ta femme et jouer à fond ton rôle de père auprès d'un enfant qui habite à des kilomètres ? »

Il y avait des larmes dans ses yeux à présent, mais elles ne coulaient pas.

« Ne t'inquiète pas, Lara. S'il te plaît, ne t'inquiète pas. Je ne vais pas t'abandonner sous prétexte que Blithe fait partie de ma vie...

— Blithe… c'est quoi, ce nom ? »

Elle renifla. Sortant de sa poche son mouchoir en soie, Gladwyn le lui fit glisser à travers la table.

« Je suppose que c'est ta femme qui s'est chargée de repasser ce mouchoir de luxe, commenta-t-elle.

— C'est probable.

— Parle-moi d'elle. »

Gladwyn fut tenté de hausser les épaules, l'air de dire par où commencer ? Mais ce geste trop désinvolte aurait pu paraître dédaigneux. Quoi qu'il advienne, il allait se montrer loyal envers Blithe. Il y eut un long silence. Il ne voyait pas comment faire pour le rompre.

« C'est sûrement une femme merveilleuse », déclara Lara, d'un ton calme.

Gladwyn hocha la tête.

« On peut dire ça.

— Et comment ça a commencé, entre elle et toi ?

— À un mariage à la campagne. Il pleuvait. Elle était assise près d'une immense fenêtre, avec la pluie qui ruisselait derrière elle.

— Ah, des débuts romantiques…

— Je suppose que oui.

— Ça a été le coup de foudre.

— Je pense que oui.

— Est-ce que ça a été pareil avec moi ? Je veux dire, aussi vite ?

— Oh, Lara, on ne peut pas mesurer ces choses-là. Mais, oui, je peux dire que je suis tombé amoureux de toi à une vitesse vertigineuse.

— S'agit-il vraiment d'amour chez les hommes,

quand ça survient comme ça, de manière si subite et si inattendue ? Ou bien est-ce simplement de l'attirance sexuelle ? Si ça arrive aux femmes, c'est moins fréquent, en tout cas.

— Ça, je n'en sais rien.

— Ce n'était pas comme si Blithe et toi vous ne vous entendiez plus, si ? Tu ne voyais pas en moi une sorte d'exutoire, au moins ?

— Absolument pas. On peut être très heureux et avoir soudain besoin de se sentir perdre la tête, de mettre du piquant dans sa vie. Comme si une aventure pouvait recharger les batteries. Le cocon, le côté familier de l'amour conjugal, quand on y retourne, n'en est que plus rassurant…

— Et cette sensation compenserait toute l'abomination du mensonge, de la tromperie ?

— Je suppose.

— Ah, les hommes… »

Lara était désemparée, désespérée. Gladwyn se demandait comment dissiper sa colère, comment chasser sa tristesse. Il posa ses mains à plat sur la table et soupira. Peut-être des projets concrets sauraient-ils la calmer.

« Nous n'avançons pas beaucoup, conclut-il. Nous n'arrivons à rien, pas vrai ? »

Lara haussa les épaules.

« Tu croyais vraiment que ce serait facile ?

— Non. Pas du tout.

— Très peu de détails à régler, en fait. Le bébé naît, je le ramène ici. Je m'en occupe et je continue à travailler autant que je peux…

— Tu n'auras pas à t'inquiéter de ça, je te promets.

— Je ne m'inquiète pas pour l'argent, répliqua sèchement Lara. Je m'inquiète du fait que tu ne seras pas là, que cet enfant n'aura pas de père.

— Je serai là. Je serai là autant que je...

— Si je suis d'accord. Il serait peut-être mieux, plus facile, d'oublier ta famille des Downs. De faire comme si ton deuxième enfant n'existait pas.

— Jamais de la vie !

— Qui sait ? Il se pourrait que je trouve un homme qui m'aime et qui veuille bien de moi et du bébé. »

Gladwyn frémit. Ce n'était pas ce qu'il souhaitait, mais, en effet, ce n'était pas à exclure.

« Cet enfant, garçon ou fille, je l'aimerai toujours, je voudrai toujours de lui, et je passerai avec lui le plus de temps possible. »

Lara se redressa soudain sur sa chaise, l'air rasséréné.

« Le mieux, ce serait vraiment que tu l'avoues à ta femme. Là, au moins, tu ne serais pas obligé de continuer à mentir. Ça doit être épuisant.

— Non, jamais je ne pourrais le lui avouer, dit Gladwyn. Ce serait la fin. »

La bouche de Lara esquissa une moue, comme si elle s'était apprêtée à sourire et y avait renoncé avant de dévoiler ses dents.

« Ce que je vois, c'est que, pour toi, il vaut mieux me larguer moi plutôt qu'elle. C'est plus facile.

— Ne dis pas ça. Cela ne se compare pas.

— Bien sûr. Quoi qu'il en soit... comme tu dis, on n'avance pas. On va faire quoi ?

— Quand le bébé doit-il naître, exactement ?

— Dans cinq mois environ. »

Lara appliqua sa main sur son ventre. Gladwyn se souvenait de ce geste : chaque fois que Blithe s'asseyait, elle se calait contre le dossier, plaçait une main sur son ventre et lui demandait d'observer la croissance de la bosse.

« On a un peu de temps, alors.

— Pas vraiment. Il y a beaucoup de choses à décider.

— Certes, mais on y arrivera. »

Gladwyn contemplait ses mains, toujours à plat sur la table.

« Tu dois sûrement repartir, mais là, au moins, tu n'as plus besoin d'inventer un prétexte. Dire que je n'ai jamais rien soupçonné… Je t'ai toujours cru. Je n'avais aucune raison de douter de toi. »

Elle eut un petit rire.

« Ne sois pas trop amère, je t'en prie. J'ai foiré dans les grandes largeurs, mais je t'aime, c'est vrai. Je suis heureux que tu attendes un enfant de moi : je suis…

— Oh, Gladwyn ! fit-elle, soudain agacée. Arrête, tu veux ? »

Elle jeta un coup d'œil vers la fenêtre ouverte et l'effroi remplaça l'agacement. Gladwyn suivit son regard. Laurie approchait, mâchonnant un chewing-gum, son horrible faciès déformé par une grimace de triomphe.

« Allez-vous-en, nom de Dieu ! cria Gladwyn. Qu'est-ce que vous voulez ? Je vous ai déjà demandé de fiche la paix à Lara…

— Je prends juste des nouvelles, fit Laurie, sarcastique. Je viens juste vérifier que miss Lara va bien.

— Naturellement qu'elle va bien. Maintenant, partez !

— S'il te plaît, Gladwyn. Ne crie pas. Ce n'est pas la peine, intervint Lara, haussant la voix.

— À plus, alors, vous deux ! »

Avec un sourire condescendant, Laurie recula et rebroussa chemin. Lara se tourna vers Gladwyn.

« Franchement, je ne serais pas étonnée qu'il s'en prenne à toi. Il a des couteaux. Il égorge les cochons. »

Elle semblait apeurée. Gladwyn eut un rire piteux.

« Je crois pouvoir me débrouiller. Inutile de t'inquiéter. »

Il se leva. Lara le regarda dans les yeux. Il n'avait plus le temps de se creuser la cervelle. Sans réfléchir, il suivit son instinct et s'approcha de Lara. Quand, à son tour, elle se leva, il la prit dans ses bras et se mit à l'embrasser. À sa grande surprise, elle ne résista pas. Tout n'était peut-être pas perdu, songea-t-il.

Cinq minutes plus tard, il s'esquiva, sans rien dire. Les mots ne les avaient pas menés loin : pas de plans arrêtés, des excuses insuffisantes, aucune allusion à une rencontre à venir. Lara, qui, en temps normal, insistait pour savoir quand ils se reverraient, était demeurée silencieuse. Gladwyn, totalement dérouté, grimpa dans sa voiture et s'éloigna à fond de train. Il n'y avait aucune trace de Laurie.

En voyant Gladwyn arriver, Laurie avait rejoint sa cachette près de la fenêtre de la cuisine. Accroupi derrière son buisson touffu, il avait entendu chaque mot de leur conversation, n'arrêtant de mâcher son chewing-gum que pour se gratter les avant-bras.

Après le départ de Gladwyn, il attendit une dizaine de minutes avant de s'introduire dans le cottage, qui n'était toujours pas fermé à clé.

Lara était encore assise à la table de la cuisine. Elle paraissait épuisée.

« Oh, Laurie. Pourquoi tu es revenu ?

— Je m'inquiétais pour toi. Tu n'as pas l'air aussi joyeuse que d'habitude.

— Je vais bien, merci.

— Je me demandais si je pouvais faire quelque chose ? C'est à ça que servent les voisins, non ?

— Je t'assure, rien. Je suis juste un peu fatiguée.

— Pas étonnant. »

Imitant sans le savoir le geste de Gladwyn, il posa ses mains à plat sur la table. Barrées de cicatrices, ses phalanges décolorées formaient comme des créneaux sur ses doigts abîmés.

« Je veux dire, maintenant que t'as un polichinelle dans le tiroir. »

Lara sursauta, furieuse.

« En voilà une horrible expression !

— J'ai entendu tout ce que vous avez raconté, miss Lara. J'étais passé te dire bonjour, mais finalement je suis resté écouter. J'allais pas m'imposer quand ton jules était là. J'aurais peut-être pas été le bienvenu.

— En effet. D'ailleurs, tu n'es plus le bienvenu ici. Tu comprends ? Je t'ai déjà dit que je ne voulais pas que tu te pointes à tout bout de champ. »

Lara s'énervait et elle sentait que son visage était écarlate.

« Ne t'approche plus d'ici, Laurie. Fiche-moi la paix, tu veux bien ? Sinon, je serai obligée de prendre des mesures... »

Laurie s'esclaffa.

« Quoi, un policier devant ta porte vingt-quatre heures sur vingt-quatre, à faire tournoyer sa matraque ? Je vois ça d'ici. Elle est bien bonne, celle-là...

— S'il te plaît, va-t'en. J'ai envie d'être seule.

— Ça, je te crois, miss Lara. Mais la solitude c'est pas l'idéal, si on n'a pas quelqu'un pas loin pour vous soutenir. Et ce que je pensais, quand j'ai appris pour le bébé... ce que je me disais, c'est que peut-être t'aurais besoin d'un coup de main. Je pourrais emmener le petit en balade dans son landau, pendant que tu travailles. M'occuper des courses. Te garder le bébé de temps en temps. Tout ce que tu voudras. Je suis habitué aux agneaux, les nouveau-nés, ça me connaît... »

Une de ses mains glissa lentement sur la table vers le bras de Lara.

« Je crois que, de ma vie, j'ai jamais vu une femme qui ait l'air aussi horrifiée que toi en ce moment, miss Lara. J'aimerais que tu arrives à me faire confiance. »

Lara repoussa sa chaise, Laurie retira sa main.

« S'il te plaît, dit-elle.

— Tout va bien… je m'en vais, je pars. »

Il ne fit pas mine de se lever. Lara devinait que sous cette façade grotesque se cachait un homme torturé : peut-être était-il attiré par elle de la même façon qu'elle l'était par Gladwyn. Lui aussi allait être abandonné.

« Y a juste une chose que je tiens à te redire avant de m'en aller. Vois-tu, toutes ces années, toi et moi on a fini par se connaître. Et, je te l'ai dit, un sentiment a grandi en moi. Une profonde affection. Plus que ça, tu le sais. Tu es ma première pensée au réveil et ma dernière le soir avant de m'endormir. Je me fais du souci pour toi. Une jeune femme comme toi, aussi chouette, devrait avoir un mari, ou un petit ami… quelqu'un pour s'occuper d'elle. Je n'ai fait que t'apporter une boîte d'œufs chaque semaine, et te couper un peu de bois. Et je suis pas assez bête pour m'imaginer que tu puisses vouloir autre chose de moi. Mais si un jour… enfin bon, je suis fin prêt, tu t'en doutes. Je te protégerai toujours, miss Lara. Je veillerai toujours sur toi. »

Sa voix commençait à se briser.

« Alors si ton jules te laisse tomber, tu sais que je suis là. »

Lara, à sa grande stupeur, se sentait elle-même au bord des larmes.

« Merci, Laurie, dit-elle après un silence troublé. Je m'en souviendrai. Et je suis désolée. Mais j'aime quelqu'un d'autre, et je pense que nous serons heureux.

— Vous allez vous marier, alors ?

— Ça, je n'en suis pas sûre.

— Du moment qu'il veille sur toi.

— Il le fera. »

Laurie se leva.

« Je vais y aller, maintenant. Je ne t'embêterai plus. Mais tu sais où me trouver si tu as besoin de moi.

— Je sais. »

Lara, soudain émue, s'entendit lancer une invitation à son malheureux soupirant :

« Quand le bébé sera né... tu voudras peut-être venir le voir ? »

Laurie, près de la porte de la cuisine, se redressa de toute sa hauteur. Lara ne l'avait jamais vu aussi grand.

« Oh non ! miss Lara. Pas ça. Merci quand même. En réalité, je crois que je n'aurai jamais le courage de te voir avec le bébé d'un autre. Mais je te souhaite bonne chance pour tout, c'est vrai. »

Il franchit la porte et sortit. Lara, qui le regardait par la fenêtre, remarqua qu'il était redevenu cet homme voûté qui paraissait beaucoup plus vieux que son âge. Elle monta se coucher et demeura allongée, une main sur le ventre. Elle percevait de légères secousses et ce n'était pas son imagination. Elle aurait voulu annoncer à Gladwyn que leur enfant bougeait.

Durant les jours suivants, Lara passa beaucoup de temps à penser à Gladwyn et à Laurie. Il lui vint à l'esprit que Laurie et elle étaient dans la même situation : tous deux abandonnés. Laurie n'aurait jamais dû s'imaginer qu'il avait une chance avec elle, mais il est humain de rêver. Elle se rappela, non sans mauvaise conscience, la façon dont elle l'avait traité ; elle était souvent cassante, le remerciait à peine pour les œufs ou le bois. Elle était cruelle, surtout, or il avait persisté dans son dévouement aveugle. Cette fois, elle était sûre qu'il tiendrait parole et ne reviendrait pas. Ce serait un soulagement, et pourtant elle se demandait si, parfois, sa drôle de tête s'encadrant à la fenêtre ne lui manquerait pas, tout comme sa façon de se croire chez lui dans sa cuisine ou de la questionner sur son bien-être. Gladwyn avait eu tort de lui crier après comme ça. Laurie ne lui ferait jamais de mal à elle. Aussi horripilant, pénible, indiscret qu'il soit, elle s'en voulait de s'être emportée, de lui avoir condamné si fermement sa porte.

Elle aussi avait été abandonnée, mais sa situation était très différente. À l'heure qu'il était, elle n'avait aucune idée de la forme que prendrait sa relation avec Gladwyn. Il ne la laisserait peut-être pas complètement tomber. Il la soutiendrait, s'intéresserait à l'enfant, qu'il aimerait sans doute malgré l'ombre importune jetée sur son mariage. Si, d'un côté, elle était furieuse contre la tromperie et la trahison de Gladwyn, de l'autre, elle était encline à pardonner. D'une certaine manière, elle comprenait pourquoi il avait agi de la sorte. Cette passion entre eux, dans les premiers temps... qui aurait résisté ? Gladwyn avait prétendu avoir essayé. Elle-même, elle avait essayé, quoique sans raison particulière. À ses yeux, Gladwyn avait été un homme infiniment attirant. Drôle, imprévisible, attentionné, fantasque, intelligent : exactement le genre d'homme qu'elle avait toujours espéré rencontrer et épouser. Elle était libre ; elle le croyait libre. Si elle avait eu des doutes, ces doutes-là ne duraient jamais longtemps. Lorsqu'ils étaient ensemble, la plupart du temps, il avait paru heureux. Elle avait vraiment été sotte : elle aurait dû l'interroger. Sachant que les hommes n'aiment pas qu'on les interroge, elle avait préféré se taire et attendre patiemment. Et voilà que cette bombe avait explosé.

Malgré le comportement méprisable qu'il avait eu, Lara ne voulait pas rompre totalement avec Gladwyn. Le bébé serait leur sauveur : elle était convaincue que Gladwyn s'arrangerait pour faire partie de sa vie. Il continuerait à venir, à venir les voir, elle et l'enfant. Est-ce que ce serait plus dur que de ne pas le voir du tout ? Lara n'en savait rien. Elle avait froid. Et elle se posait des questions sur sa femme, cette femme « merveilleuse » au prénom ridicule. Pourquoi, si elle était si merveilleuse, Gladwyn avait-il flashé sur elle, Lara ? Peut-être était-ce tout simple. Comme le lui avait autrefois expliqué sa mère, Dieu s'était terriblement planté en concevant les hommes : c'étaient tous des chiens.

Gladwyn, qui roulait beaucoup trop vite, se demandait s'il avait bien fait de partir sans préciser ce qui allait se passer ensuite. Il ne s'était pas montré des plus résolus. Lara non plus. Ni l'un ni l'autre ne donnait l'impression de vouloir mettre un terme à leur relation. Ils s'aimaient. Ils aimeraient leur bébé.

À quoi ressemblerait cette double vie secrète ? Jusqu'à la grossesse de Lara, la dissimulation avait été possible. Gladwyn craignait que ce nouveau secret, deux fois plus lourd que le précédent, ne constitue un stress qu'ils ne seraient pas capables de supporter longtemps. Pouvaient survenir des événements qui ajouteraient encore à la difficulté de la situation : Lara pouvait fort bien, comme elle l'avait laissé entendre, trouver un autre homme, vivre avec lui. La pensée que cet autre homme serve de père à son enfant était intolérable. Gladwyn prit un virage trop vite et manqua percuter la voiture d'en face. Ébloui par des appels de phares, il freina brutalement et le véhicule derrière ne réussit à s'arrêter qu'in extremis. Autres appels de phares. Il se sentait devenir parano.

Une fois à la maison, il se calma. Remettre au lendemain, son credo de toujours, possédait des vertus apaisantes. Il avait presque cinq mois pour prendre des décisions. En attendant, il pourrait… continuer comme si de rien n'était. Lara ne lui avait pas interdit de venir. Il avait envie de la voir : il fallait qu'il la voie. Mais quand ? Il retournerait chez elle et, s'il rêvait que tout soit comme avant, il savait que c'était impossible.

Dans l'état où il était, il s'étonna de passer malgré tout une soirée agréable. C'était peut-être dans sa tête, mais Blithe se montrait particulièrement douce et tendre. Il l'observait tandis qu'elle déambulait dans la cuisine, son visage toujours aussi beau après toutes ces années de mariage. Son sourire lui causait souvent un coup au cœur, et ce fut le cas ce soir-là.

« Alors, quoi de neuf aujourd'hui ? demanda-t-elle en lui tendant son verre de whisky.

— Pas grand-chose.

— J'ai reçu un nouvel élève qui veut que je lui donne des cours. Il m'a paru très malin, plutôt sympa. Il m'a fait rire.

— C'est bien. »

Gladwyn sourit. Il aimait la longue jupe rouge vif de Blithe, ses drôles de vieilles bottines, son vieux pull en cachemire gris. Il aimait tous ses vêtements, qu'elle portait en général des années d'affilée. Elle les lavait et les repassait avec soin pour qu'ils restent impeccables. Vu leur âge, ces vêtements étaient pleins de tonus ; ils faisaient partie d'elle. Alors que Lara... il eut un choc en repensant à elle. Lara, plus jeune, avait tendance à choisir des articles modernes à la qualité éphémère. Il ne leur trouvait aucun charme. C'étaient de simples enveloppes, parfois très moches, qui avaient pour mission de couvrir le corps, mais qui ne révélaient rien du caractère.

Blithe avait préparé un de ses délicieux ragoûts

pour le dîner. Était-ce un message ? Lui indiquait-elle par là qu'elle savait que c'était le branle-bas dans sa vie, et qu'elle le soutiendrait ? Sans doute que non. Il surinterprétait encore. Pendant le dîner, Tom les fit rire en parlant du « grotesque » de ces maths auxquelles il ne comprenait rien. Lorsqu'il fut couché, ils s'assirent de chaque côté du feu, sans beaucoup parler, mais pleinement heureux de cette soirée tranquille. Bientôt, Blithe se leva pour jeter une bûche dans le feu. Une petite flamme jaillit dans la cheminée et Gladwyn jugea que le moment était idéal. Lara avait raison. La solution la plus facile, celle qui entraînerait le moins de complications, de mensonges et de tourments, serait de tout avouer à Blithe. C'était un risque, mais cela valait peut-être mieux que de s'enferrer à n'en plus finir dans la mystification systématique.

« Blithe », commença-t-il.

Il n'avait pas réfléchi aux mots à employer, ni à la façon dont exposer la chose. Avec Lara, il avait été aidé par la question de son oncle, qui lui avait demandé s'il était venu seul. Il n'avait pas cette béquille avec Blithe. Il répéta le prénom de sa femme, très calmement, et elle lui adressa un sourire d'un ravissement si total qu'il se sentit au bord des larmes.

« Tu sais ce que je me disais ? »

Elle avait légèrement remonté sa jupe, et il apercevait les boutons de ses bottines vintage.

« Je me disais qu'il était temps qu'on prenne des vacances. Un break. On n'est pas partis depuis des lustres.

— C'est vrai. Mais tu n'aimes pas les vacances, répondit-il en lui rendant son sourire.

— J'aime bien quand on part quatre, cinq jours, pas plus. Tu le sais bien. »

Un tourbillon se déchaîna dans la tête de Gladwyn. Même une absence de quelques jours serait source d'angoisse : Lara accouchait dans cinq mois et, à moins qu'ils ne partent sous peu, son inquiétude serait tout ce qu'il y a de légitime.

« Alors, tu aimerais aller où ?

— Je ne sais pas. En Écosse, en Irlande, en Italie.

— Rien de trop ambitieux, donc ?

— On dirait que tu ne me connais pas. Je trouve juste qu'on devrait s'échapper, de temps en temps.

— Je vais examiner la question, déclara Gladwyn, histoire d'obtenir un court délai. Rory parlait d'un endroit, l'autre jour. Je lui téléphonerai. »

Blithe lui lança un de ses regards remplis de reconnaissance.

« Rien ne presse. »

C'était une de ces discussions typiques entre eux qui allaient sûrement rester lettre morte. Il y avait des chances que ce projet de vacances ne se concrétise jamais.

Gladwyn vit qu'il était onze heures. Un peu tard, maintenant, pour entamer ses aveux. Une fois de plus il s'était montré incapable d'aller au bout, et une fois de plus il désespérait de lui-même. Il se leva, puis écarta les bras. Blithe vint aussitôt s'y blottir. C'était bizarre comme il avait envie d'elle, d'une façon tout à fait différente de Lara : une façon qui lui apportait le plus grand réconfort qu'il connaisse, et dont il n'imaginait pas se passer. Cette perspective était inconcevable. Il caressa ses seins tellement doux, lui effleura le front. Ils montèrent.

Chapitre quinze

Un certain temps s'écoula sans le moindre échange entre Gladwyn et Lara. Gladwyn ne cessait de réfléchir à ce qu'il devait faire, mais aucune idée ne lui venait. Quand Blithe lui fit remarquer qu'il avait perdu du poids, il s'aperçut que toute cette affaire le perturbait plus qu'il ne l'aurait cru. Il n'avait pas d'appétit et avait du mal à dormir. Sa seule et maigre consolation était de ne plus redouter d'entendre sonner le portable rouge. Gladwyn avait demandé à Lara d'attendre qu'il lui donne le feu vert. Obéissant à ses instructions, elle ne l'appelait pas, mais elle devait souffrir. C'était à lui de la contacter. Tous les jours, elle devait guetter son coup de téléphone, brûlant de savoir quels étaient ses projets à long terme. Un matin, il l'appela du bureau.

Lara avait tout fait pour réprimer son agitation. Maintenant que l'espoir d'une vie normale avec Gladwyn était mort, elle allait devoir retrouver la solitude qu'elle connaissait avant de le rencontrer, et qui ne lui déplaisait pas. Ce ne serait pas la même solitude, bien sûr : avec un bébé, son mode de vie allait forcément changer. Entre les tétées et les autres attentions à prodiguer au bébé, il ne lui resterait que de courtes périodes pour travailler à sa poterie. Elle imaginait que Gladwyn viendrait aussi souvent qu'il pourrait. Elle attendrait ses visites avec impatience, mais elle était bien décidée à ne pas le lui reprocher si celles-ci étaient trop espacées.

Durant les semaines de silence qui avaient suivi l'aveu de Gladwyn, Lara, fatiguée, n'avait pas fait grand-chose. Elle s'asseyait au coin du feu, la main sur le ventre, à sentir le bébé bouger, à regarder son abdomen se soulever puis retomber, pesant comme l'eau d'une mare que la brise peinerait à agiter. Les assiettes brutes s'empilaient mais elle n'arrivait pas à trouver le courage de les peindre. Quand elle ne somnolait pas dans le fauteuil, elle lisait des livres et absorbait le genre d'aliments conseillés aux femmes enceintes. Au moindre bruit dehors, elle se surprenait à lever les yeux, en espérant que Gladwyn apparaisse à la fenêtre. Elle avait beau craindre que Laurie insiste, elle avait la mystérieuse sensation que cette fois il ne reviendrait pas. À maintes reprises, elle avait failli manquer à sa parole et laisser un message sur le portable de Gladwyn. Mais elle avait résisté.

Pour la plupart, ses réflexions ensommeillées concernaient ce qu'elle éprouvait aujourd'hui pour lui. Sa colère initiale, en apprenant son mariage, semblait s'être évanouie. Une immense désillusion lui rongeait le cœur. L'espérance déçue dévorait ses entrailles. Mais elle savait qu'elle l'aimait toujours, et que l'amour contient en lui le pardon. Elle avait compris qu'ils ne seraient plus jamais comme avant, unis par la vision euphorique de leur avenir commun : elle s'était résignée à ce que la vision de Gladwyn ne corresponde pas à la sienne. Peut-être, d'ailleurs, n'avaient-ils jamais eu la même : c'était ça le plus triste. Ils auraient néanmoins une vie ensemble, si singulière soit-elle. Une vie cachée, faite de prudence et de traîtrise, très éloignée de la normalité. Il lui faudrait s'en contenter. Et puis peut-être, un jour, Gladwyn changerait-il d'avis. Il déciderait qu'il l'aimait plus que sa femme, et ce serait son tour à elle... Inutile de rêver. C'était peu probable.

Lorsqu'elle eut enfin Gladwyn au bout du fil, après ce long mutisme, son cœur s'accéléra. Mais elle demeura calme.

« Comment vas-tu ? demanda-t-il d'une voix anxieuse.

— Je vais bien. J'espère que tu ne t'es pas inquiété.

— Non. Quand même un peu. Je pourrai venir te voir cet après-midi si ça ne te...

— Ce serait merveilleux.

— Je suis là dans deux heures. »

Après cet échange pourtant très banal, Lara se surprit à trembler. Elle sortit dans le jardin cueillir des fleurs et du romarin à mettre sur la table. La maison devait rester pimpante : elle ne voulait pas qu'il s'imagine qu'elle se laissait aller sous prétexte qu'ils n'avaient pas d'avenir ensemble. En flânant dans le jardin, elle se fit la réflexion que le landau trouverait sa place idéale sous le lilas. Le landau ! Elle n'avait absolument rien acheté pour le bébé, et la chambre qu'il occuperait n'avait pas été préparée. Il y avait des tas de choses à faire avant sa naissance, et elle s'en félicitait.

À deux heures et demie, Gladwyn entra en coup de vent dans la cuisine. Il avait l'air fatigué, tendu. Mais il souriait.

« Je suis désolé... C'était un peu la panique. »

Il la serra dans ses bras, l'embrassa sur le front, dans le cou, et enfin sur la bouche.

« J'imagine. »

Lara se demanda s'il imaginait à quoi sa vie à elle avait ressemblé.

« Tu crois qu'on peut encore...

— Bien sûr. »

En acceptant la visite de Gladwyn, Lara ne pensait pas passer l'après-midi au lit avec lui, mais c'est ce qui arriva. Un rien craintif, il se montra très doux, moins impétueux que d'habitude, et, après l'amour, il lui posa une main sur le ventre. Il sentait le bébé remuer : il en avait les larmes aux yeux.

Ce schéma presque normal encouragea Lara à la hardiesse. Sachant qu'elle n'aurait pas beaucoup d'occasions, elle décida de profiter de sa bonne humeur pour aborder la question de l'avenir.

Gladwyn lui caressait la joue avec un doigt tandis qu'allongée sur le dos elle contemplait au plafond les ombres du feuillage : un arbre se dressait non loin de la fenêtre. Elle repensa à *Dancing on the Ceiling*, un vieil air que sa mère fredonnait en permanence.

« Tu es d'une indulgence incroyable, dit-il. Tu es un ange.

— Je ne suis pas un ange : je n'ai pas vraiment le choix. »

Son ton était plus brusque que prévu, mais Gladwyn perçut un rire dans sa voix lorsqu'elle ajouta :

« Sinon, quoi ? Des années de colère, de jalousie, de déception... Bien sûr que je suis en colère, jalouse, déçue. Mais je sais que la situation ne changera pas, et je ne vais pas me laisser miner par l'amertume pendant des années et des années. Tu es décidé à rester avec ta femme, et tu as raison. Je dois juste... faire bonne figure et continuer. Notre enfant sera là. Tu viendras nous voir très souvent, j'espère.

— Ça va de soi.

— Et un jour, qui sait ?

— Qui sait ? Mais ne te fais pas trop d'illusions.

— Tu ne peux pas m'empêcher de garder espoir. Ni de tomber un jour, ajouta-t-elle en reprenant son ton rieur, sur l'homme idéal qui voudra bien m'épouser. L'enfant aurait un père. Et moi, un mari. Qu'est-ce que tu dis de ça ?

— Ce serait bien, je suppose. Ce serait la meilleure solution. »

C'était la deuxième fois que Lara évoquait cette atroce possibilité. Gladwyn se renfrogna.

« Ce serait... Enfin bon, je serais bien obligé de me faire une raison. »

Ils restèrent étendus en silence, saisis tous deux d'une tristesse peu coutumière dans leur relation.

« Tu as pris des dispositions, pour l'hôpital et tout ça ?

— Bien sûr.

— Et tout est… OK ?

— Tout va bien.

— Il faudra convenir d'un code pour que tu puisses me joindre au moment de l'accouchement. Où que je sois, je foncerai te rejoindre, je serai avec toi.

— Très bien.

— Et après, je serai avec toi autant que je le pourrai.

— Très bien, répéta Lara avec un haussement d'épaules. Et puis on continuera comme ça indéfiniment, en espérant que je n'en souffre pas trop.

— Mais bien sûr, bien sûr. Tout ira bien. Fais-moi confiance. »

Lara hocha la tête. Gladwyn fit pivoter ses jambes hors du lit et ramassa ses vêtements sur le sol. Lara ne bougea pas. Elle ne l'accompagna pas sur le seuil. Elle ne se sentait pas assez forte pour le voir repartir vers son autre vie. Il y aurait une multitude de départs à l'avenir, et peut-être deviendraient-ils plus faciles. Mais, pour l'instant, elle n'avait pas le courage de regarder le père de son enfant retourner auprès de sa femme.

Maintenant qu'il n'avait plus à mentir que d'un côté, Gladwyn trouvait la vie un peu plus facile. Ses rendez-vous sporadiques avec Lara avaient repris, tantôt à Londres – où elle s'occupait des achats pour le bébé –, tantôt chez elle. Jamais, lors de ces rencontres, Lara ne posait de questions sur Blithe : elle prenait uniquement des nouvelles de Tom, et disait espérer qu'il ferait un jour la connaissance de son frère ou de sa sœur. Gladwyn jugeait la chose peu probable. Dans ces moments-là, la culpabilité l'étreignait avec acuité, mais il avait fini par comprendre que la culpabilité était un sentiment dont il ne se débarrasserait jamais complètement.

Seule dans son cottage, Lara prenait plaisir à peindre la chambre du bébé et à disposer les meubles commandés chez John Lewis. (« Donne-moi la facture », avait dit Gladwyn, et elle la lui avait donnée. Il n'avait pas bronché en voyant le montant.) Ses espérances anéanties, Lara faisait contre mauvaise fortune bon cœur et pensait à peine à Laurie. Il avait tenu parole et n'était pas revenu. Mais un après-midi elle le croisa sur la petite route en rentrant au cottage. Elle le soupçonna d'avoir essayé de vérifier si Gladwyn était là, et elle éprouva un frisson de malaise. Il lui fit bonjour de la main, puis il tendit les bras en cercle devant son ventre, lui signifiant par là qu'elle avait pris du volume. Lara ralentit et lui rendit son sourire, mais ne s'arrêta pas.

Le bébé naîtrait à l'hôpital local. Dès que le travail commencerait, elle était convenue avec Gladwyn qu'elle l'appellerait sur son portable, qu'il aurait désormais toujours avec lui. Il espérait pouvoir arriver à temps pour la naissance.

En tout cas, il ferait au plus vite. C'était la seule assurance qu'il pouvait lui donner. Parfois, Lara trouvait cela raisonnable. À d'autres moments, la colère s'emparait d'elle.

« Bon sang, pourquoi je peux pas tout bêtement t'appeler chez toi, ou au bureau, en cas d'urgence ? lui hurla-t-elle un jour au téléphone.

— Tu sais pourquoi », avait-il répondu, aussi triste qu'elle.

Un dimanche, environ un mois avant la date prévue pour la naissance, ils passaient un après-midi joyeux au cottage. Lara était installée au fond d'un fauteuil, les genoux écartés, les mains jointes sur son ventre opulent. Gladwyn revit soudain Blithe assise à peu près dans la même position avant l'arrivée de Tom. Toutes ces similitudes bizarres entre sa femme et Lara avaient décidément quelque chose d'accablant.

Lara parut lire dans ses pensées.

« Eh oui, ce sera éternellement comme ça. Des visites. Jamais de projets précis.

— Je ferai du mieux que je peux. »

Gladwyn se leva pour aller préparer du thé et mettre des biscuits sur une assiette. En temps normal, il n'aurait pas pris cette peine, mais il voulait se comporter comme un mari ; il voulait que Lara voie en lui un homme protecteur, serviable. Elle s'esclaffa.

« Tu comptes rester aussi prévenant ?

— J'essaierai. Et, quand le bébé aura quelques mois, on partira une semaine. Des vacances dignes de ce nom.

— Et tu expliqueras ça comment, s'il te plaît ? » fit-elle avec une pointe d'amertume.

De temps en temps, elle ne pouvait s'empêcher de lui rappeler les travers de leur drôle d'arrangement.

« Je me débrouillerai. »

Une inquiétude lui vint.

« Tu feras comment pour aller à l'hôpital ?

— Mon amie Mary n'habite pas loin. Je revenais de chez elle le jour où on s'est rencontrés. Elle a proposé de m'emmener...

— Si je ne peux pas.

— Si tu ne peux pas.

— Tu es très bien organisée, dit Gladwyn.

— J'ai intérêt. »

Lara soupira.

« Quoi de neuf, de ton côté ? »

Elle tenait à mettre un terme à cette discussion autour du bébé, et Gladwyn fut soulagé lui aussi de changer de sujet. Il lui décrivit une nouvelle assiette en Sèvres qu'il avait réussi à acheter. Il l'avait payée plus cher qu'escompté, mais il avait la certitude que d'ici quelques années il pourrait la revendre avec un très gros bénéfice. Lara adorait leurs conversations sur les porcelaines ou les poteries, leurs échanges d'opinions sur les couleurs et les formes. Avant de s'en aller, Gladwyn promena encore ses mains sur le ventre de Lara, mais ils ne reparlèrent pas de l'avenir. Ils savaient l'un et l'autre que rien n'y changerait quoi que ce soit.

Après le départ de Gladwyn, Lara, qui avait mal à la tête, prit un cachet et alla s'allonger sur son lit. Elle s'endormit pour ne se réveiller qu'à l'aube le lendemain.

Elle avait été tirée du sommeil par une douleur cuisante dans le bas du dos. Cela ne pouvait pas venir du bébé : les douleurs de l'accouchement se situaient forcément dans le ventre, pas dans le dos... Elle patienta un moment, se demandant quoi faire. Lorsque le soleil commença à filtrer dans la pièce, les douleurs étaient plus fortes. Histoire d'être sûre, elle appela la sage-femme. Elle ne se sentait pas de prendre le volant pour aller jusqu'à l'hôpital.

Une grande femme affairée arriva à sa porte moins d'une heure après. Dans l'intervalle, Lara avait envoyé un texto à Gladwyn. Elle savait qu'il ne serait pas commode pour lui de s'esquiver à une heure si matinale, mais elle savait également qu'il inventerait une excuse plausible. Elle ne voulait pas le faire venir s'il ne s'agissait que d'une fausse alerte, mais elle savait qu'il serait effondré s'il ratait la naissance.

La sage-femme – « Je m'appelle Marjorie » – lui inspira aussitôt confiance : elle connaissait parfaitement son métier et réagit avec l'efficacité requise.

« D'après moi, Lara, c'est risqué de prendre la route, dit-elle. Tout se présente bien. Mieux vaut vous préparer à accoucher ici. »

Les contractions se rapprochaient de plus en plus et Lara tâcha de se distraire en observant Marjorie. Lara par-ci, Lara par-là... la sage-femme était du genre à croire que l'usage constant du prénom favorisait l'intimité immédiate. Peut-être lisait-elle des romans sentimentaux, où les prénoms étaient employés avec une fréquence ridicule. Allongée là, assaillie par les contractions, Lara puisait un étrange réconfort à entendre ainsi répéter son prénom, et elle avait hâte de s'en amuser avec Gladwyn.

« Votre compagnon est déjà en chemin, dites-moi ? Ou bien dois-je dire votre mari ? »

Une contraction évita à Lara de répondre tout de suite. Puis :

« Gladwyn, mon ami, est, j'espère, en chemin. »

Son ton devait paraître un peu pompeux, mais elle ne pouvait pas penser à Gladwyn comme à un compagnon. Ce n'était pas un compagnon. C'était l'homme qu'elle aimait mais avec qui elle ne pouvait pas vivre, le père de cet enfant sur le point de naître.

« Très bien », dit Marjorie, qui semblait avoir disposé tout un assortiment de serviettes et d'instruments au pied du lit.

À l'aide d'un stéthoscope, elle écouta ce qui se passait dans le ventre de Lara, puis sourit.

« Tout est en ordre. »

Marjorie exhalait le calme comme la terre peut exhaler la brume. Ses grosses mains, couleur de pâtes alimentaires, tournoyaient au-dessus du ventre de Lara. Elle lui proposa un masque pour lui faire respirer un gaz anesthésique. Lara refusa. Les douleurs avaient beau être terribles, elle voulait les ressentir pleinement. Elles n'allaient tout de même pas durer des heures...

À dix heures cinq, Lara hurla plus fort qu'elle avait jamais hurlé de sa vie, et le bébé vint au monde. Une fille. Née un mois avant terme, petite, parfaite, avec juste un duvet sur la tête, aussi léger que des flocons de neige. Lara, calée contre les oreillers, tenait l'enfant dans ses bras avec cet émerveillement commun à toutes les jeunes mères devant le miracle accompli.

Marjorie resta encore deux heures. Elle rangea tout, apporta à Lara une tasse de thé, plaça le berceau près du lit. Lara n'avait aucune notion du temps : elle ignorait la durée de l'accouchement, tout comme l'heure qu'il était à présent. Quand la violence des douleurs avait provoqué ses hurlements, elle avait pensé qu'elle s'en souviendrait à jamais. Maintenant que tout était terminé, elle ne se rappelait pas ce qu'elle avait éprouvé. Les sensations lui reviendraient peut-être par la suite, se dit-elle. Pour l'instant, dans son état d'épuisement, la seule chose qui comptait était cette fillette dans ses bras, endormie. Néanmoins, malgré sa joie immense, elle se disait au fond d'elle-même que Gladwyn n'avait pas été capable d'arriver à temps, alors qu'il avait été là pour la naissance de son fils Tom.

« Je dois y aller, Lara, annonça Marjorie. Je reviendrai cet après-midi. Dormez. Vous devez être fatiguée. »

Lara, déjà somnolente, sortit de sa léthargie.

« Mais je ne sais pas du tout ce qu'il faut faire... Je veux dire...

— Nous verrons tout ça à mon retour. »

Marjorie boutonnait son manteau bleu marine et, dans sa torpeur, Lara nota avec plaisir que c'était une sage-femme de la vieille école, qui portait encore une blouse.

« Vous serez plus réceptive quand vous vous serez reposée. À tout à l'heure, alors, Lara. Audrey ou moi ferons un saut tous les jours pendant deux semaines. Vous avez mon numéro s'il y a quoi que ce soit.

— Merci. »

Lara ferma les yeux. Elle avait les paupières très lourdes. Elle ne tarda pas à s'endormir, le bébé toujours dans les bras.

Elle fut réveillée une demi-heure plus tard par de petits coups frappés à la porte de la chambre. C'était Gladwyn, qui n'osait pas entrer. Levant des mains vides, il avait les yeux rivés sur le bébé, et ils demeurèrent braqués dessus jusqu'à ce qu'il atteigne le lit. Il se pencha pour embrasser sa fille sur le front. Puis il embrassa Lara.

« Je suis vraiment désolé, dit-il. Je n'ai consulté mon portable qu'une fois dans le train pour Londres. J'ai repris le premier en sens inverse, j'ai récupéré la voiture et j'ai roulé comme un fou. J'étais au désespoir de ne pas être avec toi. »

Il s'assit sur le lit.

« Ce n'est rien. Tu es là maintenant, et tout s'est très bien passé. »

Elle dut faire un effort pour dire ces mots d'un ton léger, sans nuance de reproche.

« Je ne sais pas si c'est un garçon ou une fille ! s'exclama Gladwyn en riant.

— Une fille. Pas bien grosse, mais en bonne santé. »

Elle attrapa une des minuscules menottes au poing serré. Gladwyn se pencha et embrassa les petits doigts.

« Elle s'appelle comment ?

— Il faudra en discuter.

— Ça a été dur ?

— La rapidité du truc m'a un peu secouée. Mais ça s'est bien passé. Ça va.

— Bon sang, comme j'aurais voulu être avec toi. N'empêche, elle a… quoi ? Trois heures ? Ce qu'elle est belle. J'ai toujours rêvé d'une fille. »

Il gagna la fenêtre, puis revint aussitôt contempler le bébé.

« Qu'est-ce que je peux faire pour t'aider ? Je peux aller te chercher quelque chose ?

— Est-ce que tu pourrais me remplir le frigo, que je tienne quatre, cinq jours ?

— Bien sûr.

— Sinon, rien. La sage-femme est merveilleuse et elle va passer tous les jours.

— Je passerai tous les jours moi aussi. Si je peux.

— Oh oui, s'il te plaît, même si je te promets que je me débrouillerai… »

La fillette poussa un couinement étouffé, comme un oisillon. Gladwyn l'ôta des bras de Lara pour la prendre dans les siens.

« C'est vraiment incroyable.

— C'est miraculeux », renchérit Lara.

Pendant environ une heure, ils restèrent assis là à admirer leur fille nouveau-née. Ils étaient tellement émus qu'ils se bornèrent à prononcer des platitudes. En ce premier matin, les complications à venir s'étaient envolées. Il n'était pas question de gâcher ces instants. Ils voulaient simplement être avec leur enfant, à gâtifier sans modération.

Quand la sage-femme revint, Gladwyn en profita pour aller faire quelques courses. Sur le pas de la porte, il trouva un pot de confiture rempli de fleurs des champs et d'herbes folles. L'identité du donateur faisait peu de doute. Gladwyn hésita. Puis décida de ne pas remettre à Lara le bouquet de Laurie. Elle semblait l'avoir presque oublié ces derniers temps et, malgré la compassion qu'elle ressentait à son égard, lui rappeler que cet homme rôdait dans les parages risquait de l'alarmer. Il suffisait que Gladwyn se débarrasse des fleurs. Si Laurie revenait, il verrait qu'elles avaient disparu et s'imaginerait qu'elles étaient dans la chambre de Lara. Gladwyn les jeta à la poubelle et les recouvrit de déchets. Soulagé que Lara ne puisse rien savoir de cette offrande, il s'empara d'un cabas et rejoignit sa voiture. Un des pneus avant était à plat.

Furibond, Gladwyn entreprit de le changer. L'origine de la crevaison était évidente. Laurie avait encore frappé et ses messages menaçants allaient sûrement se multiplier. En nage et grommelant, Gladwyn redoutait que sa campagne de harcèlement ne se termine par une autre agression. Il se demanda s'il avait eu tort de ne rien dire à Lara au sujet de la première. Mais non : cela n'aurait fait que l'inquiéter. Il allait régler le problème Laurie sans la mêler à leur différend. Heureusement, c'était après lui, Gladwyn, et non après Lara, que cet homme jaloux en avait. Il ne ferait jamais de mal à celle qui était l'objet de sa folle passion.

Après avoir rangé les victuailles dans le frigo, Gladwyn monta voir comment allaient la mère et le bébé. Elles dormaient toutes les deux. Il avait renoncé à aller à Londres : il comptait prendre une semaine de congé. Il passa quelques coups de fil au bureau, puis il rentra chez lui, s'arrêtant en route dans un pub pour manger un sandwich. Il était à la fois fatigué et euphorique, l'image de sa fille très vive dans son esprit. À la maison, il raconta que sa réunion à Londres avait été annulée, et qu'il en avait profité pour prendre un train plus tôt que d'habitude. Sa femme comprendrait qu'il avait hâte de venir la retrouver et, à certains égards, c'était la vérité. Blithe remarqua qu'il avait l'air distrait.

« Je ne sais pas ce qui te turlupine. Essaie de te calmer, voyons.

— Je suis parfaitement calme », répondit-il en s'asseyant à sa place alors qu'il était hanté par des visions horribles.

Demain, il achèterait à Lara un bouquet de ses fleurs préférées, et aussi un autre cadeau. Un objet qu'elle transmettrait à sa fille. Une bague, peut-être. Il y avait soudain tant de choses à mettre au point, de décisions à prendre. Il n'avait qu'une envie, être au cottage avec Lara et le bébé... le prénom de la fillette était une décision de plus. Tom entra, sa cravate d'uniforme de travers, son sac mal fermé.

« Qu'est-ce qui t'arrive, papa ?

— Rien. Pourquoi ?

— T'as l'air dans tous tes états. »

La remarque, chez Tom, avait de quoi surprendre, car malgré les leçons de sa mère il n'était pas observateur. Gladwyn en conclut qu'il lui fallait impérativement se ressaisir. Blithe, avec un de ses sourires angéliques, quoique plus pâle qu'à l'ordinaire, lui apporta une tasse de thé.

« Merci. »

Gladwyn lui fit signe de la poser sur la table à côté de lui. Il ne voulait pas qu'elle voie sa main tremblante.

« Des ennuis au bureau, c'est tout. Rien de dramatique. Je vais bien. »

Et soudain il eut l'impression que c'était presque vrai.

Lara, comme Gladwyn allait le constater, appréciait les prénoms recherchés. Elle en proposa toute une liste que Gladwyn rejeta en riant, avant de suggérer tout simplement Nell. À son grand soulagement, Lara accepta. Ce serait donc Nell.

Son rythme de vie changea. Aller voir la mère

et l'enfant était une priorité, mais il ne devait pas oublier ni Blithe ni Tom. Blithe, cet automne-là, n'avait pas montré sa vivacité habituelle. Elle avait pris trois élèves de plus et avait en outre accepté d'enseigner à temps partiel au lycée local. À la maison, elle se voyait contrainte de se rabattre sur les surgelés, et de réduire le repassage. Elle avait l'air parfois extrêmement fatiguée. L'esprit de Gladwyn était traversé par des pensées lugubres, du genre dont il se serait moqué il y a à peine un an, mais qui aujourd'hui le terrifiaient. Il imaginait que Blithe avait disparu : la personne qu'il aimait le plus au monde n'était plus là.

Un schéma singulier s'établit. Gladwyn réussissait à dégager du temps pour Lara et le bébé trois ou quatre fois par semaine. Lara était totalement absorbée, et enchantée, par la maternité. Nell ne pleurait que très rarement la nuit, si bien que sa mère n'était pas épuisée et passait la majeure partie de ses journées dans une perplexité heureuse : mais oui, mais oui, cet enfant, leur enfant, était bien réel.

Tous les jours elle emmenait le bébé en promenade dans la poussette qu'avait achetée Gladwyn, et dont la laideur les faisait rire. Lors de chaque sortie, elle scrutait le moindre buisson et le moindre tronc d'arbre, encore légèrement inquiète à l'idée que Laurie puisse se cacher derrière pour l'espionner. Mais il n'y avait pas trace de lui. Elle se sentait entièrement sereine, proche de la béatitude. Sa vie frôlait la perfection maintenant que Gladwyn et elle s'étaient habitués à son caractère insolite. Si Lara avait un jour caressé l'espoir que son amour pour sa fille incite Gladwyn à troquer sa vie conjugale pour Nell et elle, elle y avait aujourd'hui totalement renoncé. Elle comprenait bien à la façon dont il parlait de Blithe et de Tom qu'il les aimait profondément, et qu'il ne les quitterait jamais.

La solitude, à laquelle elle s'était tant habituée au fil des années, s'était définitivement envolée. Les bébés ont l'art d'occuper l'espace : leurs petits cris, leurs odeurs douceâtres, leurs mains qui s'agitent, leurs cycles de sommeil capricieux. Et ils attirent les curieux. Des voisins qu'elle ne voyait jamais lui rendaient visite, apportant des fleurs, des cartes et des sourires dûment impressionnés. Lara leur faisait bon accueil, mais était toujours contente de les voir partir. Elle aimait avoir Nell pour elle seule, à part quand Gladwyn était là. Elle déplaçait la fillette de pièce en pièce pour rester avec elle, et avait déniché un vieux sofa qu'elle avait mis dans l'atelier. De cette façon le bébé était également auprès d'elle lorsqu'elle peignait en silence ses balafres de couleur sur ses pots, ses jattes et ses assiettes.

Gladwyn courait le risque de devenir trop sûr de lui : tout se révélait bien plus facile qu'il ne l'avait cru. Certes, il devait faire beaucoup de route, et inventer des prétextes pour expliquer qu'il parte souvent plus tôt et rentre plus tard que d'habitude. Blithe, avec sa confiance coutumière, ne s'étonnait pas des nouveaux horaires de son mari. Elle supposait qu'il avait plus de travail qu'à l'ordinaire, et comme il n'avait jamais l'air fatigué, elle n'avait pas de raisons de s'inquiéter.

Alors que Nell avait un mois, Gladwyn avait bien failli être percé à jour. Blithe avait ramassé une chemise et une cravate qu'il avait laissées sur le fauteuil de la chambre. La chemise dégageait une odeur âcre, tout comme la cravate. Blithe les avait portées à ses narines. L'odeur était profondément familière. Du vomi de bébé. À la fenêtre, elle avait examiné la chemise de plus près : pas de marque, pas de tache, seulement cette odeur indubitable. Puis elle avait inspecté la cravate. Sur son bleu pâle uni, elle avait repéré un gribouillis jaunâtre. Le cœur affolé, elle s'était assise sur le lit, la chemise et la cravate froissées en boule sur ses genoux. Quand diable Gladwyn s'était-il trouvé en présence d'un bébé ? Et si la chose s'était produite, comment se faisait-il qu'il l'ait pris dans ses bras ? Il n'avait jamais adoré bercer son propre fils quand il était tout petit…

Ce mystère n'inquiétait pas Blithe outre mesure, mais il la troublait un peu et suscitait sa curiosité. Elle était impatiente d'entendre Gladwyn. Toute la journée, l'image de son mari avec un bébé sur l'épaule l'avait accompagnée, sans véritablement la tracasser. Il y avait forcément une explication rationnelle, et elle avait hâte que Gladwyn la lui donne.

Ce soir-là Gladwyn rentra un peu plus tôt que d'habitude. Il avait eu une réunion à la City après le déjeuner et était parti juste après, sans repasser par le bureau... En réalité, la réunion avait eu lieu de bonne heure le matin et il avait passé l'après-midi entier avec Lara et le bébé. Il avait appris au gré de ses tromperies qu'inclure une once de vérité dans ses histoires, en décalant les horaires, lui rendait les choses plus faciles. Blithe crut tout naturellement à son explication, et sourit. Cependant, Gladwyn ne comprenait pas bien ce qu'elle faisait debout à la table de la cuisine avec à la main sa chemise et sa cravate. Elle s'apprêtait sans doute à les mettre dans la machine...

Soudain, d'un geste brusque et hargneux, Blithe lui brandit le ballot sous le nez.

« Sens-moi ça ! fit-elle.

— Qu'est-ce qu'il y a ?

— Du vomi de bébé. Quand et où as-tu tenu un bébé dans tes bras ?

— Moi, j'ai tenu un bébé dans mes bras ? répéta Gladwyn en feignant l'incrédulité. Je ne sais pas de quoi tu parles. Tu me connais, enfin ! Moi et les bébés...

— Alors qu'est-ce que c'est que cette odeur. Tu as une idée ? »

Gladwyn haussa les épaules, puis sourit. La règle numéro un en matière de tromperie, c'était l'aplomb.

« Ma pauvre petite chérie, commença-t-il, avant de se rendre compte que cette formule affectueuse pouvait paraître suspecte. Il y a une explication.

J'ai déjeuné hier avec Rory. Il a insisté pour qu'on aille dans un restau indien assez couru. Je déteste le curry mais il s'est mis en tête de me convertir. Il y a des chances qu'en essayant d'avaler ce rata j'aie renversé un peu de cette horrible bouillie jaunâtre sur ma chemise... »

Il se tut, se demandant si son explication tenait la route. Il renifla à nouveau la chemise.

« Oui, c'est bien du curry.

— Je n'ai jamais senti un curry comme ça, aussi aigre.

— Et ça ne t'arrivera plus. Le dernier curry de ma vie, tu peux me croire. »

Blithe lui reprit la chemise et la cravate.

« Si cette odeur ne part pas au lavage, je les jette.

— Très bien. »

Blithe s'esquiva. Si, d'instinct, elle n'était pas convaincue par l'histoire de Gladwyn, elle n'arrivait pas à concevoir d'autre explication. Il était hautement improbable qu'hier à Londres il se soit promené dans la rue et qu'une mère lui ait collé son bébé dans les bras. Elle était ridicule de s'affoler comme ça.

Seul dans la cuisine, Gladwyn se servit un whisky plus généreux qu'à l'accoutumée. Il l'avait échappé belle, songea-t-il. Il transpirait. Il sentait la moiteur sous ses aisselles et sur son front. L'épisode avait été pire que l'incident du gant de toilette. Il allait devoir réfléchir très soigneusement à tout ce qui pouvait menacer son arrangement secret. À l'idée que cette vigilance si astreignante allait se prolonger des années, il se sentit défaillir. Un autre verre, vite.

Tom, affamé après un match de foot, avait avalé une pizza en rentrant et était déjà monté. Curieusement, le dîner en tête à tête avec Blithe se déroula de manière tellement naturelle que Gladwyn arriva à se détendre. Elle ne lui reparla pas de la chemise ni de la cravate, mais entreprit de lui décrire ses différents élèves. Jusqu'ici, Gladwyn savait peu de choses sur eux, et il avait eu l'esprit trop occupé pour se renseigner sur leurs progrès ou leur tempérament. Cette soirée était le moment idéal pour poser des questions. Blithe, le regard fixe, les lui dépeignit en détail avec précision, humour et admiration. Son récit dura tout le repas, un repas délicieux… Au lit, Gladwyn se demanda si Blithe s'était mise en cuisine après être tombée sur sa chemise et sa cravate, ou bien avant. Et si c'était après, que fallait-il comprendre ? Était-ce une marque de pardon pour une faute qu'elle ne pouvait pas croire qu'il ait commise ?

Gladwyn s'endormit rapidement, sans avoir tranché.

Chapitre seize

Il fut soulagé, à Noël, de ne pas avoir à mentir à Lara. Elle comprenait tout à fait qu'il doive rester chez lui, et il lui avait promis de passer le premier de l'an au cottage. Inventer une histoire pour justifier son absence ce jour-là ne serait pas facile, mais il y arriverait. Lara lui avait assuré qu'elle avait accepté l'idée que leur vie ne serait jamais parfaite : de toute façon, dit-elle, elle était avec Nell, et cela suffisait à son bonheur. Ainsi, par rapport à sa fébrilité de l'année précédente, ce Noël fut-il relativement paisible pour Gladwyn. Il fut à même de se concentrer sur le rituel familial avec Blithe, Tom et Eleanor, tout en se réjouissant de ses retrouvailles prochaines avec Lara et sa fille.

Pour Lara, la semaine de Noël fut presque silencieuse. Il faisait tellement froid que la gelée blanche du matin était toujours là le soir. Le ciel était vidé de toute couleur, les arbres et les haies n'étaient plus que de noirs squelettes, et aucun chant n'émanait de la foule d'oiseaux qui grouillaient autour de la mangeoire que Lara garnissait pour eux. Chaque matin elle allumait un feu dans la cuisine, et un dans le salon. La chaleur se diffusait dans les pièces. Elle passait des heures entières à simplement tenir Nell dans ses bras, à la regarder, à la nourrir, à lui chanter des chansons. Mais tous les jours, malgré les températures glaciales, elle sortait faire un tour, s'emplissant les poumons d'un air froid comme l'acier. En rentrant, elle n'en appréciait que davantage les flambées qui réchauffaient la maison.

Un matin, au début de l'année, elle se promenait avec Nell dans sa poussette. Le bébé était tellement emmailloté dans des châles et des couvertures que seuls son front et ses yeux étaient visibles. La petite route raboteuse était partout hérissée de monticules glacés. La poussette n'arrêtait pas de rebondir et de déraper. Les yeux de la fillette étaient grands ouverts, écarquillés. Lara persévéra. Elle se plaisait à penser que Nell trouvait les arbres qui défilaient plus intéressants à regarder que le décor immobile du jardin.

Après quelques dizaines de mètres à peine, elle tomba sur Laurie. Elle marqua une halte avec sa poussette et lui rendit son sourire amical. Il s'approcha et baissa le regard sur Nell.

« On n'a pas été présentés, dit-il.

— Non, mais il faut dire qu'on ne s'est pas croisés depuis des lustres.

— Je voulais pas déranger. Pas maintenant qu'y a un bébé dans la maison. Alors comment il s'appelle ?

— Nell.

— Ah, donc c'est une fille. J'ai connu une Nell très gentille dans le temps. »

Sa bouche grimaça un peu. Avec deux doigts, il toucha délicatement la capote de la poussette. Il regarda la fillette avec une intensité presque tangible.

« Elle est craquante, en tout cas.

— Elle est très sage. Très facile. »

Laurie porta son regard sur Lara.

« Et Gladwyn ? Il arrive quand même à venir voir sa fille ? »

Lara hésita.

« Oui, répondit-elle au bout d'un moment.

— Bon, alors tout va pour le mieux. Tu dois être fière. Cette petite est magnifique. Si elle tient de sa mère, en grandissant… ce sera bien. »

Il s'écarta un peu.

« Je regrette, je suis pas passé te féliciter, mais j'ai pensé que tu voudrais pas trop de visites.

— Non.

— N'oublie pas que je suis toujours à ton service, si tu as besoin de quoi que ce soit.

— Merci.

— Tu sais où me trouver.

— Oui.

— Prends soin de cette petite.

— Compte sur moi. »

Lara commença à s'éloigner.

« Et mon meilleur souvenir à Gladwyn ! »

En prononçant le nom de Gladwyn, Laurie se frappa la poitrine comme s'il tâchait d'en expulser une violente douleur. Il avait une telle expression de souffrance que Lara se crut obligée de lui demander si quelque chose n'allait pas. Son teint devint soudain d'une étrange pâleur granuleuse. Surgi des tréfonds de son être, Laurie eut un horrible sourire. Lara vit que plusieurs autres dents noires s'étaient jointes à la première.

« Je vais bien, miss Lara. Impeccable. Mais j'ai ces espèces de crises de foie de temps en temps. Y a pas à s'inquiéter. »

Il s'éloigna à la hâte. Puis, au bout de quelques mètres il s'arrêta, se retourna et cria :

« Surtout, prends bien soin de cette petite. Faudrait pas qu'il lui arrive quelque chose.

— Compte sur moi, répéta Lara. Ça m'a fait plaisir de te revoir.

— Bon, alors, bonne année. »

Elle le suivit du regard jusqu'à ce qu'il disparaisse. Avec ses épaules voûtées et ses mains qui allaient heurter ses poches à une cadence bizarre, il offrait une silhouette pitoyable. Quels que soient les sentiments que Lara ait pu éprouver dans le passé – agacement, colère, et même peur –, elle ne ressentait à présent envers lui que de la compassion. C'était un pauvre bougre qui n'avait pour égayer sa vie que la période d'agnelage des brebis... Elle lui proposerait de passer de temps en temps, histoire qu'il voie les progrès de Nell. Mais cet élan resta fugitif. Sa crainte qu'il ne s'en prenne un jour à Gladwyn ne l'avait pas quittée.

De retour chez elle dans sa cuisine rassurante, le soleil radieux traversant la fenêtre, les gémissements de Nell émoussant le silence, elle s'installa près du feu et donna le sein à sa fille. Il existait peu de choses aussi paisibles, selon elle, que d'allaiter son enfant, d'observer les cils miniatures recourbés sur ses joues. Les cils de Nell attrapaient la lumière, qui les faisaient paraître dorés. Fascinée, Lara contemplait les joues de Nell qui se creusaient à chaque succion. Ces petits doigts agrippés à un seul de ses doigts d'adulte. Lorsqu'elle le bougeait, l'étreinte du bébé se resserrait... L'intermède enchanteur s'acheva beaucoup trop vite. Lara se rendit dans son atelier et posa le bébé sur le sofa, bien décidée à s'atteler à sa besogne. Elle se surprit à procéder avec une extrême lenteur, rêvant de raconter à Gladwyn chacun de ces instants précieux, même si, bien sûr, au fond, il n'y avait rien à raconter. Rien, sinon du bonheur. Autant de bonheur qu'on pouvait en espérer si le père de l'enfant était voué à n'être qu'un simple visiteur.

Lara attrapa son portable. Il y avait un message de Gladwyn. Son oncle était mort dans la nuit, disait-il, et il partait pour le Norfolk.

Blithe, quand Gladwyn lui avait annoncé la nouvelle ce matin-là, avait aussitôt proposé de l'accompagner et de rester avec lui pendant qu'il s'occupait de l'enterrement. Mais Gladwyn avait refusé de manière un peu abrupte. Pas la peine, avait-il dit. Il se débrouillerait tout seul. Il s'était rendu à la voiture, garée dans l'allée, et avait appelé Lara pour la tenir au courant. Elle aussi s'était proposée de l'accompagner. Ce serait très facile avec Nell dans le maxicosi, dit-elle. Mais elle aussi se fit rembarrer. Gladwyn ne voulait ni sa femme ni sa maîtresse à ses côtés. L'une n'aimait pas le Norfolk, l'autre ne connaissait pas son oncle. Il voulait revivre ses souvenirs en toute sérénité, en toute quiétude. Être seul quelques jours.

Depuis l'incident des pseudo-taches de curry, il avait retrouvé une certaine paix, une certaine tranquillité. Aller voir Lara et sa fille deux ou trois fois par semaine faisait désormais partie de son train-train. Il ressentait un pincement d'excitation chaque fois qu'il partait les rejoindre. Mais ces quelques jours dans le Norfolk, malgré la tristesse du prétexte, lui offriraient un espace de solitude qui lui manquait parfois cruellement.

En entrant dans le cottage de son oncle, il tomba sur une paire de chaussures appartenant à Lara. Leur séjour commun lui paraissait extrêmement loin. Depuis, une enfant était née et un aveu de double vie était survenu. Le temps, avec l'âge, devenait d'une souplesse prodigieuse : il se tortillait dans tous les sens et vous surprenait en permanence, que ce soit par sa vitesse ou par sa lenteur. Gladwyn regarda dans un placard et n'y trouva que des céréales et des boîtes de soupe. Il décida d'aller au pub manger un fish and chips, et chercher un peu de chaleur.

Le soir de l'enterrement de son oncle, Gladwyn n'eut pas le courage de reprendre la voiture. Épuisé, il fit un feu dans la cuisine du cottage délabré et, assis dans un fauteuil avec un verre de whisky, il essaya de réfléchir à la phase suivante de sa vie. Il aurait aimé être chez lui : Blithe aurait préparé une tourte au poisson, et Tom leur aurait encore vanté les merveilleuses découvertes qu'il avait faites sur son ordinateur. Mais il n'y avait personne à la maison, Blithe assistait à un concert à l'Albert Hall et Tom était invité chez un de ses copains. Gladwyn avait d'autant moins hésité à rester dans le Norfolk, où il pouvait écouter le vent rugir dans les marais et faire vibrer dans leurs cadres les carreaux déchaussés.

Le même vent soufflait sur le Wiltshire. Luttant contre les bourrasques, Laurie, sur son vélo, avait beau pédaler de toutes ses forces, il avançait lentement. Il y avait deux paniers arrimés à sa vieille bicyclette. Celui de devant, un grand panier à provisions en osier muni d'une anse, contenait deux peaux d'agneau qui servaient de doublure. Celui qui se trouvait à l'arrière n'était pas fourré.

Une pleine lune jouait à cache-cache avec les nuages. Sa clarté semblait effilocher leurs pourtours. Les arbres et les buissons, malmenés par le vent, dansaient une gigue perpétuelle. Quand Laurie atteignit le cottage, juste avant minuit, il n'y avait pas de lumière aux fenêtres. Il cala son imposant vélo près de la porte d'entrée puis se glissa dans la remise à bois, où le sol de gravier crissa bruyamment sous ses pieds. Allumant sa lampe électrique, il braqua le faisceau sur le rebord en hauteur où il avait jadis caché une clé, à l'époque où Lara comptait sur lui pour des petits services. Il tâtonna pour l'attraper : une chose en fer, au milieu des toiles d'araignée… Une brève seconde, il envisagea de la remettre en place. Mais chassa aussitôt cette idée.

Laurie s'introduisit dans le cottage. La porte grinça, le silence revint. Une veilleuse était allumée à l'étage, éclairant faiblement l'escalier. Il se mit à le gravir à pas de loup, s'arrêtant à chaque marche, puis reprenant son ascension. Sa respiration, rapide, était le seul bruit perceptible. Arrivé au palier, il marqua une longue pause. La porte du bébé était entrebâillée, tout comme celle de Lara, qu'il poussa à l'aide d'un seul doigt. Elle s'ouvrit complètement avec le genre de soupir que produisent les portes dans les vieilles bâtisses lorsqu'on les dérange. Il contempla la silhouette sous les draps, la chevelure éparse. La tête de Lara était enfouie dans deux oreillers. Même au clair de lune, il pouvait voir que c'étaient des oreillers coûteux, le type d'oreillers sur lesquels il n'avait jamais dormi de sa vie. Un troisième oreiller traînait sur le sol. Exactement ce qu'il lui fallait, se dit-il. Il n'aurait pas à en retirer un sous la tête de Lara, et il éviterait ainsi de la réveiller avant d'avoir accompli sa mission.

Ce fut un meurtre très pacifique. Presque aucun bruit, et pas de sang. Laurie ramassa l'oreiller sur le sol. Il conservait des restes de chaleur. Elle devait s'en être débarrassée il y a peu, se dit-il en l'appliquant un instant contre son propre visage.

Puis, tel un rapace qui a guetté sa proie une éternité, il fondit sur elle et lui écrasa l'oreiller sur le visage. Il y eut un petit cri, plus étonné qu'apeuré. Puis une lutte. Lara agita mollement un bras, raidit soudain les jambes. Les draps s'aplatirent. L'édredon glissa sur le sol, caressant les cuisses de Laurie. Lara essaya, en vain, de tourner la tête. Laurie maintenait l'oreiller appuyé de toutes ses forces, même si un effort aussi extrême n'était pas nécessaire. Il y eut quelques gémissements, puis Lara cessa de se battre. Laurie ne bougea pas, le regard sur les cheveux en désordre qui dépassaient de l'oreiller. De blonds, ils étaient devenus argentés sous la clarté de la lune.

Laurie demeura ainsi, à moitié agenouillé sur le lit, de longues secondes après que Lara eut cessé de bouger. Il envisagea de l'étrangler, pour faire bonne mesure, mais comprit que ce ne serait pas nécessaire. Lara était morte. Il avait assisté à l'abattage de tant d'animaux qu'il savait très bien quand la vie prenait fin. Il se releva, mais sans ôter l'oreiller du visage de Lara. Il ne tenait pas à la voir maintenant : il voulait se souvenir d'elle vivante. Il resta planté à regarder le tumulte des draps recouvrant la forme indistincte de la femme qu'il aimait depuis si longtemps. Puis il se tint bien droit, comme un soldat sur le point de faire le salut militaire.

« Si je ne peux pas t'avoir, miss Lara, chuchota-t-il, alors personne ne t'aura. Je regrette, ajouta-t-il après un silence. Je regretterai de ne plus te voir. »

Il quitta la pièce sans bruit à part le grincement du plancher. Il entra dans la chambre de Nell et se pencha sur le berceau de l'enfant endormie, fasciné par la petitesse de ses doigts en éventail sur la couverture. Puis il promena sa lampe électrique dans la chambrette, veillant à ne pas la diriger vers le berceau. Au hasard, il rassembla les affaires qu'il croyait indispensables : des paquets de couches, des grenouillères aux motifs joyeux, des gilets, un bonnet. Il n'y avait pas de lait, pas de biberons. Laurie se souvint qu'un jour, en lorgnant par la fenêtre, il avait vu Lara donner le sein au bébé. Il casa le tout dans un sac, puis baissa la barrière du lit de bébé. Très délicatement, il passa son bras sous la fillette et la souleva, enveloppée dans un châle. Elle n'émettait toujours aucun son.

Il n'alluma pas d'autre lumière, mais ne chercha pas à descendre discrètement. Il n'y avait personne pour l'entendre et cela n'avait plus d'importance, désormais, si Nell se réveillait. Il tira la porte d'entrée derrière lui, et la ferma à clé : il ne voulait pas que la maison soit dévalisée. Puis, les mains soudain tremblantes, il plaça la fillette dans le grand panier à l'avant de son vélo. Il la recouvrit avec les petits draps qu'il avait emportés et une des peaux d'agneau. Tandis qu'il essayait de lui enfiler le bonnet de laine – le vent était plus vif à présent, et plus froid –, la fillette ouvrit les yeux. Les yeux de Lara, songea Laurie. Elle ne pleura pas, ne murmura même pas, se contenta de fixer du regard la lune ennuagée. Laurie fourra le reste des affaires dans le panier de derrière, puis poussa la bicyclette jusqu'à la route. Là-dessus, il l'enfourcha et se mit à pédaler plus lentement qu'il avait jamais pédalé de sa vie.

Il se demandait ce qu'il ferait si Nell s'affolait. Mais elle semblait calme, et ne tarda pas à fermer les yeux. La lune faisait paraître toutes blanches ces petites joues que Laurie savait être abricot. On aurait dit un bébé fantôme d'une étrange pâleur. Laurie ne voulait pas la regarder. Il savait que cette image risquait de le hanter indéfiniment.

Il choisit un itinéraire de vingt kilomètres à travers la campagne jusqu'à la ville la plus proche où un poste de police était ouvert la nuit. Il avait tout prévu, convaincu de ce qu'il faisait. Quand il atteignit le commissariat, il était trois heures et quart du matin. Il mit pied à terre et poussa le vélo jusqu'à la porte. Il détacha le panier qui contenait Nell ainsi que l'autre. La fillette cligna plusieurs fois des yeux tandis qu'il la transportait sous une lumière bleue, avant de les refermer, indifférente. À l'intérieur du sinistre bâtiment flottait une répugnante odeur d'urine et de corps mal lavés, qu'un désodorisant bon marché ne faisait rien pour arranger. Il alla déposer les deux paniers sur le comptoir d'accueil. Un agent solitaire était occupé à écrire sans enthousiasme dans un énorme registre. Il parut étonné à la vue de Laurie et de son étrange bagage.

« Je peux vous aider ? » demanda-t-il, d'un ton si calme que Laurie crut que de se voir coller un bébé sur son bureau en pleine nuit devait être quelque chose de banal.

Il se lécha les lèvres. Il avait récité son explication à maintes reprises, mais dans le morne décor du commissariat les paroles de son discours s'évanouirent.

« Je vous ai apporté ce bébé, dit-il enfin. Du nom de Nell. »

Le policier regarda dans le panier.

« D'autres informations ? D'où est-ce qu'elle vient ?

— De pas très loin. »

Laurie avait les jambes qui flageolaient, à présent. L'étoffe grossière de son pantalon le chatouillait. Il avait envie de se gratter, mais n'osait pas le faire.

« Sa mère est morte, il semblerait. Je suis passé là-bas, je me suis dit qu'il fallait secourir le bébé.

— Ah. »

L'interjection reflétait une certaine incrédulité. L'homme renifla. Peut-être, parmi les autres effluves douteux, avait-il perçu les relents âcres de la sueur de Laurie.

« Bon, qu'est-ce que vous pouvez me dire d'autre ? »

La moustache rousse du policier s'élargissait et se contractait avec les mouvements de sa bouche. L'espace d'un instant, Laurie eut envie de rire, mais il se maîtrisa.

« C'est une longue histoire. Mais j'ai les coordonnées. Tenez. »

Il fouilla dans une poche de son pantalon et en extirpa une feuille de papier froissée. La veille au soir, il avait passé du temps à noter minutieusement le nom et l'adresse de Lara, et le nom de Gladwyn. Pour ce dernier, il n'avait pas d'adresse précise mais avait indiqué « quelque part aux environs de Reading ».

Le policier jeta un coup d'œil sur le document. Il haussa des sourcils touffus assortis à sa moustache.

« Une idée de ce qui s'est passé ? De comment cette dame...

— Facile, répondit Laurie. Je l'ai butée, voilà tout. »

Les contorsions faciales du policier s'arrêtèrent d'un seul coup. Il décrocha un téléphone, tourna le dos à Laurie, lâcha quelques mots rapides. Puis il fit volte-face.

« Quelqu'un va arriver pour vous emmener.

— M'emmener où ?

— En garde à vue. Pour vous interroger. »

Soudain, Nell poussa un cri perçant.

« Sa maman lui manque déjà », marmonna Laurie.

Dans le panier, il toucha la joue de Nell. Le bébé cessa aussitôt de hurler.

« Vous êtes le père, alors ?

— Si seulement. »

Un sanglot épouvantable secoua soudain tout le corps de Laurie, et des bulles de salive jaillirent aux coins de sa bouche. Du revers de la main, il se frotta le visage, puis appuya ses deux bras sur le comptoir pour ne pas s'effondrer.

« Qu'est-ce qui va arriver à Nell ? réussit-il à demander.

— Une policière va venir. Elle va l'emmener à l'hôpital. Pour vérifier que tout va bien.

— J'avais pas imaginé tout ça, hoqueta Laurie.

— Je me doute que non, fit l'agent. Bon, si vous voulez vous asseoir, mon collègue ne va pas tarder. »

D'un pas trébuchant, Laurie rejoignit une chaise en plastique placée contre le mur. Là, assis la tête dans les mains, les coudes sur les genoux, il attendit ce dénouement qu'il avait mûri avec tant de soin.

Gladwyn arriva chez lui en milieu de matinée. Il comptait prendre un bain et se changer, puis aller voir Lara et le bébé. L'enterrement l'avait épuisé. Il allait maintenant devoir affronter l'absence, une absence pareille à du béton, inaltérable ou presque. Son oncle était parti pour toujours.

Pendant le trajet, Blithe l'avait appelé pour lui dire que, tant qu'à faire, elle irait voir une expo à la Tate l'après-midi et qu'elle serait rentrée pour le dîner. Gladwyn lui avait assuré d'un ton morne que cela ne posait aucun problème. Il ajouta que l'enterrement s'était bien passé et qu'il avait simplement hâte d'être à la maison.

Une fois lavé et habillé de propre, il but plusieurs tasses de café et se sentit un peu ravigoté. Il téléphona à Lara pour la prévenir qu'il arrivait, mais elle ne décrocha pas. Sûrement l'heure de la tétée. Regardant par la fenêtre, il vit deux policiers qui se dirigeaient vers la porte et se souvint d'une vieille contravention pour excès de vitesse dont il avait oublié de payer l'amende. Il les invita à entrer : leur expression paraissait bien grave pour un excès de vitesse. Il leur fit signe de s'asseoir. Ils choisirent des chaises l'un en face de l'autre. Gladwyn resta debout près du vaisselier.

« Eh bien ? » fit-il d'un ton jovial.

Il n'allait pas se montrer effrayé pour une histoire de contredanse... Un des policiers se frotta les mains et s'éclaircit la gorge.

« Vous êtes bien Gladwyn Purser, monsieur ?

— En effet.

— Et vous connaissez une certaine Mlle Lara Austin ?

— Oui. »

Bon Dieu, quel rapport entre Lara et son excès de vitesse ?

« Votre relation, monsieur, avec Mlle Austin... De quelle nature est-elle, exactement ? »

Gladwyn vit une sorte de piège cauchemardesque se refermer sur lui. Le deuxième policier sortit un calepin.

« C'est une amie, dit-il après un long silence.

— Eh bien, j'ai le regret de devoir vous annoncer une mauvaise nouvelle, monsieur. Une tragique nouvelle. »

Il crispa si fort sa mâchoire qu'il parut très âgé.

« Mlle Austin a été retrouvée assassinée dans son lit ce matin.

— Assassinée ? répéta Gladwyn dans un souffle, sans vraiment comprendre.

— Assassinée, j'en ai peur. Oui : assassinée. »

L'homme jeta un coup d'œil à son collègue, qui regardait par la fenêtre.

« Lara est morte ? »

Gladwyn s'entendit pousser une sorte de hurlement animal. Il s'empoigna une touffe de cheveux qui lui tombait sur le front.

« Mais enfin comment, pourquoi, qui ? Qu'est-ce que vous dites ? Je ne comprends rien.

— Nous commençons seulement notre enquête, monsieur. Un dénommé Lawrence Brown est arrivé cette nuit au poste avec un bébé. »

Gladwyn sentit un autre hurlement monter dans sa poitrine, et s'efforça de le contenir. Laurie… Seigneur : il aurait dû écouter son instinct et faire le nécessaire dès le début. Il se plia en deux, comme pour vomir, puis il se redressa.

« Nell… Où est-elle ? Où est Nell ? Le bébé ? Pour l'amour de Dieu…

— On prend soin d'elle. Elle est entre de bonnes mains.

— Oh, mon Dieu, c'est pas vrai ! »

Des larmes envahirent les yeux de Gladwyn et se mirent à couler sur ses joues dévastées. Il rejoignit sa chaise habituelle, s'y assit lourdement.

« On l'a emmenée à l'hôpital, expliqua le deuxième policier. Histoire de l'examiner, enfin, vous savez…

— Est-ce qu'elle va bien ?

— Autant qu'on sache, oui. Mais nous devons prendre toutes les précautions.

— Bien entendu. »

Gladwyn se malaxait les mains, pétrissant dans tous les sens la peau sur le dessus.

« Monsieur, vous connaissez le dénommé Brown, à ce que j'ai cru comprendre ? »

Gladwyn hocha la tête.

« Serait-il par hasard le père de l'enfant ? »

Gladwyn se frotta un œil, produisant par là un infime couinement. Il se demanda si les policiers avaient entendu ce bruit imperceptible.

« Qu'est-ce qu'il vous a raconté ?

— Il n'a voulu répondre à aucune question cette nuit. Un autre interrogatoire a lieu en ce moment même pour établir les faits. »

Gladwyn avait le regard rivé sur ses pieds. Un des policiers lui proposa une tasse de thé. Il n'aurait su dire lequel.

« Bonne idée », répondit-il d'une voix qui n'était pas la sienne.

C'était comme s'il contemplait la scène de très haut, et qu'il scrutait ses propres mouvements avec fascination. Il indiqua le vaisselier.

« Les mugs sont là », dit-il.

Le drôle de mug Van Gogh de Lara...

« Je vais brancher la bouilloire, déclara un des agents.

— Très bien, fit Gladwyn, hébété. Merci. »

Au milieu du chaos de ses émotions, il eut soudain une pensée inquiète pour les policiers :

« Ce doit être vraiment affreux pour vous d'avoir à annoncer des nouvelles comme ça.

— Ce n'est pas agréable, monsieur. Pas agréable du tout. Ni facile.

— On ne s'habitue jamais, non. Souvent ce sont des policières qu'on envoie annoncer les mauvaises nouvelles. Elles sont sans doute plus douées que nous pour ces choses-là. Elles peuvent poser une main sur le bras d'un homme, consoler une femme en pleurs : elles ont la délicatesse qu'il faut. Mais il n'y avait pas de policières de service ce matin.

— Je comprends. »

Les voix lui parvenaient totalement assourdies. Elles tenaient des propos qui n'avaient aucun sens. Il hocha la tête pour témoigner sa compassion. Puis il ferma les yeux.

« Je suis le père de l'enfant, dit-il. Nell. Elle s'appelle Nell. Deux mois tout juste… »

Le policier qui préparait le thé avait l'air perdu.

« Du lait ? Du sucre ? proposa-t-il.

— Pas de lait. Merci. »

Une sorte de ballet au ralenti se déroulait à quelques pas de lui : les policiers s'occupaient tant bien que mal de préparer du thé dans une cuisine inconnue. Puis un des agents s'approcha de Gladwyn en lui tendant le mug Van Gogh de Lara.

« Voilà, monsieur.

— Non, non ! s'écria-t-il. Pas le mug de Lara ! »

Le policier s'empressa d'aller le poser dans l'évier, puis le remplaça par ce qu'il espérait être un mug moins chargé émotionnellement, qui était d'un bleu uni. Dans le cadre de son travail, il voyait beaucoup de gens qui venaient de subir un choc psychologique : ils pouvaient réagir de mille façons, souvent incompréhensibles. Manifestement, pour M. Purser, le mug au décor de paysage avait quelque chose de bouleversant.

Là encore, Gladwyn se ressaisit.

« Veuillez m'excuser. Je ne suis pas moi-même. »

Il but quelques gorgées de thé dans le mug de remplacement.

« Alors que va-t-il se passer ? Qu'est-ce qu'on fait maintenant ?

— On vous demandera de venir faire une déposition, monsieur. Au moment qui vous conviendra.

— Et mon enfant ?

— Elle sera entre de bonnes mains, monsieur. Les services sociaux s'occuperont de cet aspect des choses.

— Ma fille va être confiée aux services sociaux ? » fit Gladwyn, incrédule.

Il connaissait leur zèle.

« Jamais. Je la veux ici.

— Je ne crois pas que vous ayez lieu de vous inquiéter, monsieur. Il suffira de prouver que vous êtes le père de l'enfant, et vous obtiendrez les droits parentaux. Il s'agira simplement de négocier… pour son lieu de résidence et ainsi de suite. »

Gladwyn était trop faible désormais pour discuter de l'avenir de Nell. Une autre vision horrible venait de lui apparaître : le retour de Blithe. Il avait presque oublié. Devoir lui apprendre la nouvelle. L'annoncer à Tom. Déchirer le cœur des deux personnes qu'il aimait le plus au monde. Il eut conscience que les policiers échangeaient un regard. L'un se chargea de laver les mugs : visiblement, il fallait faire preuve d'éducation quand on était dans la police. L'autre donna à Gladwyn une carte avec son nom et son numéro de téléphone. Puis les deux hommes se dirigèrent vers la porte.

« Voulez-vous que quelqu'un des services sociaux vienne vous voir pour... pour être avec vous ? »

Il avait un ton hésitant.

« Bon Dieu, non, sûrement pas, merci beaucoup. Je serai très bien tout seul. Je n'ai aucun besoin des services sociaux.

— Vous n'allez pas rester seul, monsieur ? Un voisin ? Un ami ? »

Gladwyn consulta sa montre.

« Ma femme ne va pas tarder à arriver. Alors ne vous inquiétez pas. Et merci. »

L'agent à la mâchoire crispée la contracta de nouveau, changeant son maigre visage de jeune homme en visage de vieillard. Gladwyn ne bougea pas et ils franchirent la porte tout en remettant leurs casquettes.

Gladwyn demeura sur sa chaise plusieurs heures ; il ignorait combien. Totalement désorienté, il essayait de réfléchir et de décider quoi faire et de quelle façon. Organiser l'enterrement de Lara, effectuer les démarches pour récupérer Nell. Et puis, surtout, comment expliquer les choses à Blithe. Il préférait ne pas penser aux conséquences. Il serait sans doute obligé de quitter la maison : Blithe voudrait qu'il s'en aille. Tom serait anéanti. Ils seraient tous anéantis. Dans le tourbillon qui agitait son esprit, Gladwyn se demanda s'il lui faudrait aller s'installer dans le cottage de Lara. Mais non, c'était une pensée ridicule. Lara avait été assassinée dans ce cottage. D'ailleurs, comment était-elle morte ? Et Laurie, est-ce qu'il irait en prison à vie ? Certainement. L'homme à qui Lara s'était entêtée à faire confiance… Il n'avait pas demandé à la police. Il se représentait Lara dans son lit, dans cette chambre enfantine, du sang partout. Qui allait procéder à l'enlèvement du corps ? Malgré lui, Gladwyn recommença à grogner et à rugir. Ses râles couvraient le tic-tac de la vieille pendule, ce tic-tac incessant qui résonnait dans leur cuisine depuis aussi longtemps qu'il se souvienne. Dans les moments de fête comme dans les moments de conflit – ah, les récriminations de Tom, comme elles semblaient innocentes à présent ! –, la pendule n'avait jamais cessé d'avaler les heures. Ses geignements étaient si forts qu'il ne l'entendait même plus, et son sentiment d'abandon tellement insupportable qu'il se surprit crier : « Lara, Lara… »

Le temps était comme déréglé. Il ignorait si cela faisait une minute ou des heures qu'il était là sur sa chaise à hurler, à se tordre et à se ployer en deux sous l'effet de la souffrance. Soudain, il fit un énorme effort pour ravaler ses gémissements et recouvrer son calme : il fallait à tout prix qu'il sache où était sa fille et ce qui allait lui arriver. Il se moucha, ferma les yeux. Il se dit que ce devait être la fin d'après-midi. Le soleil, dehors, était en train de descendre. Il se leva, marcha au radar jusqu'à l'évier, fit couler l'eau froide. Mouillant un torchon, il s'en tamponna le visage : l'étoffe sentait le hareng fumé, mais la fraîcheur lui fit du bien. Il regagna sa chaise. Il rêvait d'un verre de whisky. Mais il était trop tôt pour ça. Blithe serait horrifiée si, en rentrant, elle le trouvait en train de boire l'après-midi. Du cognac, peut-être… usage thérapeutique. Mais il n'avait pas le courage de se lever à nouveau. Il ferma les yeux, s'endormit sur la table.

Il fut réveillé par des allées et venues autour de lui. Il mit un moment à réaliser que la personne penchée qui était en train de mettre au four un faitout orange vif était Blithe.

« Ah, bonjour ! fit Gladwyn. J'ai l'impression que je me suis endormi. »

Elle n'avait pas dit un mot, mais Gladwyn devina qu'elle était toute guillerette. Quand elle était contente, elle avait une façon de se tenir le dos cambré et de faire inconsciemment ressortir ses seins. Blithe se mit à lui décrire avec enthousiasme tout ce qu'elle avait vu à la Tate. Elle ne cessait de babiller, pleine de gaieté. Il redoutait le moment où elle s'arrêterait, et le regarderait.

Finalement, elle alla s'asseoir sur le tabouret près du poêle. Leurs regards se croisèrent.

« On dirait que tu as vu un fantôme, dit-elle d'un ton joyeux. Glad… Glad, qu'est-ce qu'il y a ? Sérieusement. Tu as une mine épouvantable.

— Il s'est passé une chose terrible. J'ai une nouvelle terrible à t'annoncer.

— Je t'écoute.

— J'ai appris qu'une jeune femme, qui vivait seule dans un cottage pas loin de chez Eleanor, a été assassinée cette nuit dans son lit.

— Comment tu le sais ? On en a parlé à la radio ? Quel rapport avec toi ? »

Sa voix, alarmée, avait une inflexion plus aiguë. Gladwyn recommença à se pétrir le dos des mains : la peau se ridait pour former des crêtes, qu'il aplatissait ensuite. Au bout de plusieurs secondes, il reprit, non sans difficulté :

« Elle s'appelait Lara Austin... Je l'avais croisée sur une petite route, pas loin du cottage d'Eleanor. Elle s'était foulé la cheville, elle pouvait à peine se tenir debout. Je l'ai emmenée à l'hôpital. »

Sa voix s'éteignit.

« Et ? »

Blithe avait rapproché son tabouret. Plissés d'appréhension, ses yeux n'étaient plus que des fentes.

« Et... enfin, bon, une chose en entraînant une autre...

— Tu veux dire que vous avez eu une liaison.

— Oui, c'est ça. »

Blithe renversa sa tête en arrière, révélant la longueur de son cou. Elle eut un petit rire. La réponse de Gladwyn n'ayant aucun sens, elle demeura incapable de parler pendant quelques minutes. Un long silence qu'on aurait dit en équilibre précaire, comme s'il pouvait basculer d'un instant à l'autre dans quelque chose de bien pire.

« Pas étonnant que tu aies soudain tenu à aller voir Eleanor aussi souvent », dit-elle enfin.

Sa voix était bizarrement enjouée, comme en réponse à une plaisanterie. Gladwyn tendit une main vers elle. Blithe recula.

« Non, ne me touche pas. Pas maintenant. »

Au moins n'avait-elle pas dit « plus jamais ». Si

elle ne partait pas, il y avait une chance qu'il réussisse à l'amadouer.

« Je ne saurais te dire à quel point je suis désolé, Blithe.

— Bien sûr que tu es désolé. Ça pourrait signer la fin de notre mariage, non ? Et moi qui nous croyais heureux…

— On l'est. Vraiment. Et on peut encore l'être. Cette histoire est finie. C'est du passé. Elle n'existe plus.

— Ah bon ? »

Blithe avait la tête baissée. Ses épaules voûtées étaient raides. Ses doigts crispés.

« Tu l'aimais ? »

Avec une promptitude qui le choqua lui-même, Gladwyn énonça son dernier mensonge :

« Non, répondit-il. Non : je ne l'ai jamais aimée. »

Puis, comme si souvent depuis des mois, il tempéra son mensonge d'une parcelle de vérité.

« Je ne t'aurais jamais quittée. Jamais. J'aurais tout avoué, en espérant qu'on puisse réparer les dégâts, recoller les morceaux…

— Un sacré espoir… Mais pas si absurde que ça. Je ne me serais pas vue vivre sans toi. Je ne peux pas m'imaginer vivre sans toi, Glad. Quoi que tu aies fait. »

Elle leva les yeux. Ses cils épais étaient chargés de larmes. L'une d'elles roula sur sa joue. Elle ne fit rien pour l'essuyer. Gladwyn mourait d'envie de la prendre dans ses bras, mais il savait qu'il ne devait pas. La déclaration de Blithe lui avait redonné du courage. Si elle ne pouvait pas s'imaginer vivre sans lui, alors peut-être lui pardonnerait-elle. Seulement, il n'avait pas fini.

« Il y a autre chose, réussit-il à bredouiller.

— Vous avez un enfant...

— Oui. Nell. Elle a deux mois. »

Un long silence s'établit entre eux. Les yeux déjà si tristes de Blithe s'emplirent de nouvelles larmes. Son regard naviguait dans la pièce d'un objet à l'autre. Soudain, elle poussa un cri qui déchira le cœur de Gladwyn :

« Oh, cette pauvre petite, ce bébé ! Où est-ce qu'elle est ?

— La police l'a emmenée à l'hôpital, histoire de vérifier qu'elle n'a rien. »

Blithe se mit à sangloter. Gladwyn ne l'avait jamais vue sangloter comme ça. Des sanglots bruyants, convulsifs.

« Il faut absolument... qu'on sache... ce qui va... lui arriver, lâcha-t-elle d'une voix entrecoupée.

— Oui, oui. Demain je dois aller faire ma déposition, et là on saura tout. Où elle est, ce qui va advenir d'elle... Oh, Blithe, Blithe. Je t'aime pour tout ce que tu es. Tu le sais. »

Les sanglots de Blithe s'apaisèrent. Elle était effondrée mais, derrière ce chagrin, Gladwyn sentit qu'elle allait reprendre du poil de la bête.

« Alors pourquoi est-ce arrivé ? demanda-t-elle.

— Je ne sais pas. J'aimerais pouvoir répondre à cette question. Tu n'y es pour rien. Comme je te l'ai dit, jamais je ne t'aurais quittée. Tom et toi, vous êtes toute ma vie. Mais quand ils ont l'habitude d'être heureux, quand ils sont trop comblés, les hommes sont parfois tentés de commettre des imprudences stupides. Les femmes aussi, d'ailleurs. Tout à coup, bêtement, follement, on se met à flirter avec le danger. On prend des risques insensés malgré ce que nous dit notre instinct. Et alors tout le monde souffre. J'espère qu'un jour tu pourras me pardonner. »

Blithe posa sa main sur celle de Gladwyn. Une main froide, et tremblante. Stupéfait, il resta sans bouger. Blithe ne bougea pas non plus.

« Lara était au courant, pour moi ?

— Seulement depuis peu.

— Elle savait donc que tu avais une femme. Moi, j'ignorais tout d'elle. »

Blithe médita en silence ce détail. Sa main libre tortillait le tissu de sa jupe.

« Je n'aurais pas tardé à te le dire. Tout devenait trop difficile.

— J'imagine. »

Les lèvres de Blithe dessinèrent une ligne amère. Mais elle s'efforça de se redresser sur son tabouret, et s'essuya les yeux. Gladwyn se dit que d'une certaine façon la nouvelle concernant le bébé lui avait insufflé de la force.

« Au moins, maintenant, je connais la vérité sur ta cravate et sa tache de "curry".

— En effet », chuchota Gladwyn.

Ni l'un ni l'autre ne firent mine de sourire.

« Le mensonge n'a aucune chance face à quelqu'un comme toi. Je l'ai vite compris, et pourtant, c'était presque suicidaire, j'ai continué mes bêtises. »

On tapota au carreau. Ils levèrent tous deux la tête et virent la mère d'un des amis de Tom qui leur ramenait leur fils. Elle leur fit un signe et se rendit compte que ce n'était pas le moment d'échanger des banalités. Tom entra dans la cuisine, casquette de travers, sac à l'épaule. Il regarda ses parents, sidéré de les voir dans un tel état.

« Ben alors, qu'est-ce qui vous arrive ? Il s'est passé quelque chose ? »

Gladwyn s'éclaircit la gorge.

« Une nouvelle tragique, dit-il. Une jeune femme qui habitait près de chez Granny a été assassinée cette nuit dans son cottage.

— Ah mais c'est horrible ! » s'écria Tom.

Il abaissa l'épaule pour laisser son sac glisser à terre.

« Mais, au moins, il vous est rien arrivé de grave à vous. Ça, ce serait vraiment affreux. Bon, je monte faire de l'ordi.

— Papa connaissait un peu cette femme », ajouta Blithe.

Mais Tom était déjà dans l'escalier. Il n'avait pas entendu. Gladwyn et Blithe sombrèrent à nouveau dans le silence et dans le chaos de leurs réflexions. Au bout d'un moment, Blithe remua.

« Je suppose que tu n'as rien mangé de la journée, dit-elle. Tu dois avoir faim. Heureusement que j'ai mis quelque chose au four. »

Elle se leva. Elle aussi dut s'appuyer aux meubles pour rejoindre la cuisinière. Gladwyn ne l'avait jamais vue aussi chancelante. Elle n'alluma pas les bougies, mais mit la table très lentement, puis sortit la cocotte. Tom descendit, affamé. Il était impatient de leur décrire un nouveau site web qu'il était en train de construire. Ils le laissèrent parler, sans l'interrompre. L'un et l'autre ne réussirent à avaler que quelques bouchées. Des craintes terribles tournoyaient dans leur tête. Tous deux serrèrent Tom particulièrement fort lorsqu'il monta se coucher.

Bien plus tard cette nuit-là – à nouveau sur leur chaise et leur tabouret –, ils discutèrent de tout ce qui devait être réglé dans des délais assez brefs. La police les aiderait. Mais qui allait enlever le corps de Lara, avec l'autorisation de qui, et quand ? Et son enterrement ? Ses parents étaient morts. Gladwyn était désemparé. L'idée d'une cérémonie anémique dans un crématorium lui était insupportable et, en même temps, qui était-il pour exiger des obsèques dans l'église sur les Downs non loin de son cottage ? Comment pouvait-il proposer d'en assumer les frais ? Pourrait-il se rendre à l'enterrement sans ajouter encore à l'immense désarroi de Blithe ? Quant à Nell... quelle serait la sentence des hauts responsables des services sociaux ? Il se représentait sa fille couchée dans son petit lit d'hôpital, privée de sa mère. Il fallait qu'il la voie. Il fallait qu'il soit avec elle. D'une façon ou d'une autre, il devait faire en sorte de la récupérer et de s'occuper d'elle.

Au lit, il commença à se remémorer les nombreux moments avec Lara : d'innombrables souvenirs qu'il allait garder pour lui à jamais. Les images finiraient peut-être par s'estomper, mais il en doutait.

Ni lui ni Blithe n'arrivèrent à dormir. Ils observèrent sur leur lit le voyage de la lune. Blithe se remit à sangloter sans bruit et Gladwyn lui toucha l'épaule.

« Je veux connaître toute l'histoire, dit-elle. S'il te plaît, raconte-moi. Comment ça s'est produit, et pourquoi. Et qui est l'assassin ? Tu le connaissais ? »

Gladwyn fit de son mieux. La vérité était tout ce qui comptait, à présent. Il devait dire la vérité à Blithe, tout hormis quelques détails précieux qu'il conservait pour lui. À quatre heures du matin il avait terminé son récit. Blithe était tendue, mais elle avait cessé de pleurer.

« Si je finis en effet par te pardonner, ce dont je ne doute pas étant donné que je t'aime, dit-elle après un long silence, tu ne devras pas oublier que le pardon ne répare jamais complètement les choses.

— Je sais, dit Gladwyn. Si nous restons ensemble, si tu décides que nous devons rester ensemble – et cette décision te revient –, je ne l'oublierai jamais, et j'essaierai d'agir en conséquence. »

Blithe ne répondit pas et se détourna. Il pensa qu'elle s'était endormie.

Mais Blithe, parfaitement réveillée, savait qu'elle devait parvenir à une décision avant le matin. Il y avait deux possibilités on ne peut plus simples : soit elle le mettait à la porte, et le laissait élever la fillette de son côté. Soit elle proposait d'accueillir l'enfant sous leur toit. La première option était exclue. Inimaginable. Non, il fallait que l'enfant, l'enfant de Gladwyn, vienne vivre dans cette maison... Tom serait content d'avoir une petite sœur, même s'il y avait peu de chances qu'il s'intéresse à un bébé. Et elle avait toujours désiré une fille. Si Gladwyn estimait qu'il devait s'en aller, cela ne pourrait qu'aggraver les choses. Les rendre insoutenables. Elle devait impérativement le dissuader : elle l'aimait trop pour le laisser partir.

Tandis que le ciel s'éclaircissait, l'ensemble du tableau lui apparut. Bien qu'elle ait dit à Gladwyn que le pardon ne réparait jamais complètement les choses, elle fut saisie d'une conviction soudaine : il comprendrait la force de son pardon, tout comme elle comprenait les regrets qu'il avait de sa conduite. Le chasser, en ces moments si effroyables, ne saurait conduire au renouveau. Il ne rimait à rien de couper les cheveux en quatre... Blithe, toujours prompte à se décider, savait exactement ce qu'elle allait faire.

Incapable de dormir, Gladwyn regarda l'aube projeter tout doucement ses pâles lueurs dans le ciel, puis devenir plus hardie et plus rayonnante. À six heures, il décida de se lever. Il se sentait faible, épuisé. Mais il y avait beaucoup à faire.

Dans la cuisine, il tira les rideaux, lança la bouilloire, prépara du café bien fort. Il se fit la réflexion qu'on pouvait parfois être surpris par sa propre maison quand on la découvrait à une heure inaccoutumée. D'habitude, au petit déjeuner, il n'y avait pas ces ombres épaisses partout, comme maintenant... Il alla au vaisselier prendre des mugs, décrocha le pastiche de Van Gogh. Ce serait la chose qu'il garderait pour lui à jamais, l'unique objet. Blithe franchit la porte, les traits pâles, les yeux gonflés. Elle portait sa vieille robe de chambre fatiguée, qu'elle arborait rarement au rez-de-chaussée. Une énergie nouvelle semblait se dégager de son être.

« J'ai réfléchi à ce pauvre bébé... Nell. Il faut qu'elle vienne ici le plus vite possible. C'est à nous de nous occuper d'elle. Tu es d'accord, Glad ?

— Bien sûr.

— J'ai toujours voulu avoir une fille. Je l'adopterai. Il faut que tu te dépêches de la récupérer.

— Je m'en occupe, dit Gladwyn, luttant pour refouler des larmes d'émotion. Il y a sans doute encore plein de formalités. Mais je suis son père, après tout. » Il s'interrompit. « Tu l'élèveras comme ta fille, et Tom pourra arrêter de se plaindre d'être fils unique. On ira la voir à l'hôpital aujourd'hui. »

Il s'approcha de Blithe, la prit dans ses bras. Même à travers l'épaisseur de sa robe de chambre, il sentait le froid glacial de son corps.

« J'ai faim, dit-elle en le repoussant délicatement. Des œufs au bacon ! »

Sa voix faible se brisa mais elle ne voulait plus pleurer.

« Il faut trouver un moyen de l'annoncer à Tom. Et puis il y a tant de choses... à préparer pour Nell.

— Tu es incroyable. »

Gladwyn sourit, un petit sourire fait pour lui confirmer qu'ils étaient dans le même camp. Après quoi il alla prendre des œufs dans le support : il en logea cinq dans une seule main. C'était un vieux tour qui faisait toujours rire Tom. À ce moment-là, il entendit son fils dans l'escalier : il espérait qu'il rirait aujourd'hui.

DU MÊME AUTEUR

Aux Éditions de la Table Ronde

LES FILLES DE HALLOWS FARM, Quai Voltaire, 1997 (Folio n° 3338)

L'INVITATION À LA VIE CONJUGALE, Quai Voltaire, 1998 (Folio n° 3337)

TENDRES SILENCES, Quai Voltaire, 1999 (Folio n° 3559)

FOLLE PASSION, Quai Voltaire, 2001 (Folio n° 3815)

AMOUR ET DÉSOLATION, Quai Voltaire, 2003 (Folio n° 4213)

DE TOUTES LES COULEURS, Quai Voltaire, 2005 (Folio n° 4433)

UN FILS EXEMPLAIRE, Quai Voltaire, 2006 (Folio n° 4658)

SOUVIENS-TOI DE HALLOWS FARM, Quai Voltaire, 2011 (Folio n° 5479)

QUAND RENTRENT LES MARINS, Quai Voltaire, 2013 (Folio n° 5787)

MENTIR N'EST PAS TRAHIR, Quai Voltaire, 2015 (Folio n° 6190)

Composition Nord compo
Impression Maury Imprimeur
45330 Malesherbes
le 15 septembre 2016.
Dépôt légal : septembre 2016.
Numéro d'imprimeur : 212086.

ISBN 978-2-07-046793-8. / Imprimé en France.

293719